«Commissario Soneri hat das Zeug zum Kultkommissar.» (Die Welt)

«Grandiose Literatur, kenntnis- und erkenntnisreich.» (Hessischer Rundfunk)

Valerio Varesi wurde 1959 in Turin geboren. Er promovierte mit einer Arbeit über Kierkegaard. Heute ist er Redakteur der *Repubblica* und lebt in Parma. Im Rowohlt Taschenbuch Verlag sind bereits erschienen: «Der Nebelfluss» (rororo 23780), «Die Pension in der Via Saffi» (rororo 23781), «Die Schatten von Montelupo» (rororo 24488) und «Lichtspiele» (rororo 23051).

Valerio Varesi

Mit leeren Händen

COMMISSARIO SONERI
VERFOLGT EINE SPUR

Deutsch von
Karin Rother

Rowohlt Taschenbuch Verlag

Die Originalausgabe erschien 2006
unter dem Titel «A Mani Vuote»
bei Edizioni Frassinelli, Mailand.

Deutsche Erstausgabe

Veröffentlicht im Rowohlt Taschenbuch Verlag,
Reinbek bei Hamburg, Juli 2009

Redaktion Christine Gräbe
Umschlaggestaltung any.way,
Barbara Hanke/Cordula Schmidt
(Foto: Michael Trevillion, Trevillion Images)
Satz aus der ITC Legacy Serif PostScript bei
Pinkuin Satz und Datentechnik, Berlin
Druck und Bindung CPI – Clausen & Bosse, Leck
Printed in Germany
ISBN 978 3 499 24834 4

Für Simona Mammano für die wertvollen Ratschläge, sowohl die ermittlungstechnischen als auch die anderen. Für Paola Pioppi, die «Frau in Gelb» aus der Brianza, die den Anstoß zu diesem Roman gegeben hat.

Für Ilde und die anderen «Mädels» vom Frassinelli-Verlag, die sich so liebevoll um meine Bücher kümmern.

1

Wieder wartete die Stadt vergeblich auf Regen. Am späten Vormittag waren ein paar vielversprechende Wolken hinter dem Dom aufgetaucht, hatten sich jedoch eine Stunde später in der Hitzeglocke aufgelöst. Dann kam die Sonne wieder zum Vorschein und heizte die Häuser langsam auf, als wolle sie die Stadt auf kleiner Flamme garen, und Soneri begann von neuem, in seinem Leinenhemd unaufhörlich vor sich hin zu schwitzen. Juvara litt noch stärker. Der Commissario hatte nur einen spöttischen Blick für seinen Inspektor übrig, als der versuchte, die kaputte Klimaanlage wieder in Gang zu setzen. Nachdem der Regen einen weiteren Tag ausgeblieben war, konnte man sich einfach nichts mehr vormachen. Die Hitze lauerte unerbittlich am Straßenrand, im klebrigen Asphalt, zwischen den kochend heißen Autos. Soneri öffnete das Fenster, und die Luft schlug ihm entgegen wie der faulige Atem einer Kuh. Im gleichen Augenblick fuhr eine Polizeistreife mit quietschenden Reifen davon, Motoren heulten auf, und Beamte eilten in den Hof. Die Anspannung entlud sich nun also auf andere Art, dachte der Commissario, und ihm fiel auf, dass sich das düstere Blau der Wolken am Himmel nur unwesentlich vom Blau der Uniformen hier unten unterschied.

«Was ist passiert?»

Statt dem Commissario zu antworten, stellte Juvara das Funkgerät lauter, und die aufgeregte Stimme des Streifenchefs Pasquariello schallte durch die Räume des Einsatzkommandos. «Ein Raubüberfall», fasste Juvara zusammen. «Vier Vollidioten haben die Sparkasse mit Einwegspritzen überfallen.»

Mit atemlosen Stimmen meldeten die Beamten den Coup, der alle Aufmerksamkeit auf sich zog. Sie forderten Verstärkung an, um die Fluchtwege zu blockieren. Zwei der Bankräuber waren mit einem Moped geflüchtet, die anderen beiden in unterschiedliche Richtungen davongerannt. Mit einem Auto in den Gassen der Altstadt nach ihnen zu suchen war nicht einfach. Weitere Streifenwagen rasten davon.

«Eine Schlägerei vor der Bar in der Via Trento 13», brüllte Pasquariello jetzt. «Mindestens fünfzehn Leute, die mit Flaschen aufeinander losgehen», gab er an die Streifenwagen im Bezirk weiter.

«Sollen wir die Vettern um Verstärkung bitten?», schaltete sich die raue Stimme des stellvertretenden Polizeipräsidenten ein, womit er die Carabinieri meinte. Das Keuchen eines Beamten, der die Bankräuber verfolgte und kaum Luft zum Sprechen bekam, unterbrach ihn: «Wir haben einen von ihnen geortet ... Er flüchtet zu Fuß in Richtung Barriera Repubblica ...» Er verstummte, um Atem zu schöpfen, bevor er versuchte, den Mann zu beschreiben: «Er trägt ein blaues T-Shirt, Jeans und weiße Turnschuhe.» Man hörte die Schritte des Polizisten, die den Flüchtigen ohne große Aussicht auf Erfolg verfolgten, und mit Unbehagen dachte Soneri daran, was es bedeutete, durch die sengende Hitze rennen zu müssen.

Es war, als würde die Stadt plötzlich von dröhnendem

Donner erschüttert. In der Via Langhirano bedrohte ein Verrückter die Passanten mit einem Messer.

«Im Sommer sperren sie die Käfige auf», knurrte Soneri in Anspielung auf die Geisteskranken, die im August Freigang bekamen und durch die menschenleere Stadt spazierten.

«Es wird nicht mehr lange dauern, bis sie uns um Unterstützung bitten», meinte Juvara. «Noch ein Notfall, und sie haben keine Streifen mehr.»

Auf der verlassenen Piazza im Hof, dort, wo die Sonne am heftigsten brannte, verschwammen die Konturen in der flirrenden Luft.

«Wenn es erst wieder ordentlich regnet, legt sich das schnell wieder», sinnierte der Commissario.

«Wenn es nur überhaupt endlich regnen würde», stöhnte der Inspektor, fächelte sich mit einer Akte Luft zu und begann dann erneut, die Knöpfe an der Fernsteuerung der Klimaanlage zu studieren.

Wieder meldeten sich Stimmen über Funk. Ein Beamter bat die Zentrale darum, einen Krankenwagen in die Via Trento zu schicken: Bei der Schlägerei waren zwei Personen verletzt worden und hatten Schnittwunden davongetragen. Im Hintergrund hörte man Geschrei. Dann wieder den Beamten, der warnte, dass sie die Lage nicht unter Kontrolle bekamen: «Wir sind zwei gegen fünfzehn», brüllte er.

Auch der Kollege in der Zentrale, die ein Stockwerk über dem Einsatzkommando lag, brüllte jetzt. Er versuchte, gleichzeitig Anweisungen für drei Einsätze zu geben, von denen keiner einfach durchzuführen war.

«Wenn nötig», sagte die Stimme, «können wir Leute von der Siena-Monza zu Hilfe schicken.» Siena-Monza stand für das Einsatzkommando, und die Vorstellung, für einen Streifeneinsatz nach draußen zu müssen, jagte Juvara – zum ersten Mal seit Tagen – einen kalten Schauer über den Rücken.

«Sie haben sie bestimmt sowieso wieder aus den Augen verloren», brummte Soneri und lauschte den Stimmen der Beamten, die bei dem Banküberfall im Einsatz waren. Sie klangen ruhiger, als würden sie nicht mehr rennen. Auch die Schlägerei schien sich beruhigt zu haben, denn jetzt kamen über Funk die Personalien der Verhafteten, eine schroffe Abfolge von Namen, die nach trockenem Husten klangen und denen monotones Buchstabieren folgte. Laut für Laut mit dem Anfangsbuchstaben einer Stadt: «Alessandria, Milano, Empoli, Domodossola …»

So überraschend, wie es ausgebrochen war, legte sich das Chaos, und der Raum versank wieder in Stille. Nach all der Aufregung schien sie noch tiefer, beinahe endgültig, wie nach einem hoffnungslosen Streit. In dieser Pause spürte Soneri einen Stich, den er nicht hätte zuordnen können. Als wieder die Stimme aus dem Funkgerät ertönte, war es, als materialisierte sich der Stich in Vokalen und Konsonanten.

«Zwei Unbekannte haben dem Mann vor dem Teatro Regio sein Akkordeon gestohlen. Schaut euch da mal um», wies Pasquariello die Beamten an.

Juvara beobachtete, wie Soneri sich eine Zigarre in den Mund steckte und mit einem solchen Ruck aufstand, dass er selbst allein davon in Schweiß ausgebrochen wäre, und dann mit großen Schritten auf die Tür zuging. «In dieser Stadt lässt sich einiges ertragen: die Hitze, die Geisteskranken … Aber nicht, dass man ihr auch noch die Musik nimmt.»

Zunächst verstand der Inspektor Soneris Anspielung nicht, bis er sich wieder an Gondo, den Akkordeonspieler, erinnerte, einen kleinen, rundlichen Mann mit unschuldigem Gesicht und einem Lächeln, das seine letzten drei Zähne entblößte. Doch da war es schon zu spät: Soneri durchquerte bereits den Hof.

Trotz der weißen Mittagssonne ging der Commissario schnell, er schwitzte stark und tropfte wie ein soeben zum Trocknen aufgehängtes Bettlaken. Wer könnte ein Interesse daran haben, einem Mann das Akkordeon zu stehlen, der mit den Almosen der Passanten seinen Lebensunterhalt bestritt? Mit den Jahren war Gondo auf den Stufen vor dem Teatro Regio, dem bekanntesten Musiktheater der Stadt, selbst so etwas wie eine kleine Berühmtheit geworden. Die bekanntesten Sänger kamen, um in Begleitung seines Akkordeons eine Arie anzustimmen und sich für die Zeitung fotografieren zu lassen. Man sagte, der Alte bringe Glück, und so war er im abergläubischen Theatermilieu zu einer Art Talisman geworden. Man behauptete sogar, dass manche Künstler ihm Geld schickten, wenn sie ihm das Verdienst an ihren Erfolgen zuschrieben. Als der Commissario ihn jetzt stumm und mit gesenktem Kopf sah, fragte er sich, wer wohl zu so einer sinnlosen Gemeinheit imstande war. Dieser Diebstahl war so absurd, dass er ihm irgendwie suspekt erschien. Entweder war er von einem anderen armen Schlucker verübt worden, der das Instrument weiterverkaufen wollte, oder es steckte etwas völlig anderes dahinter.

Gondo war so verstört, dass er kein Wort herausbrachte.

«Hast du sie gesehen? Wie viele waren es?», fragte Soneri.

Der Mann drehte sich ruckartig um und versuchte ihn einzuordnen. Aus einem schwachen Aufblitzen seiner Augen schloss der Commissario, dass er ihn wiedererkannt hatte, doch Gondo beschränkte sich darauf, die rechte Hand zu heben und zwei Finger auszustrecken.

«Erinnerst du dich an ihre Gesichter?»

Der Mann schüttelte den Kopf und blickte starr vor sich hin.

«Commissario», sagte da ein Beamter, «einer der Zeugen hat ausgesagt, dass sie ihn von hinten angegriffen und offenbar etwas zu ihm gesagt haben, bevor ihm das Akkordeon entrissen wurde.»

Sie hatten es am helllichten Tag getan, so viel stand fest. Zwei Männer, die ein Instrument mit vergilbten Tasten stahlen: Da war einfach zu viel. Inzwischen hatte sich Gondo mit verschränkten Armen und gekrümmtem Rücken zusammengekauert, als sei ihm kalt.

Als Soneri in die Hocke ging um sich dem Alten zu nähern, reichte diese Bewegung aus, dass ihm erneut der Schweiß in Strömen herunterlief.

«Wenn du willst, dass wir sie erwischen, musst du uns alles erzählen, was du gesehen hast», bemühte er sich, überzeugend zu klingen.

Doch Gondos Augen waren wie zwei Spiegel, an denen alles abprallte.

«Willst du, dass wir sie erwischen oder nicht?»

«Ich will mein Akkordeon», murmelte er kaum hörbar.

«Dann musst du uns helfen», beharrte Soneri, der davon ausging, dass der Alte die Täter gesehen hatte.

Statt einer Antwort drehte sich Gondo von ihm weg. Und plötzlich war das alles dem Commissario zu viel, die Hitze, der Schweiß und seine unerträgliche Ohnmacht. Mühsam richtete er sich wieder auf und merkte, dass seine Hose in den Kniekehlen schweißnass war. Denn fiel ihm wieder ein, dass er aus persönlichen Gründen hergekommen war. Die Wut darüber, wie dumm die Welt war und wie hoffnungslos arrogant, hatte ihn zu dem Akkordeonspieler geführt. Außerdem kannte er Gondo und wusste, wie seine Musik an nebligen Wintertagen im Zentrum klang: Das Klagelied einer hoffnungslos romantischen Stadt, die zunehmend verblasste und in schäbiger, habgieriger Anonymität versank. Letztendlich war nichts passiert, was auch nur entfernt in seine Zuständigkeit fiel: ein kleiner Diebstahl, nichts weiter. Und wenn es noch so verabscheuungswürdig war, es blieb doch nur ein kleiner Diebstahl.

Er nahm den Beamten, der die Zeugen vernahm, zur Seite: «Versuch alles, um dieses Akkordeon wiederzufinden, tu mir den Gefallen. Mir ganz persönlich.» Noch bevor er die Verblüffung des Polizisten hätte abschätzen können, wandte er sich zum Gehen.

Ihm war, als hätte sich eine klebrige Schicht auf seine Haut gelegt. Die Hitze nahm noch zu und raubte ihm fast den Atem. Als würde er langsam in eine Tasse Tee getaucht. Die Tür des *Milord* schien ihm der einzige Notausgang zu sein. Die kühle, klimatisierte Luft ließ ihn an den jähen Temperaturwechsel denken, wenn er als Kind auf dem Land in den Keller hinabstieg, wo sich auf muffigen, dunklen Treppen der Geruch von alten Holzfässern, nach Trester und Würsten staute. Ein junger Kellnerlehrling kam lächelnd auf ihn zu: «Sie möchten speisen?»

«Nein, nur Luft holen.»

Der Kellner blickte ihn erstaunt an. Soneri warf einen Blick auf die Uhr, es war kurz vor eins. Da er keine Lust hatte, allein zu Mittag zu essen, rief er Angela an.

«Hast du etwa plötzlich Arbeitszeiten wie ein normaler Angestellter?», wunderte sie sich.

«Ich war wegen eines Diebstahls am Theater, und das *Milord* ist der kühlste Ort weit und breit. Warum kommst du nicht her? Ich würde dir gerne erzählen, was passiert ist.»

«Ich kann nicht. Die Anhörung zieht sich hin. Geht es um Gondos Akkordeon?»

«Du weißt schon davon?»

«Einer deiner Kollegen von der Gerichtspolizei hat es mir gerade erzählt. Jeder in der Stadt kennt Gondo. Wer kann das nur gewesen sein?»

«Ich weiß es nicht. Es ist sehr seltsam», brummte Soneri.

«Es geht bergab mit der Welt, Commissario. Nicht einmal die Kriminalität kennt noch Grenzen: Überall wird geklaut, in Kirchen, in Krankenhäusern, und jetzt werden sogar die Straßen der Musik beraubt.»

Soneri hatte weder die Kraft, um zu antworten, noch um das Thema zu wechseln: Sein Beruf erschien ihm immer sinnloser … Tag für Tag versuchte er Ordnung zu schaffen, die Dinge wieder ins Gleichgewicht zu bringen: Er kam sich vor wie Sisyphos, der dem Schwinden seiner Kräfte zuschauen musste.

«Welcher Gedanke hat dir denn jetzt wieder die Sprache verschlagen?», fragte Angela ironisch, nachdem sie eine Weile gewartet hatte.

«Der, den Beruf zu wechseln», erwiderte er.

«Der Welt wirst du damit nicht entfliehen können, das ist wie mit der Hitze.»

«Zumindest für den Moment habe ich ein kühles Plätzchen gefunden. Schade, dass du nicht kommen kannst», verabschiedete sich der Commissario.

Er aß Prosciutto und Melone und verzichtete auch nicht auf den Wein: Kalter Malvasia, der ihm mit wohligen kleinen Schaudern die Kehle hinabrann. Wie immer beim Essen begann er zu grübeln, und so tauchte der Gedanke an Gondo wieder auf. Er erinnerte sich, dass er einst als fliegender Händler in den Bergdörfern Geschirr, Töpfe und Besen verkauft hatte. Die Leidenschaft für das Akkordeon hatte er vom Vater geerbt, vielleicht sogar das Instrument selbst. Dann war er in die Stadt heruntergekommen, um seine Rente auf den Stufen des Teatro Regio zu verdienen. «Hätte ich studieren können», sagte er, wenn jemand stehen blieb, um ein bisschen mit ihm zu plaudern, «wäre ich jetzt da drinnen», und zeigte auf die Oper, die er möglicherweise nie betreten hatte. Sein Gesichtsausdruck passte zu jemandem, an dem zu viele Gelegenheiten vorbeigezogen waren. In gewisser Weise befürchtete der Commissario, ihm zu ähneln, und er stand auf, um den Gedanken zu verscheuchen. Er fand schnell in die Wirklichkeit zurück, als er daran dachte, durch die Hitze zu müssen, nur um in sein glühend heißes Büro zu kommen. Zum Glück klingelte das Handy.

«Was ist los, Juvara, nochmal so eine verrückte halbe Stunde?»

«Schlimmer», murmelte der Inspektor düster.

«Was?»

«Also zunächst einmal wurde ein junges Mädchen in einem Park vergewaltigt. Eine Minderjährige, Draghi kümmert sich darum. Und dann wurde ein Mann tot in seiner Wohnung aufgefunden, eine ziemlich seltsame Geschichte.»

«Mord?», hakte Soneri nach.

«So gut wie sicher, aber die Beamten haben nicht wirklich durchgeblickt. Polizeipräsident Capuozzo sagt, dass Sie mal vorbeischauen sollen.»

«Wo?»

«In der Via Cavour 15.»

Die Geschäftsstraße mit den Designerläden, dachte der Commissario, nur einen Steinwurf vom Dom, vom Rathaus und vom Teatro Regio entfernt. Und mit einem Schlag spürte er großen Ärger auf sich zurollen. Dieser Eindruck verstärkte sich auf seinem Weg in die Via Cavour, wo die Touristen unter der Hitze stöhnten und von emsigen Küstern aus den Kirchen gescheucht wurden, und er verdichtete sich vor der weit aufgerissenen Haustür, bewacht von einem schwitzenden Beamten, zur Gewissheit. Die Wohnung lag im ersten Stock, von dem insgesamt drei Sicherheitstüren abgingen: Hinter zweien waren Büros, an der dritten dagegen hing ein Messingschild mit der Aufschrift GALLUZZO. In diesem Moment wurde sie von einem zweiten Beamten geöffnet, und Soneri musste nicht erst eintreten, um die Situation zu erfassen. Ein dunkelhaariger, braungebrannter, magerer Mann lag neben dem Sofa auf der Seite. Der Kopf war der Tür zugewandt, als hätte er mit letzter Anstrengung seinem Mörder nachgesehen, als dieser die Wohnung verließ.

Drinnen schien alles in größter Unordnung zu sein. Der Commissario blickte sich um, und da entdeckte er den Fremden, der dort rittlings auf einem Stuhl saß, die Ellbogen auf die Rückenlehne gestützt, und eher gelangweilt schien. Soneri beachtete ihn nicht weiter und beugte sich stattdessen über den Toten, um ihn aus der Nähe zu betrachten. Sein Gesicht war dunkelviolett geschwollen, und aus seinem halbgeöffneten Mund rann ein dünner Blutstrahl. Die aufgeschürften Handgelenke ließen vermuten, dass er vor seinem Tod gefesselt worden war. Er war vermutlich erschlagen worden. Erst nachdem er die Leiche untersucht hatte, sah der Commissario wieder auf und betrachtete den sitzenden Mann, der aufstand und ihm die Hand hinstreckte: «Orio De Angelis.»

«Sie haben ihn gefunden?»

«Ja, ist noch nicht lange her. Eine unserer Verkäuferinnen hat mich informiert, dass Francesco nicht im Laden aufgetaucht ist, was mir seltsam vorkam.»

«Wie sind Sie denn hier hereingekommen?»

«Ich habe den Schlüssel seiner Schwester geholt.»

Soneri trat ans Fenster: Von der luxuriös renovierten Zweizimmerwohnung hatte man Blick auf die Straße, auf der Abend für Abend die halbe Stadt flanierte, doch jetzt war sie fast leer. Direkt gegenüber ging die Via Dante ab, die breit genug war, um bis zur Parallelstraße Via Garibaldi zu sehen, wo bis vor wenigen Stunden die Musik von Gondos Akkordeon erklungen war. «In welcher Beziehung stehen Sie zu dem Toten?», fragte er unvermittelt und drehte sich mit einem schwungvollen Ruck um.

«Wir sind Geschäftspartner, Textilbranche. Ich kümmere mich vor allem um die Boutiquen der gleichen Kette in Mailand.»

«Und er», fuhr Soneri fort und deutete auf den Toten, «um welche kümmerte er sich?»

«Um den Laden hier unten im Haus.»

«Nur um den einen?»

«Er betrieb noch eine Filiale in Fidenza.»

Der Commissario erinnerte sich an ein Schaufenster neben der Eingangstür, doch die Straße war voller Bekleidungsgeschäfte: In der Stadt gab es inzwischen mehr Dessous als Brötchen zu kaufen.

Als Nanetti, der Chef der Spurensicherung, mit zweien seiner Leute erschien, verabschiedete Soneri sich von De Angelis. «Sie müssen sich zu unserer Verfügung halten», ermahnte er ihn. «Wenigstens ein paar Tage lang.»

Der andere wischte sich mit einem Taschentuch den Schweiß ab und nickte. «Ich werde noch eine Weile in der Stadt bleiben», sagte er.

«Das wird sicher das Beste sein», meinte der Commissario.

«Glauben Sie denn, das Ganze wird sich lange hinziehen?», fragte De Angelis beunruhigt.

«Das kommt ganz darauf an», erwiderte Soneri unbestimmt. Das Chaos in seinem Kopf erlaubte ihm nicht, Genaueres hinzuzufügen.

Nanetti fluchte vor sich hin, die Hitze erschwerte seine Arbeit. Der Commissario ging vor die Wohnungstür, und als ihm im Treppenhaus ein schwacher Luftzug entgegenkam, pries er für sich die alten Gemäuer. Er zog sein Handy heraus. «Juvara», begann er das Gespräch, «sieh zu, dass du alles über einen gewissen Francesco Galluzzo, Via Cavour 15, herausfinden kannst: Verwandtschaft, Freunde, Umgang. Vor allem aber Konten, Schulden, Versicherungen. Du weißt schon, Geld regiert die Welt, nicht wahr?» Er legte auf und wartete, bis Nanetti seine Arbeit beendet hatte und zu ihm kam.

«Und?», fragte er und zündete sich eine Toscano an.

«Ich habe den Eindruck, dass hier irgendwas aus dem Ruder gelaufen ist», erwiderte sein Kollege nach einer langen Pause.

Der Commissario nickte zustimmend. «Wie viele waren es deiner Meinung nach?»

«Mindestens zwei. Es gibt Fußabdrücke, die nicht vom

Opfer stammen. Und auch nicht von dem Mann, der hier war. Sein Geschäftspartner, wenn ich das richtig verstanden habe?»

«Hast du seine Handgelenke gesehen?», fragte Soneri weiter nach, ohne zu antworten.

«Sieht ganz so aus, als hätten sie ihn gefesselt, um ihn niederzuschlagen, und ihm die Fesseln wieder abgenommen, sobald er bewusstlos war», bestätigte Nanetti. «Unter dem Sofa haben wir ein Küchenmesser und Reste einer Schnur gefunden.»

«Vielleicht wollten sie ihm nur eine Abreibung verpassen. Du weißt, was das bedeutet, oder?»

«Eine Warnung: Pass bloß auf, beim nächsten Mal bringen wir dich um.»

«Nur wird es kein nächstes Mal mehr geben», brummte der Commissario.

Nanetti lehnte sich gegen das Geländer und genoss ebenfalls die kühle Luft, die im Treppenhaus nach oben stieg. Dann ergänzte er: «Aber das ist nicht alles …»

Soneri machte eine fragende Kopfbewegung.

«Hast du das Durcheinander gesehen? Ich denke, sie haben nach etwas gesucht, hier hat offenbar jemand lange herumgewühlt. Außerdem konnten wir kein Handy finden.»

Der Commissario fragte sich, ob hier ein Dieb vom selben Schlag wie die Akkordeonräuber eingebrochen war. Er hatte den Eindruck, dass das alles irgendwie miteinander zusammenhing.

«Ein Einbruch kann es jedenfalls nicht gewesen sein», führte Nanetti weiter aus.

Soneri blickte ihn etwas unwirsch an: Er hasste es, auf die Folter gespannt zu werden. Dann ging ihm auf, dass sein Kollege vermutlich nur laut nachdachte.

«Warum wurde beispielsweise der Tresor nicht angerührt?», überlegte Nanetti weiter. «Er befindet sich am banalsten Platz der Welt, hinter einem Kunstdruck von Monet. Es ist nicht schwer, den Besitzer dazu zu bringen, ihn zu öffnen, wenn man ihn mit Schlägen traktiert.»

«Eine falsche Spur», meinte Soneri knapp. «Nicht einmal eine besonders raffinierte.»

«Ganz meine Meinung, schließlich lässt sich auch nicht erklären, warum die Tür nicht aufgebrochen wurde. Daraus kann man schließen, dass Galluzzo seine Mörder hereingelassen hat. Er kannte sie.»

«Vielleicht haben sie vor dem Haus auf ihn gewartet und ihn bedroht», überlegte Soneri.

«Aber dann hätten sie ihn doch gezwungen, den Tresor zu öffnen! Und da gibt es noch etwas Eigenartiges …», fügte Nanetti hinzu.

Der Commissario musste sich zwingen, ruhig zu bleiben, er verlor allmählich die Geduld. Aber er wartete ab, bis der Kollege fortfuhr: «Es sieht so aus, als sei ein relativ großer Plasmafernseher verschwunden. Da hängen lose Kabel herunter, und man sieht einen Abdruck an der Wand.»

«Das müssen Verrückte sein.»

«Kommt mir auch so vor.»

«Vielleicht hat Galluzzo ihn gerade selbst zur Reparatur gebracht …»

«Möglich …», murmelte Nanetti. «Aber wie auch immer, so wie sich das hier anlässt, scheint mir das ein ziemlich unangenehmer Fall zu werden.»

«Das war ja zu erwarten», knurrte Soneri. «Bei der Hitze brennen die Sicherungen durch», fügte er dann hinzu. Die Vorstellung, was ihn nun an Arbeit erwartete, war nicht sehr verlockend.

Er hatte den Sommer in der Stadt nie sehr gemocht. In den Gassen stank es nach Urin, und in den Bussen hing beißender Schweißgeruch. Er hasste die nächtliche Unruhe, wenn verzweifelte Betrunkene den Mond anbrüllten, und er hasste die Schlaflosigkeit, die auf die Müdigkeit in der Nachmittagshitze folgte. Wie sehr wünschte er sich den kühlen Nebel zurück, der alles einhüllte und unter sich verbarg. Zum Glück war es nicht mehr lange hin bis Mariä Himmelfahrt, die Stadt würde sich leeren, und nur die Alten und die armen Teufel würden zurückbleiben. Er tröstete sich mit dem Gedanken an ausgestorbene Straßen in der endlich stillen Stadt, wenn zum Abendessen in den Osterien die Tische draußen standen: seine persönliche kleine Sommerfrische.

2

Juvara hatte ihm ein paar Fotos von Galluzzo herausgesucht: ein ziemlich attraktiver Mann, elegant gekleidet und mit einem fröhlichen, jungenhaften Gesicht. Kein Vergleich mit der Leiche, die Soneri kurz zuvor in der Wohnung in der Via Cavour gesehen hatte: Die blauen Flecke, Schwellungen und Wunden hatten ihn verunstaltet ... Er seufzte. Wie vergänglich der Mensch doch war. Als er das Foto weglegte, klingelte das Telefon.

«Wir sammeln Geld für ein neues Akkordeon», verkündete Angela.

«Gondo will kein neues Akkordeon, er will sein eigenes zurück. Ich glaube, er hat es von seinem Vater geerbt», stellte Soneri klar.

«Wenn er es erst hat, wird er darauf spielen wie auf dem alten», meinte sie. «Es ist immer noch besser, als zu betteln.»

«Er ist kein Bettler, er ist ein Straßenkünstler. Er hat sogar eine Genehmigung.»

«Nun, wenn du kurz am Teatro Regio vorbeigehst, kannst du dir ja selbst ein Bild machen: Er hat ein Schild aufgestellt, auf dem er die Passanten um Hilfe bittet, weil ihm das Akkordeon gestohlen wurde. Jeder, der ihn kennt, gibt ihm ein bisschen Geld.»

Knurrend legte der Commissario auf: Es bestand kein

Zweifel daran, dass es mit der Welt bergab ging. Es machte sich an den kleinen Dingen bemerkbar. Er zuckte zusammen, als er Juvara neben sich hüsteln hörte, ohne dass er ihn hatte kommen hören. Sein Inspektor schob die Fotos zusammen und legte ihm eine Akte hin, auf die er mit Filzstift GALLUZZO geschrieben hatte.

Soneri spürte, wie ihm der Sessel aus Kunstleder im Rücken brannte, und stand mit einem Ruck auf. «Es geht schneller, wenn du erzählst, was du herausgefunden hast», sagte er und suchte nach einem kühleren Flecken. Sein Inspektor folgte ihm unschlüssig. Schließlich setzten sie sich auf das Sofa und streckten die Beine aus wie zwei Arbeiter in der Mittagspause.

«Galluzzo hatte kaum Bekannte», begann Juvara. «Er kam vor zwei Jahren aus Kalabrien, vor sechs Monaten übernahm er die Boutique *Location* in der Via Cavour. Das Geschäft gehört zu einer Kette, die sich an der Einrichtung amerikanischer Shopping Malls orientiert.»

Soneri machte eine gereizte Geste: «Ich habe es gesehen, etwas Aufgesetzteres und Überflüssigeres kann man sich kaum vorstellen.»

Der Inspektor verkniff sich seinen Unmut über die Unterbrechung, doch es entfuhr ihm ein Seufzer. Soneri verstand und bedeutete ihm mit einer weiteren Geste fortzufahren.

«Offenbar ging es im Laden nicht so gut, weshalb sein Geschäftspartner De Angelis aus Mailand gekommen war, um die Dinge wieder ins Lot zu bringen. Aber wenn der Betrieb einmal schlecht läuft …»

«Hatte Galluzzo Verwandte hier?», fragte Soneri.

«Nur eine Schwester, sie ist mit einem Immobilienmakler verheiratet, auch aus Kalabrien.»

«Wo wohnt sie?»

«Ganz in der Nähe, im Borgo del Parmigianino. Dort hat man auch Galluzzos Wagen gefunden: einen roten Mini Cooper.»

«Ungewöhnliches Modell für einen Fünfzigjährigen», meinte Soneri. «Parkte er sonst auch da?»

«Nein, er hatte einen Stellplatz in der Toschi-Garage, hinter dem Palazzo della Pilotta.»

«Und warum stand das Auto vor dem Haus der Schwester?»

«Wir wissen es nicht. Vielleicht war er in Eile, oder er wollte später noch einmal wegfahren.»

Das Telefon unterbrach sie.

«Der Zeitpunkt des Todes war ungefähr um eins», teilte ihm Nanetti mit. Der Commissario war überrascht, genau das hatte er sich gerade im Stillen gefragt. «Ich kann dir bestätigen, dass der Mann erst gefesselt, dann erschlagen und anschließend von den Fesseln befreit wurde. Die Verletzungen an den Handgelenken zog er sich zur gleichen Zeit zu wie die Schläge.»

«Wenn es keine Inszenierung ist, heißt das, dass sie ihn nur ein bisschen verprügeln wollten», stellte Soneri fest.

«Das glaube ich auch. Irgendwas ist da schiefgelaufen. Entweder ist der Schläger zu weit gegangen, oder Galluzzo war zu zart.»

«Klingt nach Unterweltmethoden, aber es könnte sich auch um einen Dieb handeln, einen Profi, der wusste, dass er etwas Wertvolles verbarg und das Versteck aus ihm herausprügeln wollte. Hast du nicht gesagt, es wurden ein paar Sachen gestohlen?»

«Es fehlen der Plasmafernseher, zwei Handys, drei teure Armbanduhren und ein Navigationssystem.»

«Mit wem habt ihr diese Inventarliste erstellt?»

«Mit dem Geschäftspartner. Er weiß über fast alles Bescheid. Er hat auch die Schwester des Opfers angerufen, die alles bestätig hat.»

Verdutzt schwieg Soneri. Mit der geduldigen Stimme eines Menschen, der daran gewöhnt ist, akribisch vorzugehen, fuhr Nanetti fort: «Wenn es ein Dieb war, bleibt die Frage, warum er den Tresor nicht angerührt hat», beharrte er und wiederholte seine Zweifel. «Wie soll er überhaupt hereingekommen sein? Weder die Tür noch das Fenster wurden aufgebrochen.»

«Bleibt als einzige Möglichkeit, dass sie ihn im Treppenhaus abgepasst haben», überlegte der Commissario und kämpfte gegen den Nebel in seinem Kopf an. «Nach sechs Uhr abends schließen die Büros, danach kommt dort niemand mehr vorbei.»

«Auf jeden Fall habe ich eine gute Nachricht für dich: Wir haben einen der besten Untersuchungsrichter erwischt: Percudani leitet die Ermittlungen.»

«Hat er einen Autopsietermin festgesetzt?»

«Morgen früh, du weißt doch, Percudani verliert keine Zeit.»

Der Commissario beendete das Gespräch und ging zurück zum Sofa. Juvara schlug die Akte wieder auf und schickte sich an, seinen Bericht fortzusetzen, als von neuem das Telefon klingelte.

Es war der Richter, als hätte Percudani nur darauf gewartet, seinem Ruf gerecht zu werden: «Morgen früh, nach der Autopsie, werde ich mit dem Polizeipräsidenten telefonieren. Möchten Sie dem Bericht der Spurensicherung noch etwas hinzufügen?»

«Nein, ich denke nicht …», stammelte Soneri verlegen.

«Wir stehen ja erst am Anfang, und wir haben noch nichts herausfinden können …», fügte er ergeben hinzu.

Der Richter ließ ihn nicht ausreden. «Macht ja nichts, ich wollte nur sichergehen», schloss er resolut.

In der Zwischenzeit hatte es Juvara geschafft, die Klimaanlage zum Laufen zu bringen, die leise vor sich hin rauschte. Doch wieder schrillte das Telefon, und der Inspektor stöhnte. Diesmal war es Pasquariello: «Wir bringen den Wagen des Opfers zur Spurensicherung, aber ich kann Ihnen jetzt schon sagen, dass da jemand zwischen den Sitzen herumgestöbert hat.»

«Ein Dieb?»

«Sieht so aus. Die Beifahrertür wurde aufgebrochen, aber ich kann nicht sagen, ob sie etwas mitgenommen haben.»

«Fehlt nichts?»

«Augenscheinlich nicht. Die haben sogar die Kopfhörer für das Handy dagelassen. Allerdings waren im Aschenbecher zwei Tütchen …»

«Was für Tütchen?», drängte der Commissario.

«Ich mag mich täuschen, aber sie sehen aus wie solche, in denen man Kokain aufbewahrt.»

«Schauen wir mal, was Nanetti dazu sagt», erwiderte Soneri zögernd. Schlagartig war ihm der Verdacht gekommen, ob er es nicht mit einem Drogenabhängigen aus besseren Kreisen zu tun haben könnte, mit einem von der Sorte, die sich ein Vermögen durch die Nase zieht. Nur passte die aufgebrochene Tür ganz und gar nicht dazu. «Wenn nichts fehlt …», begann er, aber die Worte blieben ihm im Hals stecken. Was er sagen wollte: Wenn allem Anschein nach nichts fehlte, dann hatte der Einbrecher vielleicht nach etwas gesucht, was sich momentan gar nicht im

Wagen befand. Als ihm jedoch bewusst wurde, dass diese Überlegung zu gar nichts führte, brach er mitten im Satz ab und verstummte verlegen.

«Hallo!», rief der Streifenchef, als sei die Leitung unterbrochen.

«Gibt es sonst noch etwas zu besprechen?», knüpfte Soneri vollkommen unvermittelt wieder an ihr Gespräch an.

«Nein. Nur noch ein Detail …»

«Welches?»

«Gestern Abend hat Galluzzo im *Nabucco* gegessen.»

Soneri mochte das Restaurant nicht. Das Lokal strotzte vor geschmacklosem Luxus, es wimmelte vor ausgehaltenen Frauen, und die aufdringlichen Kellner überwachten einen wie Gefängniswärter.

«Der hat es sich aber gutgehen lassen», stellte er nüchtern fest. «Allein oder in Begleitung?»

«Allein», erwiderte Pasquariello, und seine Stimme verriet die Verwunderung darüber.

«In einem solchen Lokal isst man nicht alleine wie in einer Kantine», brummte der Commissario. Da der andere dazu nur schwieg, knurrte er einen Abschiedsgruß und legte auf. «Wo waren wir stehengeblieben?», fragte er Juvara. Dem schien es gerade gelungen zu sein, die Klimaanlage richtig einzustellen.

«Beim Wagen. Ich sagte, dass er vor dem Haus der Schwester geparkt war, obwohl Galluzzo einen Stellplatz in einer Tiefgarage hatte.»

«Auch dazu wird uns Nanetti Genaueres sagen können», meinte der Commissario kurz angebunden.

Juvara ordnete das Blatt mit der entsprechenden Notiz nach hinten, um es zu archivieren. Dann ging er zur nächsten Information über. «Galluzzo war verheiratet und hat einen siebzehnjährigen Sohn. Über die Frau ist nichts bekannt, sie sind seit zehn Jahren geschieden.»

«Hatte er Bekannte? Ich meine unter den anderen Ladenbesitzern oder Nachbarn?», bohrte Soneri weiter.

«Manche kannten ihn vom Sehen und beschreiben ihn als einen sehr freundlichen Mann, der jeden grüßte. Er war immer gut gekleidet und wirkte jünger, als er war. Echte Bekanntschaften scheint er jedoch nicht gehabt zu haben. Im Haus sind die alten Mieter durch die Sanierung vertrieben worden, um Platz für Büros zu machen. Nur eine alte Wohnungseigentümerin ist dort geblieben, aber bei all den Leuten, die in den Büros aus und ein gehen, hat sie den Überblick verloren, wer da alles kommt und geht.»

Angesichts dieser nicht sehr aussagekräftigen Informationen schien Soneri ungeduldig zu werden. Er streckte die Hand nach dem Luftstrom der Klimaanlage aus, die immer lauter rauschte. «Viel Lärm um nichts als heiße Luft», philosophierte er schließlich. «Die Hitze wird doch bloß lautstark durcheinandergewirbelt.»

Galluzzo hingegen schien sich mit der lautlosen Unauffälligkeit einer Maus durch die Stadt bewegt zu haben. Offenbar gab es niemanden, der ihn näher kannte, nichts, was über einen Blick oder einen Gruß am Ladeneingang hinausging. Niemand wusste etwas über sein Leben. Es schien, als habe er in völliger Abgeschiedenheit gelebt und nicht in der belebtesten Straße der Stadt.

Juvara widmete sich noch einmal kurz der Klimaanlage und schaffte es, den Lärm auf ein leichtes Blasen zu reduzieren.

«Und seine Verwandten?», fragte der Commissario. «Reiche Leute?»

«Soweit wir wissen, wohl eher vermögend. Seine drei

Brüder sind ebenfalls Geschäftsleute, auch in der Textilbranche», erwiderte Juvara.

«Wo?»

«Im Süden, in Kalabrien und in der Basilikata.»

«Wenn der Laden nicht gut lief ...», überlegte Soneri. «Hatte er Schulden?»

«Das müssen wir noch überprüfen, aber nach einem ersten Blick auf die Kontobewegungen sieht es nicht danach aus. Allerdings schwamm er auch nicht gerade im Geld», erklärte der Inspektor, «sein Kontostand ist eher bescheiden.»

Soneri schwieg. Sein Verdacht, dass ihm dieser Fall viel Ärger bescheren würde, verdichtete sich. Das sagte ihm seine Erfahrung. Wenn es in den ersten Stunden der Untersuchung nicht wenigstens ein paar klare Hinweise gab, bedeutete das, dass es eine der unangenehmeren Ermittlungen werden würde. Unruhig stand er auf, strich sich über den Schnurrbart und zündete den Stummel seiner Toscano an. Noch immer klebte ihm die Kleidung am Körper.

«Ich gehe nochmal in die Via Cavour», verkündete er, schon in der Tür. «Beim Gehen kann ich mir so etwas wie einen Luftzug wenigstens einbilden.»

Er durchquerte den Hof des Präsidiums und ging auf den Ausgang zur Via Repubblica zu, wo ihm ohrenbetäubender Krach entgegenschallte: Blechinstrumente, Trommeln und Pfeifen. Die Straße wurde von etwa hundert Leuten mit Transparenten und Schildern blockiert.

«Was wollen die?», fragte er die Wache am Eingang.

«Das sind die Arbeiter aus der Forneria Duomo, sie demonstrieren gegen den Abriss der Fabrik.»

Soneri hatte in seinem Leben Berge süßen Gebäcks aus

der Forneria Duomo verspeist. So erinnerte er sich an die Veneziane, mit Zucker bestreute halbrunde Kuchen, die ihm seine Mutter manchmal vor der Schule kaufte, und bei der Erinnerung an den Geschmack durchströmte ihn eine Welle der Melancholie.

Ein Gewerkschafter zählte gerade die Gründe des Protestes auf: Der Eigentümer wollte die alten Fabrikgebäude niederreißen, um auf dem Gelände, das nahe am Stadtzentrum lag, Wohnhäuser zu bauen. Die Stadt war in die Hände von Spekulanten geraten, die rücksichtslos über die Geschichte hinweggingen, alles abrissen und dabei auch das Leben derjenigen, die ihnen im Weg waren, unter sich begruben.

Im Weggehen hörte der Commissario noch, wie jemand in ein Megaphon brüllte und das Eingreifen des Polizeipräsidenten forderte. Obwohl die Sonne schon so weit gesunken war, dass sie bereits die Dächer streifte, blieb die Hitze drückend. Soneri machte einen Umweg durch die Via Garibaldi, wo er in der Ferne Gondo in einem Haufen Lumpen zusammengekauert auf den Stufen des Teatro Regio sitzen sah. Als er in den Borgo Angelo Mazza einbog, versuchte er, der heißen Abluft der Klimaanlagen auszuweichen, die die wunderschönen Verkäuferinnen und ein paar unbedeutende bunte Fummel kühlten.

Kurz darauf stieg er die Treppe in der Via Cavour 15 hinauf, an der versiegelten Tür Galluzzos vorbei, in die oberen Stockwerke, wo die Hitze immer unerträglicher wurde. Oben angekommen, spürte er, wie ihm kitzelnd ein paar Schweißtropfen vom Hals den Rücken bis zum Hosenbund hinunterliefen. Er befand sich vor einer Tür, auf der CLARA VESCOVI stand.

Als er klingelte, gab eine alte Frau durch einen kleinen

Spalt den Blick auf ein halbdunkles Zimmer frei, und hörte sich an, wie er sich vorstellte. Dann erst machte sie die Kette los und bedeutete ihm mit einer Geste hereinzukommen. Sie schloss die Tür wieder, stellte sich vor ihn hin und starrte ihn einen Augenblick an, als wolle sie die Realität mit dem vergleichen, was sie sich vorgestellt hatte.

«Ich hatte Sie für älter gehalten», stellte sie schließlich fest. «Manche Männer sehen jünger aus, als sie sind», fügte sie gleich darauf hinzu. «So wie der, den sie umgebracht haben», bemerkte sie noch und ging vor ihm her in das kleine Wohnzimmer.

Dass sie von selbst auf das Thema gekommen war, machte die Sache leichter.

«Haben Sie sich manchmal miteinander unterhalten?», fragte der Commissario.

«Wir haben uns nur gegrüßt. Gute Nachbarschaft gibt es ja heutzutage nicht mehr. Früher wohnten hier Familien, und an San Giovanni stellten wir Tische im Hof auf, um zusammen zu essen und zu feiern», erinnerte sich die alte Frau gedankenverloren.

«Jetzt sind hier überall Büros ...», stellte Soneri fest, und bei der Vorstellung, Ende Juni in großer Runde im Mondschein zu tafeln und irgendwann vom Morgentau überrascht zu werden, durchströmte ihn erneut Melancholie.

«Bis gestern waren dieser arme Mann und ich die Einzigen, die hier im Haus wohnten», seufzte die Frau. «Als er eingezogen ist, habe ich mich sehr gefreut. Ich dachte: Wenn ich Hilfe brauche, ist da jemand, an dessen Tür ich läuten kann.»

«Und, haben Sie?»

«Nein. Er war nie zu Hause. Er kam erst heim, wenn ich

schon schlief. Und wenn er da war, wäre er wohl nur ungern gestört worden», raunte sie boshaft.

«Hatte er oft Besuch?», fragte Soneri auf diese Anspielung hin.

Sie nickte.

«Ein gutaussehender Mann … geschieden …», zählte der Commissario mögliche Gründe auf.

Signora Clara grinste: «Nicht, was Sie denken.»

Soneri hob fragend das Kinn.

«Also, ich habe nie Frauen zu ihm kommen oder gehen sehen. Aber mir ist aufgefallen, dass er oft in Begleitung junger Männer war. Sehr junger Männer», betonte die alte Frau. «Ich verstehe ja nichts von solchen Sachen, aber sie sahen nicht gerade aus wie Chorknaben.»

«Blieben sie lange?»

«Oh, das kann ich Ihnen nicht mit Sicherheit sagen. Ich habe nur ein paarmal gehört, dass lauter gesprochen wurde als sonst. Vielleicht weil die Tür offen stand. Einmal ist jemand die Treppe hinuntergerannt, als sei er auf der Flucht.»

Ein paar Sekunden lang schwieg Soneri. Unerwartete Enthüllungen verblüfften ihn immer etwas, was ihn wunderte, nach all den Jahren, die er damit verbracht hatte, in so vielen scheinbar untadeligen Leben herumzuwühlen.

«Sonst ist Ihnen nichts aufgefallen?», fragte er in möglichst sachlichem Tonfall nach.

Trotzdem musste die Alte einen leichten Vorwurf herausgehört haben, weil sie nun trotzig reagierte. «Ich spioniere meine Nachbarn nicht Tag und Nacht aus, selbst wenn ich die Zeit dazu hätte.»

«Nun, wenn man im gleichen Haus wohnt …», versuchte der Commissario einzulenken.

«Ich kann nur sagen, dass er es sich nach meinem Eindruck an nichts fehlen ließ», erklärte die alte Frau und schob ihre Unterarme zur Seite, wobei sie Schweißspuren auf dem Glastisch hinterließ.

Erst jetzt blickte Soneri sich um und bemerkte, wie schattig und dunkel es im Zimmer war und wie staubig und abgestanden die Luft. Alles wirkte so ganz anders als in der modernen, geschmackvollen Wohnung von Galluzzo.

«Führte er das Leben eines reichen Mannes?»

«Ich schaue den Leuten zwar nicht in den Geldbeutel», erklärte Clara stur, «aber wenn einer nie zu Hause isst und eine Putzfrau hat, die zweimal in der Woche kommt, kann es ihm so schlecht nicht gehen.»

Er erinnerte sich, dass Galluzzo sein letztes Abendessen im *Nabucco* eingenommen hatte. Vielleicht hatte die alte Frau recht.

«Heutzutage erfährt man nichts mehr darüber, wie die Leute sich über Wasser halten», raunte die Alte ihm zu, ihr Gesichtsausdruck wirkte in der Dunkelheit gleichzeitig komplizenhaft und argwöhnisch. Soneri spürte, wie er in diesem Halbdunkel unter dem Dach schmorte wie in einem Dampfbad und hörte die gedämpften Geräusche der demonstrierenden Arbeiter, die in der Nähe vorbeizogen. Es waren dieselben Geräusche, die er so oft in seiner Schulzeit gehört hatte, Geräusche aus einer längst vergangenen Welt, in der es alljährlich die Herbststreiks gab, wo in den Hinterhöfen die Kinder spielten und man in den Mietshäusern die Stimmen und Rufe der jungen Mütter hörte.

«Ich verstehe das alles nicht mehr», bekräftigte die Alte noch einmal. «Und vielleicht täusche ich mich, wenn ich denke, dass dieser Mann über seine Verhältnisse gelebt hat», korrigierte sie sich.

«Ich verstehe das alles auch nicht», entfuhr es dem Commissario, der wieder aus seinen Erinnerungen auftauchte. Er fühlte sich nun nicht mehr nur dem Schicksal, sondern auch dem Mord an Galluzzo gegenüber ohnmächtig. Dieser Fall stellte sich ihm in ständig wechselndem Licht dar.

Sein Handy klingelte, und Nanetti gab ihm die ersten Ergebnisse zu den Tütchen in Galluzzos Wagen durch: «Wir haben Spuren von Kokain darin gefunden.»

Galluzzo ließ es sich tatsächlich an nichts fehlen, genau wie Signora Vescovi vermutet hatte: ein schöner Wagen, junge Männer, teure Restaurants und Drogen.

«Habt ihr sonst noch etwas gefunden?», fragte der Commissario.

«Reicht dir das nicht?», entgegnete Nanetti gutmütig. «Das Auto scheint jedenfalls bis in den letzten Winkel durchsucht worden zu sein.»

«Genau das macht mich ja so stutzig», brummte Soneri.

«Wenn man bedenkt, dass die Tür von jemandem aufgebrochen wurde, der sein Handwerk verstand ... Wir haben nicht einen Kratzer gefunden.»

Der Commissario seufzte: «Warum sollte jemand Kokaintütchen im Aschenbecher zurücklassen? So was schnupft man doch nicht im Auto.»

«Nach so vielen Jahren in diesem Beruf solltest du wissen, dass sich manchmal die unwahrscheinlichsten Dinge bewahrheiten», erinnerte ihn Nanetti.

Das stimmte, er hatte es unzählige Male erlebt. «Aber meistens nehmen die Dinge den einfachsten Lauf», erwiderte Soneri.

«Wenn ich hier fertig bin, gebe ich dir noch einmal

durch, was ich entdeckt habe. Vielleicht hilft dir das ja, klarer zu sehen.»

Soneri hatte nicht bemerkt, dass Clara Vescovi die ganze Zeit über reglos neben ihm gestanden und zugehört hatte. Als er das Handy wegsteckte, machte sie eine kaum merkliche Bewegung, als wollte sie sich mit einer Geste bei ihm entschuldigen. Er nickte ihr zu, öffnete die Tür und ging.

3

Unten auf der Straße begann die Via Cavour gerade, ihr Aussehen zu verändern. Läden und Büros schlossen, und die ersten Nachtschwärmer mischten sich unter die Verkäuferinnen und Angestellten. Zu ihren Füßen lagen wie ein weißer Teppich Flugblätter der Arbeiter aus der Forneria Duomo. Der kochend heiße Asphalt würde die Nacht über glühen und die Hitze in der Stadt gefangen halten. Die Dunkelheit würde keine Abkühlung bringen, nur Schlaflosigkeit und Schweiß. Verwundert bemerkte Soneri, dass er seine Zigarre seit Stunden nicht mehr angezündet hatte, es war einfach zu heiß. Der Stummel, den er zwischen den Lippen drehte, war nicht weniger nass als sein verschwitzter Körper. Erneut klingelte sein Handy.

«Die Spendenaktion für Gondo steuert auf die Summe zu, die wir uns vorgenommen hatten», informierte ihn Angela. «Viele Richter haben sich beteiligt, und wenn wir einen Rabatt bekommen …»

«Ich denke, dass ihr einen Fehler macht», brummte Soneri.

«Nicht alle sind solche Gewohnheitstiere wie du. Er wird sich über ein moderneres Instrument freuen.»

«Mit Dingen, die keine Geschichte haben, ist sowieso nichts anzufangen», meinte Soneri ein wenig verstimmt und erzählte ihr kurz von Galluzzo, der keinerlei Vergangenheit zu haben schien, fast als wäre er mit einem Fallschirm in der Stadt gelandet.

«Commissario, ich merke, dass du auf Hochtouren läufst, das ist ein gutes Zeichen.»

«Dieser Mann ist wie das Akkordeon, das ihr Gondo schenken wollt», überlegte Soneri schließlich, während er vom Boden ein Flugblatt mit dem Abdruck einer Schuhsohle aufhob. «Die Stadt gibt ihre traditionellen Industrien auf, um sich der Immobilienrendite zu verschreiben», las er.

«Von jetzt an wird das der Normalfall sein», bemerkte Angela. «Keiner hat mehr eine Heimat, die Menschen kommen und gehen: Sie alle sind entwurzelte Migranten.»

«Zum Glück bin ich ein so alter Baum, dass sie mich ganz unten absägen müssten. Mich entwurzelt keiner mehr», erklärte Soneri.

«Aber vielleicht kannst du dich wenigstens für ein paar Stunden losreißen und heute Abend zu mir kommen? Immerhin habe ich eine Klimaanlage ...»

«Unter der Voraussetzung, dass du sie weit genug von mir wegstellst. Die künstliche Kälte ist nicht gut für die Knochen.»

Auf dem Weg ins Präsidium erreichten ihn die letzten Sonnenstrahlen, die schräg zwischen den Häusern hindurchschienen. Die Hitzeglocke über der Stadt würde bald die Sterne verhüllen. Nie hatte er sich so sehr wie in diesem Moment gewünscht, oben auf den Hügeln zu sein, wo die Luft über den Wiesen am Abend abkühlte und in der Dämmerung eine frische Brise aus den Wäldern kam.

Juvara hatte sich im Büro Erleichterung verschafft, indem er einen Ventilator auf dem Schrank postiert hatte, der nun den ganzen Raum belüftete.

«Wo kommt der denn her?», fragte Soneri.

«Ich habe ihn gekauft, heute wäre ich vor lauter Hitze fast ohnmächtig geworden.»

Der Commissario schaute ihn grinsend an. «Vergiss nicht, dass du ein Polizist bist», zog er ihn auf. Er dachte daran, wie die jüngeren Generationen von übervorsichtigen Stadtmüttern zu Schwächlingen herangezogen wurden. Ihr Leben war ganz anders als das harte und raue Leben auf dem Land in seiner Jugend. Sein Inspektor riss ihn aus diesen Gedanken, bevor in ihm das Gefühl aufkeimen konnte, nicht mehr in diese Zeit zu passen.

«Wir haben etliche Auskünfte über Galluzzo eingeholt, aber wir konnten nicht viel in Erfahrung bringen», berichtete er.

«Die Leute in der Stadt kennen einander einfach nicht mehr», murmelte der Commissario und dachte an Angelas Worte.

Der Inspektor blickte ihn ebenso überrascht wie verständnislos an. Dann redete er weiter, als habe er einen Vortrag unterbrochen. «Er kam vor zwei Jahren nach Parma. Er war der Jüngste von vier Geschwistern, drei Jungen und ein Mädchen, die Schwester, die jetzt im Borgo del Parmigianino wohnt. Die Familie Galluzzo ist in Locri recht bekannt und ziemlich reich. Sein Schwager ist ebenfalls ein vermögender Mann: Er ist Makler und besitzt offenbar selbst eine ganze Menge Immobilien.»

«Weißt du, woher das Geld stammt?», fragte Soneri.

«Nein. Anscheinend läuft das alles ganz korrekt, doch bevor er zu seinem Vermögen kam, hatte er Probleme mit der Justiz wegen Glücksspielerei. Aber er hat seine weiße Weste behalten und wurde freigesprochen.»

«Weißt du, warum Galluzzo ausgerechnet hier ein Geschäft eröffnet hat?»

«Sieht so aus, als hinge es damit zusammen, dass er De Angelis kennengelernt hat. Der Mann war im Geschäftsleben in Mailand und der Lombardei gut eingeführt, vielleicht brauchte er jemanden, der sich um die Region Emilia kümmerte. Außerdem waren die Galluzzos schon immer in der Textilbranche tätig.»

«Mit De Angelis muss ich sprechen: Er weiß sehr viel, immerhin hat er mit der Schwester die Bestandsaufnahme der Wohnung gemacht», überlegte der Commissario.

«Er lebt und arbeitet in Italien und in der Schweiz», informierte ihn Juvara, «doch der Schwerpunkt seiner Geschäfte liegt jenseits der Grenze.»

«Sieh zu, dass du mehr über die Familie Galluzzo herausfindest, sowohl in Locri als auch hier. Und überprüfe auch diesen De Angelis», ordnete Soneri mit geistesabwesender Stimme an, die er immer dann hatte, wenn er seine Gedanken sofort in Worte fasste. Als er bemerkte, wie verdutzt ihn Juvara ansah, fügte er noch eine Erklärung hinzu: «So wie es aussieht, haben diese Galluzzi jede Menge Geld, und ich möchte wissen, wo es herkommt. Wenn man Geld im Überfluss hat, investiert man es dort, wo es die meiste Rendite bringt, und zwar in ruhigen Gegenden. Daher kauft man zuerst Häuser, dann Läden und übernimmt schließlich auch Geschäfte, verstehst du?»

Juvara nickte: «Klar. Und wenn man dann noch einen Geschäftspartner in der Schweiz hat, kann man das gewaschene Geld noch viel leichter in Umlauf bringen.»

Soneri hob zustimmend seine Zigarre. «Bei einer Verfolgungsjagd bist du eine Katastrophe, aber wenn's ums Nachdenken geht, stellst du dich gar nicht dumm an.»

Der Inspektor errötete leicht und wirkte sehr verlegen.

«Da ist noch etwas», fuhr der Commissario dann fort, «Galluzzo war homosexuell.»

«Aber er hat doch einen Sohn ... und war verheiratet ...», wunderte sich der Inspektor.

«Das will nichts heißen. Er schleppte junge Männer ab und nahm sie mit nach Hause», sagte Soneri kurz angebunden. «Wir müssen herausfinden, wo er sie auftrieb und in was für Kreisen er sich bewegte.»

Juvara schrieb alles in sein Notizbuch; Zeit, Fragen zu stellen, blieb ihm keine, da der Commissario fortfuhr: «Wir müssen unbedingt herausfinden, ob er erpresst oder bedroht wurde.»

«Aber hier in der Stadt zahlt keiner Schutzgelder», warf der Inspektor ein.

«Oft folgen die Erpresser aus dem Süden ihren Opfern, selbst wenn diese ein Geschäft in tausend Kilometern Entfernung eröffnen.»

Wieder machte sich Juvara Notizen, während der Commissario gar nicht mehr zu stoppen war: «Überprüfe auch, ob er Schulden hatte», befahl er ihm. «Wenn sein Geschäft so schlecht lief, woher nahm er dann das Geld für seinen aufwendigen Lebenswandel?»

Mit einem Schlag sprudelten all die Gedanken aus ihm heraus, die sich tagsüber aufgestaut hatten, als er permanent das Gefühl hatte, nichts zu verstehen. Er war erleichtert, die Ermittlungen in Gang zu setzen, weil es ihm das Gefühl gab, dass endlich etwas passierte. Dabei folgte er nur seiner Intuition.

Er blickte nach draußen und stellte zufrieden fest, dass die Dunkelheit zunahm. Er fühlte sich dreckig, und sein Hemd klebte ihm zerknittert am Körper. «Wann findet die Autopsie morgen statt?»

«Früh, um acht», antwortete Juvara. Die Uhrzeit passte zu Percudanis Gewohnheiten, der sicher lang mit dem Gerichtsmediziner verhandelt hatte, um ihn im Morgengrauen aus dem Bett zu bekommen.

In diesem Moment klingelte Soneris Handy.

«Kommst du nun oder nicht?», fragte Angela. «Ich muss dir etwas Wichtiges erzählen.»

«Warum gehen wir nicht ins *Nabucco*?», schlug Soneri vor. Die Idee war ihm spontan gekommen.

«Sag mir die Wahrheit: Hast du Angst, dass es bei mir nicht schmeckt?»

«Aber nein, aus einem ganz anderen Grund.»

«Welchem?»

«Galluzzo hat vor seinem Tod dort zu Abend gegessen.»

«Das scheint mir aber kein gutes Vorzeichen zu sein.»

«Sei nicht abergläubisch. Bist du einverstanden?»

«Aber nur, weil ich neugierig bin und noch nie dort war.»

Soneri machte sich auf den Weg durch die Stadt, über der sich immer noch die Hitzeglocke hielt. Schon nach wenigen Schritten vermisste er Juvaras Ventilator, und groteskerweise musste er an Galluzzos Leiche denken, die in einem Kühlfach der Gerichtsmedizin darauf wartete, seziert zu werden. Dem nützte die Kälte jetzt nichts mehr. Bei Angela angekommen, duschte er, doch sobald er den Wasserhahn abgestellt hatte, begann er wieder zu schwitzen. Als sie schließlich über die Schwelle des *Nabucco* traten, wurden sie so schlagartig von winterlicher Kälte empfangen, dass es ihnen beinahe den Atem verschlug.

Das Lokal verfügte über mehrere Räume, und der Kellner wollte wissen, welcher ihnen zusagte: Es gab den Billardraum mit einem Tisch voller Kugeln und Queues, den Musiksaal mit einem Klavier, das Pokerzimmer mit Karten und das Fischerzimmer mit Netzen und Rudern.

«Im Bootsmannssaal und im Matrosenzimmer ist schon alles besetzt», teilte der Kellner ihnen mit.

Wo wohl Galluzzo gegessen hatte? Vielleicht im Pokerzimmer, wo ihm doch Glücksspiele so lagen? Als Angela ihn fragend anblickte, wo er sitzen wollte, nannte er also dieses.

«Ein schrecklicher Ort», kommentierte er, kaum dass sie sich gesetzt hatten.

«Warum hast du mich denn dann hergeführt? Ich hatte gegrilltes Gemüse vorbereitet ...»

«Hoffen wir, dass es schmeckt», schnaubte Soneri, und Angela war nicht sicher, ob sich das auf ihre Kochkünste oder auf das Restaurant bezog.

«Irgendeinen Grund wird es schon dafür geben, dass es zum absoluten In-Restaurant geworden ist», bemerkte sie.

«Fischgerichte», erwiderte Soneri süffisant. «Für die Provinzler reicht doch eine auch nur andeutungsweise exotische Zutat, und schon fühlen sie sich wie auf dem Deck eines Ozeandampfers.»

«Sollen sie denn etwa immer nur Pasta essen?», empörte sich Angela.

«Aber nein», wehrte der Commissario ab. «Es ist einfach so, dass mir diese Mitläufer Angst machen. Immer schlagen sie den Weg ein, den andere für sie ausgesucht haben. Und sind dankbar, wenn einer entschlossen vorangeht, weil er ihnen die Entscheidung abnimmt. Da sie keine eigenen Ideen haben, nehmen sie gern die der anderen auf und folgen blindlings demjenigen, der am lautesten schreit.»

Der Andrang von Krawattenträgern und Frauen in Designer-Kostümen am Eingang schien Soneris Worte zu unterstreichen.

«Du denkst also, dieser Galluzzo war einer, der gegen den Strom geschwommen ist?», fragte Angela gerade heraus.

«Wenn sie ihn umgebracht haben ...», erwiderte der Commissario vage. «Gegen den Strom ist er schon durch seine Homosexualität geschwommen.»

«Noch einer», bemerkte Angela.

«Entschuldigung, wer denn sonst noch?»

«So ein Kerl, der heute Nachmittag bei mir war, um mit mir zu reden.»

«Kannte er Galluzzo?»

«Nur vom Sehen und wegen des Ladens: Er hat den gleichen Beruf, aber ich denke nicht, dass sie miteinander zu tun hatten, das hätte er mir gesagt.»

«War es das, worüber du mit mir sprechen wolltest?»

«Nun, er hat da etwas erzählt, was dich interessieren könnte.»

«Über den Mord?»

«Nein, über Wucherzinsen.»

Soneri schwieg, als sei er betroffen. Dann richtete er sich auf und nahm eine sehr förmliche Haltung an: «Er muss Anzeige erstatten.»

«Hör mal», unterbrach ihn Angela, «ich erzähle das jetzt nicht dem Commissario. Im Moment wird der Mann ganz bestimmt keine Anzeige erstatten, weil er nämlich versuchen möchte, da allein wieder rauszukommen. Ich wollte dir trotzdem davon erzählen, auch weil mich deine Meinung interessiert. Vielleicht ist es ganz gut, wenn du erfährst, was sich hinter den Kulissen da draußen so abspielt.»

Der Kellner unterbrach sie und zählte eine Reihe von französisch klingenden Gerichten auf, die Soneri gänzlich unbekannt waren. Der Commissario ignorierte seine Anstrengungen, alles richtig auszusprechen, und entschied sich für ein Risotto ai frutti di mare und einen Seebarsch, den er sich mit Angela teilte. Nur beim Wein wählte er einen französischen Sauvignon aus.

«Wenn er keine Anzeige erstatten will, verstehe ich nicht, warum er sich an eine Anwältin wendet», erklärte Soneri.

«Ich kenne ihn schon lange. Ich kaufe oft bei ihm ein, und mit der Zeit haben wir uns besser kennengelernt. Er erzählte mir, dass er große Sorgen hätte und mit jemandem sprechen wollte, der ihm einen Rat geben könnte. Das ginge dir doch bestimmt genauso!»

«Vielleicht, aber sich in die Hände von Wucherern zu begeben ...»

«Sein Laden lief viele Jahre gut. Dann brach der Konsum ein, ein paar Geschäfte gingen schief, ein paarmal wurde er übers Ohr gehauen ... Was tut man dann? Alles aufgeben? Einen Laden, der dir alles bedeutet? Beim Versuch ihn zu retten, war ihm jeder Weg recht.»

«Aber er hat dabei ausgerechnet den Weg eingeschlagen, der ihn möglicherweise direkt in den Ruin führt», meinte der Commissario.

«Wenn ihm die Banken entgegengekommen wären, doch stattdessen ... Weißt du, ich musste dabei auch an diesen Galluzzo denken ...»

«Möglich ist alles», murmelte Soneri. «Doch wie steht es denn jetzt um deinen Bekannten?»

«Er will sich Geld borgen und den Wucherern eine höhere Summe anbieten. Er will versuchen, sie zu einem Schuldenplan zu überreden, mit dem er da herauskommt.»

«Er wird auch noch das Geld seiner Freunde und die Freunde selbst verlieren», meinte der Commissario skeptisch.

«Er meinte, dass er es da mit jemandem zu tun hat, der durchaus vernünftig ist …»

Grinsend bedeutete der Commissario, es gut sein zu lassen.

«Natürlich ist er ein Gauner», verteidigte sie sich, «doch wer ist das heutzutage nicht? Glaubst du, dass die Banker oder die Versicherungsvertreter oder die Börsenmakler keine sind? Und diejenigen, die ihr Geld damit machen, dass sie die kleinen Aktionäre ausnehmen? Ich will nicht sagen, dass er ein Heiliger ist, aber er gehört nicht zu den brutalen Typen, die einem gleich die Pistole auf die Brust setzen.»

«Und gerade deshalb ist er vielleicht noch gefährlicher.»

«Ich verstehe schon, du siehst heute mal wieder alles schwarz.»

«Was daran liegt, dass ich bei diesem unabsichtlichen Mord überhaupt nicht durchblicke. Ich habe das Gefühl, dass sich gerade hinter diesem Irrtum irgendwelche Geheimnisse verbergen», entschuldigte sich der Commissario. «Wenn sie ihn hätten umbringen wollen, wäre die Geschichte in sich schlüssig. Doch die Tatsache, dass sie ihm nur eine Lektion erteilen wollten, wirft Fragen auf.»

Angela gab ihm durch eine Geste zu verstehen, dass sie verstanden hatte. «Wie auch immer, mein Bekannter ist bereit, dir alles zu erklären. Er wird nichts unternehmen, bevor ich ihm nicht dazu rate.»

Dankbar schaute Soneri sie an, aber seine Gedanken gingen schon wieder in eine andere Richtung. «Ich sehe allerdings nicht, was das alles mit meinem Fall zu tun haben soll …»

«Ich wollte dir nur davon erzählen, weil es da diese Ähnlichkeiten gibt: Beide sind Kaufleute aus der gleichen Branche, beide sind homosexuell … Schließlich sagst du doch immer, dass gerade die Zufälle einen auf die richtige Spur bringen können …»

Er lächelte und wollte etwas sagen, doch sie kam ihm zuvor. «Es gibt noch einen anderen Grund, warum ich eingewilligt habe, dich hierher zu begleiten, und darüber hinweggesehen habe, dass du meine Kochkünste verschmähst.»

Soneri zog es vor zu schweigen, um nichts Falsches zu sagen.

«Dieses Lokal gehört Roger.»

Der Commissario blickte sie verdutzt an und suchte in seinem Gedächtnis nach dem Gesicht, das zu diesem Namen gehörte.

«Der Wucherer. Sein eigentlicher Name ist Roberto Gerlanda, aber alle nennen ihn Roger.»

Da fiel es ihm wieder ein. Draghi hatte ein paar Ermittlungen eingeleitet, bei denen aber nichts herausgekommen war. «Das hättest du mir ruhig vorher sagen können», meinte er, «dann wäre ich ganz bestimmt nicht hier. Es gefällt mir einfach nicht», schloss er mit einem Blick auf den Kellner, der sie keinen Moment aus den Augen ließ.

«Dabei ist es hier sehr aufschlussreich», widersprach Angela ihm. «Genau in diesem Saal wird immer ein Tisch für den Besitzer freigehalten. Hier wickelt er seine Geschäfte ab oder veranstaltet seine Gelage. Hast du nicht gesagt, dass Galluzzo vor seinem Tod hier gegessen hat?»

Dem Commissario fiel ein weiterer Zufall auf, bevor Angela ihn darauf aufmerksam machte. Er war wütend auf sich, nicht sofort daran gedacht zu haben, als sie ihm den Besitzer nannte.

«Vielleicht hat er genau hier gesessen, in Rogers Nähe …»

«Nach den Zeugenaussagen war er allein», gab der Commissario zurück.

«Das hat nichts zu sagen. Solche Geschäfte werden schnell erledigt. Manchmal reicht ein ja oder nein. Und du solltest nicht vergessen, dass wir in Rogers Höhle sind.»

Das Risotto war ein Klecks in der Mitte eines riesigen Tellers, an dessen Rand zwei verlorene Scampis dekoriert waren.

«Eine Verarschung», brummte Soneri. «Große Preise und kleine Portionen.»

«Die meisten Leute müssen doch sowieso auf ihr Gewicht achten», rechtfertigte Angela.

«Die haben kapiert, dass man bloß alles schön zu präsentieren braucht, dann wird auch der Nepp noch beklatscht», erklärte der Commissario zynisch.

«Du hast heute aber wieder einen Hass auf die Welt. Die Hitze macht dich unerträglich, dir fehlt einfach der Nebel», kicherte Angela.

«Im Nebel sieht man wenigstens nicht, wie die Welt verroht.»

«Komm schon, es ist doch nur ein Essen …»

«Das ist es nicht, was mich ärgert. Es ist die Tatsache, dass es alle kritiklos hinnehmen, ohne zu protestieren, nicht einmal leise. Das ist die eigentliche Verrohung. Vor zwanzig Jahren hätte man so einen Teller zurückgehen lassen, und das Lokal wäre innerhalb weniger Monate pleite gewesen. Und heute ist es groß in Mode: Nur betrogen sind alle glücklich.»

«Wir brauchen nicht mehr so viele Kalorien wie ein Bauer!»

«Schade. Wir haben den Sinn für den Wert der Dinge verloren», sagte Soneri finster. «Heute haben vierhundert entlassene Arbeiter vor dem Polizeipräsidium demonstriert, und niemand hat sich ihnen angeschlossen. Früher wären alle auf die Straße gegangen, und nun schwirren bloß noch gleichgültige Horden durch die Stadt, und jeder ist mit sich selbst beschäftigt.»

Angela beobachtete ihn und war froh, dass er sich abreagierte. «Sie reißen die Forneria Duomo ab, weil sie auf dem Gelände ein Immobiliengeschäft wittern. Die Fabrik ist ihnen völlig gleichgültig, sie haben alles verkommen lassen», erklärte er geduldig.

«Siehst du? Heutzutage wird nicht mehr produziert, sondern spekuliert. Nur wem wollen sie die Häuser verkaufen, wenn es keine Unternehmen mehr gibt, wo die Leute Geld verdienen können?»

«Was soll sie das schon scheren? Sie denken an sich, nicht an die anderen. Wenn einer reich ist, dann bleibt er das auch. Geschäfte werden für den Moment gemacht, nicht für die Ewigkeit.»

Soneri schwieg, er wollte sich nicht ständig wiederholen. Verbittert dachte er an seinen Vater und an seinen Großvater, die für ihre Kinder gearbeitet hatten.

«Weißt du, wer einer der Eigentümer der Forneria ist?», fragte Angela unvermittelt.

Der Commissario zuckte mit den Achseln, er wusste es nicht.

«Roger alias Gerlanda.»

Der Name verfolgte sie. Seit über einer Stunde tauchte er immer wieder in ihrer Unterhaltung auf, aber erst in diesem Moment begriff Soneri, warum Angela die Einladung ins *Nabucco* so bereitwillig angenommen hatte: Da sie ihn kannte und wusste, wie barsch er reagiert hätte, wenn sie es ihm direkt gesagt hätte, hatte sie beschlossen, seine Neugier nach und nach zu wecken. Und er war ihrer weiblichen List offenbar voll und ganz auf den Leim gegangen.

«Darüber also wolltest du mit mir sprechen», unterstellte er.

«Ich denke, man sollte diesen Roger im Auge behalten», erwiderte sie. «Ein Polizist sollte wissen, was die Mächtigen bewegt.»

Soneri nickte. «Im Präsidium lernt man nur, wie die Akten es von einem Stockwerk ins nächste schaffen», meinte er ironisch. Und ein paar Augenblicke später fragte er: «Was weißt du denn über diesen Gerlanda?»

«Nicht viel. Mein Mandant dagegen respektiert und fürchtet ihn.»

«Irgendwas wird er dir doch verraten haben, oder nicht?»

«Ich habe es dir doch schon gesagt: Er hilft den Leuten und ist dabei sehr überzeugend. Er ist kein Halsabschneider wie die anderen, die dich in kürzester Zeit in den Ruin treiben. Er verhält sich eher wie ein Anlageberater oder Banker.»

«Die sind alle von derselben Sorte», meinte Soneri verächtlich.

«Ich will damit sagen, dass er plant, bei Investitionen berät und die Leute für sich vereinnahmt ...»

Der Commissario verstand. «Er ist also gefährlich», sagte er schließlich.

Wieder unterbrach sie der Kellner, der ihnen den Seebarsch mit großem Brimborium in einer silbernen Kasserolle und auf Tellern aus feinstem Porzellan präsentierte. Während der Prozedur regte Soneri sich nicht und beobachtete ziemlich angewidert, wie der Fisch filetiert und sorgfältig von seiner salzigen Haut befreit wurde.

«Filet nach Kredithaienart», kommentierte er schließlich das kümmerliche Resultat.

«Das ist noch gar nichts, warte, bis du die Rechnung siehst», warnte Angela verschmitzt.

«Einem wie dem sein Geld zu geben ...», brummte Soneri. «In meiner Stellung sollte ich aufpassen, mit wem ich es zu tun habe.»

«Immerhin sitzt du ja nicht mit Roger an einem Tisch ...»

«Ein Polizist isst nicht im Lokal eines Verbrechers», stellte er klar.

In Wirklichkeit wuchs seine Neugier auf Gerlanda langsam, auch wenn es ihn ärgerte, das alles erst von Angela zu erfahren. Er verbrachte offenbar einen zu großen Teil seiner Zeit damit, kleine Straßenkriminelle zu jagen, wobei ihm die großen Fische mit der ehrbaren Fassade durchs Netz gingen. Aber das war ja nichts Neues.

«Du hast gesagt, er führt sich wie ein Anlageberater auf?»

«So in der Art», antwortete Angela. «Meinem Mandanten hat er sogar einen Fünfjahresplan für die Sanierung seines Geschäftes aufgestellt. Auf dieser Grundlage hat er ihm dann eine angemessene Finanzierung gewährt.»

«Wie viel Zinsen verlangt er?»

«Das hängt vom Risiko ab. Von fünfzehn Prozent an aufwärts.»

«Und seine Pläne funktionieren?»

«Sieht so aus. Wenigstens manchmal», erwiderte Angela. «Er überträgt damit praktisch dem Schuldner die Verantwortung: Er muss sich allein aus seiner Lage befreien können, andernfalls wäre er kein richtiger Geschäftsmann und hätte auch nicht das Zeug dazu.»

«Eine Bewährungsprobe», brachte Soneri es auf den Punkt.

«Irgendwas in der Art. Und wer sie nicht besteht, geht unter», ergänzte Angela.

«In die Geschäftswelt übertragener Darwinismus.»

«Natürlich führt Roger immer den einen als Beispiel an, der es geschafft hat.»

«Das bezweifle ich nicht. Nur profitieren von dieser Auslese immer die größten Dreckskerle, nie die Besten.»

Angela blickte ihn an und bestätigte seine Schlussfolgerung: «Das ist bekannt.»

Soneri schwieg missmutig. Schließlich standen sie auf, und der Commissario ging in Richtung Foyer vor. Als er sich am Eingang zum Bootsmannssaal nach Angela umdrehte, sah er Gerlanda. Er saß allein an einem Tisch, vor sich ein paar Weinflaschen. Er hatte die imposante und korpulente Statur eines ehemaligen Boxers, der ein wenig zugenommen hatte und auf dessen kahlrasiertem Schädel sich glänzend das Licht spiegelte. Beeindruckend aber war seine sichere, zielstrebige Art, sich zu bewegen: Als läge in allem, was er tat, etwas Unanfechtbares. Soneri empfand sofort Respekt und Antipathie. Der Mann schüchterte ihn ein, weil er etwas hatte, was ihm selbst fehlte. Gleichzeitig reizte er den anarchischen Rebellen in ihm, der sich reflexartig gegen jede Form von Autorität und Überheblichkeit auflehnte.

Er wandte sich ab, bevor ihre Blicke sich trafen, konnte aber nicht ausschließen, gesehen worden zu sein. Vielleicht hatte der andere ihn sogar erkannt, tat aber so, als sei nichts gewesen. Draußen auf dem Bürgersteig übermannte ihn die Hitze. Nicht weit von hier befand sich das Teatro Regio, auf dessen Stufen Gondo Akkordeon spielte, zwei Häuserblocks entfernt war Galluzzo ermordet worden, hinter dem Rathaus, in der Via Repubblica, war das Polizeipräsidium, und nur ein paar Schritte weiter ging in derselben Straße Roger seinen Geschäften nach und zog die Schlinge um den Hals seiner Opfer Tag für Tag weiter zu. Er konnte kaum glauben, dass sich das alles in einem so winzigen Radius abspielte. Angela holte ihn ein und ging neben ihm, aber der Commissario war ganz anderswo, verloren in seine Gedanken. Ihre Verabschiedung war kurz, sie trennten sich unter der Uhr am Palazzo del Governatore, die gerade elf schlug.

4

Er hatte keine Lust, nach Hause zu gehen. Ob der Hitze schien es ratsam zu warten, bis der Nachtwind Abkühlung zwischen die glühenden Mauern bringen würde. Bis jetzt war davon allerdings nichts zu spüren. Etwa um diese Zeit hatte auch Galluzzo sein Abendessen beendet. Der Commissario versuchte sich in seine Lage zu versetzen und sich vorzustellen, wohin er wohl gegangen war, als er aus dem *Nabucco* kam. Er musste zu Fuß nach Hause gegangen sein. Vielleicht war er aber nicht sofort in die Via Cavour gegangen, sondern erst in den Borgo di Parmigianino, wo er sein Auto abgestellt hatte. Oder war es erst später dorthin gekommen? Wahrscheinlich war Galluzzo durch die Via Garibaldi bis zur Piazzale della Pace gegangen, von dort in die Via Melloni und schließlich auf der Höhe des Borgo di Parmigianino in die Via Cavour abgebogen. Alles lag nur wenige hundert Meter im Straßengewirr voneinander entfernt: ein Spaziergang für einen alten Mann.

Soneri spazierte ohne Ziel, die Unruhe trieb ihn. Im Sommer kam ihm die Stadt vor wie eine ungeschminkte Prostituierte. Ihn ärgerte, wie man in den Bars im Freien seine Ausgelassenheit zur Schau stellte, wie modern es war, ausgeflippt zu sein und die geheimnisvolle nächtliche Stille gewaltsam zu stören. Er kam an weit aufgerissenen Fenstern vorbei, die Einblick in die Privatsphäre in den Zimmern gestatteten, unter Balkonen, auf denen müde alte Leute sich aufs Geländer stützten und frische Luft suchten, und sehnte sich nach dem Nebel, der sich schon bald über alles legen und der Stadt endlich ihren Zauber zurückgeben würde. Er verabscheute den verwahrlosten Zustand der Stadt kurz vor Mariä Himmelfahrt. In diesen Tagen blieben zu so später Stunde nur die Auslagen der pakistanischen Obsthändler und der Kebabverkäufer erleuchtet. Er beschloss, sich auf den Heimweg zu machen. Vor dem Baptisterium nahm er einen ersten, schüchternen Luftzug wahr, der die Schwüle vertrieb. Aber schon in der Via Cavour stand die Luft wieder. Er sah, wie jemand aus dem Eingang der Nummer 15 herauskam. Als er schneller ging und näher kam, erkannte er De Angelis. Der Commissario blieb vor ihm stehen und blickte ihn wortlos an.

«Ich habe einen Blick in die Buchhaltungsunterlagen geworfen», rechtfertigte sich der Mann mit heiserer Stimme.

«Das muss ja etwas sehr Dringendes gewesen sein …»

«Nein, dringend nicht. Aber da ich nur kurz hier bleibe, nutze ich die Zeit.»

«Anscheinend lief der Laden nicht besonders gut», bemerkte Soneri und deutete auf das Schaufenster, wo in diesem Moment das Licht ausging. Direkt danach schlug es vom Campanile des Doms Mitternacht.

«Nein, es lief nicht sehr gut», bestätigte De Angelis etwas finster.

«Mussten Sie ihm bei seinen Geschäften unter die Arme greifen?»

«Ich habe ihm geholfen.» Der Mann zuckte mit den Schultern, überrascht von der Frage. «Ich habe mehr Erfahrung, und er hatte ja erst vor kurzem eröffnet. Und außerdem ist dies eine schwierige Stadt: reich, aber mit ganz eigenen Vorlieben, auf die man sich erst einmal einstellen muss.»

«Hatte Sie die Familie darum gebeten?»

Wieder zuckte er leicht zusammen, während die letzten Glockenschläge über den Dächern verklangen.

«Francesco war der jüngste der Brüder, er musste seinen Weg erst noch finden. Die Familie bat mich, ihm in der ersten Zeit etwas zu helfen.»

«Aber er war über fünfzig ...», warf der Commissario ein.

«Es kommt oft vor, dass reiche Leute viel Zeit damit verbringen, sich zu amüsieren. Zuerst arbeitete er mit seinen Brüdern zusammen, nun sollte er endlich selbständig werden.»

«Gehören das Geschäft und die Einrichtung etwa der Familie?», fragte Soneri.

De Angelis breitete zum Zeichen der verwunderten Zustimmung die Arme aus. «Die anderen sind ja ebenfalls in dieser Branche tätig.»

«Hatte er viele Schulden?», fragte der Commissario nun ganz direkt.

De Angelis antwortete gefasst, als hätte er diese Frage erwartet: «Ein paar offene Rechnungen, aber nichts Ernstes.»

«Kamen Sie oft, um das alles zu überprüfen?»

«So oft wie möglich, im Schnitt einmal pro Monat. Man isst hier ja auch einfach besser als in der Schweiz oder in Mailand», fügte er lächelnd hinzu.

Soneri dachte an das *Nabucco* und war versucht zu widersprechen, doch stattdessen fragte er: «Stellte Galluzzo ein Problem für die Familie dar?»

Diesmal ließ sich sein Gegenüber Zeit mit der Antwort.

«Sie wissen ja, wie die Familien aus dem Süden sind … Sie versuchen, ihre Kinder zu beschützen, machen sich Sorgen, sind ein bisschen zu fürsorglich …»

«Und Galluzzo floh?»

«Er wollte sein eigenes Leben führen, frei sein. Das ist doch normal, oder?»

«Ja, wenn einer in der Lage ist, sich alleine über Wasser zu halten», erwiderte Soneri.

Unschlüssig schwieg De Angelis und betrachtete die erleuchteten Schilder der Banken gegenüber. Jetzt, nach Mitternacht, veränderte sich die Via Cavour erneut. Ein paar Betrunkene, Straßenkehrer, die das Altpapier vom Asphalt fegten, alte Männer im Unterhemd mit dem Hund an der Leine und die vielen von der Nacht Enttäuschten, die eilig eine Zuflucht in der Dunkelheit suchten.

«Das war bei Galluzzo nicht der Fall», fuhr der Commissario fort.

«Er war nicht fürs Geschäftemachen gemacht», antwortete De Angelis finster. «Er war ein feinfühliger Mensch, der die Kunst und die schönen Dinge liebte. Er bewies einen guten Geschmack beim Auswählen der Kleidungsstücke, doch das allein reicht nicht.»

«Waren seine Brüder sauer auf ihn?»

«Ich habe es Ihnen schon gesagt: Sie machten sich Sorgen. Würden Sie das nicht auch tun, wenn Sie einen fünfzigjährigen Bruder hätten, der sich wie ein Teenager benimmt?»

«Hatte er ein gutes Verhältnis zu seiner Schwester?»

«Er war oft bei ihr, auch wenn sein Schwager ihm auf die Nerven ging. Der ist ganz anders und macht gute Geschäfte mit Immobilien, ein pragmatischer Typ.»

Sie schwiegen, aber die Stille wurde durch das Geschrei einer Gruppe von Jugendlichen unterbrochen. In der Ferne heulten Sirenen, und Soneri hatte den Eindruck, dass darin das Scheitern einer ganzen Stadt zum Ausdruck kam.

Er verabschiedete sich von De Angelis und fühlte sich unter den ziellosen Schwärmen in dieser Augustnacht, als wäre er der Einzige, der eine Aufgabe hatte. Er hörte, wie die Sirenen lauter wurden, und ging schneller auf die Piazza Garibaldi zu, wo die Leute im Freien saßen. Er sah die Tische bereits vor sich, als ein Streifenwagen an ihm vorbeischoss.

Er nahm sein Handy und wählte die Nummer der Einsatzleitung. «Was ist los?»

«Ein paar vom Jugendzentrum Guevara haben ein besetztes Wohnhaus und einige Autos in Brand gesteckt.»

«Wo?»

«In Oltretorrente, Via Imbriani.»

Das war das Viertel des Widerstands gegen die Faschisten und der Barrikaden gegen Balbo gewesen. Einen Moment lang begeisterte ihn die Vorstellung, dass die Stadt nach einer langen Starre wieder zu kämpfen begann. So ging er durch die Via Mazzini, überquerte den Ponte di Mezzo und lief eilig durch die Via D'Azeglio, bis er das Feuer roch. Als er ankam, war schon fast alles vorüber. Einige Beamte in voller Ausrüstung hatten ein halbes Dutzend verwahrloster, halbnackter Jugendlicher festgenommen, die aussahen wie städtische Wilde, und waren gerade dabei, sie abzutransportieren. Aus einigen Fenstern des Wohnhauses drang noch Rauch, auf den die Feuerwehrleute den Wasserstrahl richteten. Ein letztes, zerfetztes Transparent war noch zwischen zwei Balkone im ersten Stock gespannt.

Darauf stand: NEIN ZUR STADT DER HERREN, und Soneri musste an Roger denken. Die Herren von heute waren Leute wie er. Leute, die im Schatten arbeiteten, die wirtschafteten, ohne zu produzieren, die Geld mit Geld multiplizierten. Sie verfügten über Schuldscheine und lebten von der Not oder der Eitelkeit anderer. Er schlug den Weg nach Hause ein und hoffte, dass er nicht nur die letzte Zuckung eines Sterbenden gesehen hatte.

Am nächsten Morgen rief Percudani ihn an, um ihn über die Ergebnisse der Autopsie an Galluzzo zu informieren.

«Er ist an seinem eigenen Blut erstickt», erklärte der Richter ohne große Vorreden.

«Eine Blutung ...», überlegte Soneri, dem keine Zeit blieb weiterzusprechen, da der andere gleich fortfuhr: «Die Schläge haben innere Verletzungen verursacht, die stark bluteten. Ein Rückfluss war tödlich für ihn. Als er ohnmächtig wurde, lag er auf dem Rücken. Er erstickte an seinem Blut wie Neugeborene an der Milch.»

Soneri überlegte, wie wichtig der Zufall im Leben jedes Einzelnen war. Dies war ein weiterer Beweis dafür. «Wenn er also mit dem Gesicht nach unten aufgeschlagen wäre ...», meinte er, «müssten wir uns jetzt nicht den Kopf zerbrechen.»

«Ganz bestimmt nicht», stimmte Percudani zu. «Wir hätten gar nichts davon erfahren. Ich bin mir sicher, dass Galluzzo zum Arzt gegangen wäre und erzählt hätte, dass er vom Moped gefallen sei. Aber früher oder später musste wohl passieren, was passiert ist.» Percudani war Fatalist. In allem fand er einen unabwendbaren Grund.

«Jetzt wissen wir mit Sicherheit, dass es keine Mordabsichten gab», stellte Soneri fest.

«Man wollte ihn warnen. Aber das ist auch schon alles, was wir wissen», betonte der Richter.

Wieder stellte der Commissario fest, dass Galluzzo keine Verbindungen zur Stadt hatte, die als Ausgangspunkt für eine Ermittlung hätten dienen können.

«Dieser Mann ist wie ein Hund ohne Halsband», verteidigte er sich.

«Dann müssen Sie wohl zum Hundefänger werden», beendete Percudani das Gespräch.

Während er den Hörer auflegte, dachte Soneri, dass es tatsächlich besser gewesen wäre, wenn er es mit Tieren zu tun gehabt hätte. Es war noch früh am Morgen, doch auf ihm lastete das Gewicht einer schlaflosen Nacht, in der er sich schwitzend im Bett herumgewälzt hatte. Die Arbeit, die ihn erwartete, machte ihm Angst, während die Sonne in der matten Hitze aufging, die nun schon so lange reglos über der Stadt hing. Er wollte gerade aufstehen, als Juvara hereinkam.

«Da ist jemand, der Sie sprechen will», verkündete er, eingeschüchtert vom Gesichtsausdruck seines Chefs.

«Wenn es nichts mit dem Fall Galluzzo zu tun hat, habe ich für niemanden Zeit», sagte dieser kurz angebunden.

«Ich weiß nicht, ob es darum geht», fuhr der Inspektor fort. «Er sagte nur, dass er Sie sehen möchte.»

Soneri machte eine entschiedene Handbewegung: «Sprich du mit ihm.»

«Commissario», beharrte Juvara schüchtern, «ihn schickt die Signora Angela, ich meine die Anwältin Cornelio», korrigierte er sich verlegen.

Soneri ließ sich resigniert in den Sessel fallen und gab dem Inspektor mit einer Handbewegung zu verstehen, dass er den Mann hereinlassen solle.

In der Tür erschien ein kleiner, gutgekleideter Mann, der verängstigt wirkte. Soneri betrachtete ihn und wunderte sich darüber, dass der andere trotz der Hitze nicht schwitzte. Sie saßen sich einige Sekunden schweigend gegenüber, bis der Commissario ihm aufmunternd zunickte. Obwohl es aussah, als werde er gleich losplatzen, schwieg der andere weiter. Es sah aus, als mache ihm die Vorstellung, einen Polizisten vor sich zu haben, Angst.

«Versprechen Sie mir, dass niemand etwas von dieser Unterhaltung erfahren wird?», brachte er schließlich stammelnd heraus.

Soneri war kurz davor, die Geduld zu verlieren, und beherrschte sich nur, weil der Mann von Angela geschickt worden war. Doch bevor er den Mund aufmachen konnte, fuhr der andere fort: «Es geht um mein …», raunte er und unterbrach sich sofort wieder. Es war klar, dass es sich um etwas Schwerwiegendes handeln musste, und der Commissario hätte schwören können, dass er sagen wollte, dass es um sein Leben ging. Doch der Mann drückte es etwas weniger eindeutig aus: «Es geht um meine Sicherheit.»

«Erklären Sie mir das», erwiderte Soneri ruhig und versuchte, die Unterhaltung in etwas sachlichere Bahnen zu lenken.

«Ich wollte über Gerlanda sprechen», flüsterte der Mann.

Diese Figur tauchte nun allmählich überall auf, und die Sache fing an, Soneri argwöhnisch zu machen.

«Den Wucherer», bemerkte Soneri mit einer gewissen Verachtung.

Der andere blickte ihn noch verängstigter an. «So würde ich ihn nicht nennen», sagte er dann lediglich.

Der Commissario kochte innerlich, flüchtete sich aber

in die Ironie: «Ein tüchtiger Mann also? Warum wenden Sie sich dann an mich?»

Der Mann schluckte. Er schien sehr aufgeregt, aber noch immer sah man bei ihm keinen einzigen Schweißtropfen.

«Ich habe mich gar nicht vorgestellt», wechselte er überraschend das Thema. «Ich heiße Rondani.» Und während er das sagte, erhob er sich von seinem Stuhl mit einer affektierten Geste, an der Soneri erkannte, dass er homosexuell sein musste.

Er reichte ihm die Hand und nickte stumm. Er war müde, und seine Ungeduld machte ihm zu schaffen. Trotzdem versuchte er, noch einmal von vorne zu beginnen.

«Also, warum sind Sie zu mir gekommen?»

«Ich fürchte, ich sitze in der Falle», flüsterte Rondani und blickte zur Seite, zu den Aktenstapeln, die darauf warteten, archiviert zu werden.

«Nun ... wenn man sich auf gewisse Typen einlässt ...», stellte Soneri fest.

«Glauben Sie bloß nicht, dass es so einfach ist. In diesem Fall ist es anders», erwiderte Rondani unerwartet trotzig.

Der Commissario unterbrach das Schweigen nicht, es dauerte ein paar Sekunden, bis er weitersprach: «Gerlanda ist kein Wucherer, sondern ein Geschäftsmann, der auf die Leute wettet.»

«In welchem Sinn wettet er?», fragte Soneri.

«Er stellt sie auf die Probe. Wenn er sieht, dass es einen Ausweg für die Schwierigkeiten einer Firma gibt, stellt er das benötigte Geld zur Verfügung und schlägt eine Lösung vor. Dann ist es an den anderen, sich erfolgreich aus dem Schlamassel zu ziehen.»

«Doch die meisten verlieren die Wette», fuhr der Commissario fort. «Es gehört nicht viel dazu, sich das Ende vorzustellen.»

«Ja, es ist schwierig», gab Rondani finster zu. «Wie alles. Um Erfolg zu haben und etwas auf die Beine zu stellen, muss man ein Siegertyp sein, oder nicht? Er stellt dich auf die Probe. Nur die Tüchtigen und die Glücklichen kommen weiter. Wer kann behaupten, dass er damit so unrecht hat?», schloss er mit einem bitteren Unterton in der Stimme.

«Haben Sie die Probe bestanden?», fragte der Commissario herausfordernd.

Rondani hob die Hände und faltete sie dann, als würde er beten. «Ich fürchte nein.»

«Haben Sie deshalb das Gefühl, in der Falle zu sitzen?»

Der andere nickte. «Ich schäme mich», fügte er dann mit einer gewissen Heftigkeit hinzu, «denn im Grunde hat Gerlanda recht: Wenn es mir nicht gelungen ist, das Geschäft am Laufen zu halten, und wenn ich es nicht einmal mit seiner Hilfe geschafft habe, die Probleme zu lösen, ist es richtig, dass er abbricht. Ich bin der Herausforderung nicht gewachsen. Das ist hart, aber so ist es. Er sagt, dass die Dinge nur dann gut laufen, wenn die Tüchtigsten und die Stärksten nach oben kommen.»

«Sie dagegen haben nicht das Gefühl, dazuzugehören», stellte der Commissario fest. «Was am allermeisten schmerzt», schloss er im Tonfall eines Arztes, der eine Diagnose stellt.

Wieder nickte Rondani. Er wirkte entsetzt. Der Commissario aber schlug sich mit den Händen auf die Schenkel und zeigte so sein Missfallen.

«Ich bin nur ein Polizeikommissar», bemerkte er, «und meine Aufgabe ist es, Verbrechen zu bekämpfen. Entweder nennen Sie mir eins, oder Sie haben sich an die falsche Person gewandt.»

«Ich glaube schon, dass es sich um ein Verbrechen handelt», stammelte der Mann und unterbrach sich dann.

«Dann benennen Sie es», entgegnete Soneri ungeduldig.

«Es scheint mir ein Akt der Niedertracht, genau aus den Gründen, die ich Ihnen vorhin erklärt habe. Ein radikales Heilmittel für denjenigen, der sich mit der Niederlage nicht abfindet», entschuldigte sich Rondani.

Erst jetzt erkannte der Commissario, welche Bewunderung der Mann für Gerlanda hegen musste. Anders ließ sich die Zurückhaltung, die das ganze Gespräch so sinnlos und grotesk machte, nicht erklären.

«Wenn Roger Geld zu Wucherzinsen verleiht, spielt er ein schmutziges Spiel. Und aus dem Grund geht ihr alle als Verlierer daraus hervor», sagte Soneri wütend.

«Nicht alle», korrigierte ihn der andere sofort, «einige schaffen es. Und die Zinsen sind ein bisschen höher, aber dem Risiko angemessen. Die Banken machen doch genau das Gleiche.»

Am liebsten hätte Soneri auch noch über die Banken geschimpft, doch er hielt sich zurück. Er fühlte sich machtlos, gefangen in einer verworrenen Unterhaltung. Der Ausweg zeigte sich ganz überraschend nach einer weiteren Gesprächspause.

«Ich bin zu Ihnen gekommen, weil ich Angst habe», platzte Rondani schließlich heraus. «Ich weiß nicht, was passiert, wenn ich Gerlanda erklären muss, dass ich es nicht schaffe. Möglicherweise wird er mir einen anderen Finanzierungsplan vorschlagen, mit höheren Zinsen, aber dazu habe ich keine Lust. Ich möchte da raus, alles platzen lassen.»

Der Commissario verstand, wie es funktionierte. Roger bot einen ersten Kredit zu vernünftigen Zinsen an, dann erst stiegen sie.

«Sagen Sie ihm, dass Sie genug haben, dass Sie nicht mehr zahlen wollen, und zeigen Sie ihn an», riet ihm Soneri.

«Genau davor habe ich Angst. Er sagt immer wieder, dass er Leute, die ihr Wort nicht halten, verachtet …»

«Ebenso wie die Gesetze …»

«Für mich geht es hier auch um eine Frage des Prinzips. Jetzt fühle ich mich in der Falle, doch ich will zeigen, dass ich da rauskomme», wurde Rondani wieder starrsinnig.

«Dann weiß ich nicht, was ich Ihnen raten soll», entließ ihn Soneri enttäuscht und gab ihm durch ein Nicken zu verstehen, dass er gehen könne.

«Ich wollte, dass Sie wissen, wie Gerlanda arbeitet. Vielleicht haben Sie recht und er sollte angezeigt werden, aber ich bitte Sie noch um ein wenig Bedenkzeit. Jedenfalls hat es mir Zuversicht gegeben, mit Ihnen zu sprechen.»

Sie standen auf und verabschiedeten sich voneinander. Als der Mann gegangen war, fühlte Soneri eine große Bitterkeit in sich aufsteigen. Nichts berührte ihn so tief wie die Geschichten von Verlierern. Er hatte längst genug von einer Welt, die immer mehr einem Ausscheidungsrennen ähnelte. Vor lauter Wut begann er zu schwitzen, und wieder einmal lief ihm der Schweiß bereits um zehn Uhr morgens herunter. Er griff zum Telefon und wählte Angelas Nummer.

«Warum hast du deinen Mandanten zu mir geschickt?», fragte er, ohne sie zu begrüßen.

«Welchen Mandanten?»

«Rondani. Den, von dem du mir gestern Abend erzählt hast.»

«Den habe ich nicht geschickt. Ich riet ihm, sich eine Weile vom Präsidium fernzuhalten.»

«Als er sich vorstellte, sagte er, die Rechtsanwältin Cornelio habe ihn geschickt», insistierte er.

Am anderen Ende hörte er lediglich ein Brummen. «Irgendwas stimmt da nicht», murmelte Angela.

Wieder fühlte der Commissario Wut in sich hochsteigen: Der Tag hatte wirklich schlecht angefangen. Offenbar wusste Rondani von der Beziehung zwischen ihm und Angela, und das ärgerte ihn noch mehr. Es passte ihm nicht, wenn sich Privates mit Beruflichem vermischte.

«Anscheinend hören deine Mandanten nicht auf dich», kommentierte Soneri sarkastisch. «Vielleicht hat ihn jemand anders geschickt. Doch weshalb, ist mir unklar.»

«Ich habe genauso viel Einfluss auf meine Mandanten wie du auf die Halsabschneider, mit denen du täglich zu tun hast», erwiderte sie. «Rondani ist verzweifelt, und jemand mag ihm einen Rat gegeben haben. Vielleicht kam er aber auch allein auf die Idee.»

«Statt auf Gerlanda wütend zu sein, scheint er ihn zu bewundern. Betrogen und glücklich. Er hat sogar bestritten, dass er ein Wucherer sei», berichtete ihr der Commissario.

«Er ist kurz davor, total ausgenommen zu werden. Roger will ihn auch noch um das Geld betrügen, das er mit Hilfe seiner Freunde zusammengekratzt hat», erzählte ihm Angela.

«Siehst du? Niemand begehrt mehr auf. Die Leute akzeptieren lieber ungerechte Regeln, als dagegen zu protestieren, um etwas daran zu ändern: Das muss ein Virus sein», regte sich Soneri auf. Doch dann fiel ihm der Fall Galluzzo wieder ein, und er hatte es auf einmal sehr eilig.

«Ich möchte wirklich wissen, was hinter der ganzen Geschichte steckt», brummte er, bevor er auflegte. Ein paar Sekunden später sprang er auf und verließ das Büro, ohne ein Wort zu sagen. Juvara konnte ihn nicht mehr rechtzeitig aufhalten, denn als er ihn sah, war er bereits unter den Tannen im Hof. Trotz der Hitze schritt er schnell aus. Störrisch wie ein Dromedar lief er an den Kaffeebars vorbei und widerstand der Versuchung, hineinzugehen und etwas zu trinken. Schließlich bog er in den Borgo Parmigianino ein, erreichte das Haus, in dem Galluzzos Schwester wohnte, und klingelte.

5

Die Frau, die ihm öffnete, wirkte gebeugt, war nachlässig gekleidet und sah vermutlich älter aus, als sie war. Sie ließ ihn am Tisch in einer großen Küche Platz nehmen, durch deren Fenster man die Straße sah. Die Wohnung war luxuriös, und Filomena Galluzzo mit ihrem schäbigen Äußeren bewegte sich darin nicht wie die Herrin, sondern eher wie ein Dienstmädchen. Obwohl der Commissario bereits seit einer Weile saß, stand sie noch immer vor ihm wie eine Schülerin.

«Wurde ihr Bruder bedroht? Hat er Ihnen gegenüber jemals etwas in der Richtung angedeutet?»

Sie schüttelte verneinend den Kopf. «Mein Bruder redete nicht viel. Er liebte seine Unabhängigkeit sehr, weshalb es auch oft Auseinandersetzungen gab.»

«Mit wem?»

«Mit meinen Brüdern und auch mit meinem Mann. Nur ich konnte ihn verstehen: Im Grunde sind wir uns sehr ähnlich», antwortete Filomena mit einem gewissen Stolz, hinter dem Soneri die Bewunderung erriet, die sie für jemanden hegte, der vielleicht das Leben geführt hatte, das sie sich wünschte.

«Waren die Beziehungen zwischen Ihren Brüdern nicht gut?»

«Drei waren im Familienunternehmen beschäftigt,

doch Francesco, der jüngste, ist von Jugend an viel herumgefahren und hat als Vertreter gearbeitet. Er ertrug es einfach nicht, immer am selben Ort zu leben. Das hat er von meinem Onkel, der ein Orchester hatte und damit von Ort zu Ort zog.»

«Wollten seine Brüder, dass er zum Arbeiten zu Hause blieb?»

«Ja, um sie zu unterstützen. Stattdessen mussten sie Leute einstellen. Sie warfen ihm vor, dass er das Geld ausgab, während sie sich dafür krumm machten.»

«Hat er denn niemals mit ihnen zusammengearbeitet?»

«Eine Weile schon … Wir hatten eine Markenkollektion, die er hier im Norden verkaufte.»

«War der Laden seine Idee?»

«Meine Brüder arbeiten mit De Angelis zusammen. Als er neue Filialen in der Emilia eröffnen musste, schlugen sie ihm vor, sich an Francesco zu wenden. Sie wollten, dass er endlich zur Vernunft käme. Die Räume hat mein Mann gefunden, er ist im Immobiliengeschäft.»

Filomena beantwortete seine Fragen mit monotoner Stimme, wie bei einem Verhör, und blieb neben dem Tisch vor dem Commissario stehen. Sie stützte sich mit der rechten Hand auf das Tischtuch, als fürchte sie, das Gleichgewicht zu verlieren.

«Ist er am Tag seines Todes bei ihnen gewesen?»

«Nach Geschäftsschluss kam er auf einen Sprung vorbei. Das machte er fast immer. Es sind ja nur ein paar Schritte.»

«Hatten Sie den Eindruck, dass er nervös war? Dass er Angst hatte?»

«Nein, aber wie ich bereits gesagt habe, erzählte er nicht viel von sich.»

«Denken Sie, dass seine Brüder es ihm übelnahmen, dass er homosexuell war?», fragte Soneri geradeheraus.

Da zog die Frau einen Hocker unter dem Tisch hervor und setzte sich, als sei ihr schwindlig.

«Davon wusste nur ich. Er achtete darauf, nicht zu sehr aufzufallen», erwiderte sie schroff.

Der Commissario wechselte das Thema: «Ist er an jenem Abend mit dem Auto gekommen? Es war hier geparkt.»

«Warum hätte er denn mit dem Auto kommen sollen? Ich weiß nicht, warum es hier abgestellt war. Mir kam das auch ziemlich eigenartig vor.»

«Vielleicht ist er nach dem Abendessen nochmal weggefahren ...»

«Dann hätte er es in die Garage gebracht.»

Soneri schwieg einige Sekunden und schaute sich um. Diese Wohnung wirkte traurig und Filomena in ihrem luxuriösen Exil sehr einsam.

Ganz unvermittelt fragte sie: «Was glauben Sie, was passiert ist?»

In ihrem Tonfall lag eine Mischung aus Mitgefühl und Provokation, die der Commissario nicht deuten konnte.

«Ich weiß es nicht», erwiderte er nachdenklich. «Alle Hypothesen erscheinen möglich. Deshalb bitte ich Sie um Ihre Hilfe. Um das Ganze besser zu verstehen.»

«Ich hatte nie den Eindruck, dass Francesco sich in Gefahr fühlte. Über bestimmte Dinge dachte er nicht nach, er lebte einfach in den Tag hinein.»

«Gab er viel Geld aus?»

«Er mochte schöne Dinge, das ja, aber was ich damit sagen will, ist, dass er ein fröhlicher Mensch war. Meine anderen Brüder sind das genaue Gegenteil. Und auch mein Mann», fügte sie in finsterem Tonfall hinzu.

Der Commissario nickte und stellte sich die Tristesse dieser Ehe vor. Es gelang ihm nicht, weitere Fragen zu stellen. Angesichts der von ihrer Einsamkeit niedergedrückten, unglücklichen Filomena war er vollkommen hilflos. Der einzige Bruder, zu dem sie ein inniges Verhältnis hatte, hatte sie verlassen, und jetzt musste sie sich völlig verloren fühlen, während sie die Tage damit zubrachte, unnötig große Zimmer zu putzen.

Auf einmal hörte Soneri sie weinen. Es dauerte nur wenige Sekunden. Schnell fasste sie sich wieder, trocknete sich rasch die Augen und wandte das Gesicht wieder dem Commissario zu. Ihr Blick war nun nicht mehr traurig oder niedergeschlagen, sondern so starr, dass er feindselig wirkte.

«Das Einzige, was ich von meinem Bruder erfahren habe, war, dass er eine Versicherung abgeschlossen hatte», teilte sie ihm mit, als beschuldige sie jemanden.

«Was für eine Versicherung?»

«Das weiß ich nicht. Aber ich habe ihn mit der Police in der Hand gesehen. Als ich nachfragte, sagte er, dass sie sehr günstig sei und er alles von der Steuer absetzen könne. Mehr weiß ich nicht.»

«Und kam Ihnen das seltsam vor?»

«Wie ich schon sagte, er dachte nicht daran, was passieren könnte. In gewissem Sinne lebte er in den Tag hinein.»

Während Filomena sprach, sah sie Soneri weiterhin mit einem so intensiven Blick an, dass er verlegen wurde. Hinter ihrer nachlässig wirkenden Erscheinung verbarg sich eine charakterstarke Frau, die viel zu selten aus der Deckung kam, um all den Stolz und die Wut zu zeigen, die sie viel zu lange geleugnet hatte.

Soneri stand auf und entzog sich diesem Blick, der ihn mit einem Mal beunruhigte.

Er verabschiedete sich von Filomena. Nun war sie wieder die niedergeschlagene Frau von vorhin, eine unscheinbare Hausangestellte.

Unten auf der Straße machte Soneri sich auf den Weg in Richtung Zentrum. Vor dem Teatro Regio sah er Gondo, der ihm ebenfalls vorkam, als sei er zu einem Schatten seiner selbst geschrumpft. Die Stadt war bevölkert von unvollkommenen Menschen, denen nur wenig zum Glück fehlte. Gondo hätte spielen wollen, Filomena ihrer Natur folgen wie ihr Bruder. Dann dachte er, dass auch ihm nur wenig fehlte: ein Haus auf dem Land inmitten von Bäumen und Büchern. Doch er unterdrückte diese Wünsche sofort wieder, weil er erneut auf den Demonstrationszug der Arbeiter der Forneria Duomo stieß, die mit ihren Blechinstrumenten und Pfeifen einen Heidenlärm machten. Als er sie vorbeiziehen sah, taten sie ihm leid: Ihnen fehlte sehr viel zur Unbekümmertheit. Sie gingen an geschäftigen und gleichgültigen Menschen vorüber, wie eine verrückte Orchestertruppe, die die Stadt mit einer absurden Kakophonie überschwemmte. Begleitet wurden sie von ein paar Polizeistreifen, die kurz den Verkehr stoppten, während die Krawatten tragenden Freiberufler, die breitbeinig auf ihren glitzernden Motorrollern saßen, mit zusammengebissenen Zähnen fluchten. Hochelegante Frauen zeigten demonstrativ ihr Desinteresse und starrten in Schaufenster mit Badeanzügen. Nur ein paar alte Männer waren von ihren Fahrrädern abgestiegen und betrachteten sie mit einer gewissen Neugier.

Soneri dachte, dass es nach alldem nur natürlich war, wenn in der Stadt ein Toter auftauchte, von dem man absolut nichts wusste. Doch während er noch nachdachte, ließ ihn das aufdringliche Klingeln des Handys zusammenzucken.

«Commissario», teilte Juvara ihm mit, «hier ist jemand, der auf sie wartet.»

«Sag ihm, er soll später wieder kommen.»

«Das ist genau das Problem. Ich habe es ihm schon sehr oft gesagt, doch er besteht darauf zu warten. Er hat mich geradezu angefleht. Er sitzt im Vorraum und rührt sich nicht von der Stelle.»

Soneri wollte seinem Ärger schon ungebremst Luft machen, schaffte es jedoch, sich zu beherrschen. «Aber was will er denn?», fragte er dann mit lauter Stimme, um sich abzureagieren.

«Er sagt, dass er mit Ihnen sprechen müsste, nichts weiter. Ich habe ihn gefragt, ob er mir schon vorab etwas sagen möchte, aber er hat sich geweigert.»

«Fehlt nur noch, dass sie unser Büro besetzen», meinte der Commissario ironisch.

«Wenn Sie wollen, lasse ich ihn mit rauswerfen», schlug Juvara schüchtern vor.

«Aber nein, dann macht das die Runde, und der Polizeipräsident wird womöglich wütend … Da ist eher etwas anderes Wichtiges zu erledigen», fuhr er fort und wechselte das Thema.

Er deutete das Schweigen des Inspektors als ein Zeichen des Unmuts und erinnerte sich, dass er ihm schon ziemlich viel Arbeit aufgehalst hatte. «Ist Draghi mit der Vergewaltigungsgeschichte fertig?»

«Ich glaube schon, sie haben den Mann verhaftet: eine Geschichte zwischen zwei Vollidioten, die eskaliert ist.»

«Gut», sagte Soneri, «dann sag ihm, dass er für mich

eine Versicherungspolice suchen soll, die auf Galluzzo ausgestellt wurde, ich weiß nicht wann, vielleicht vor ein paar Monaten. Ich möchte alles darüber wissen.»

«Was für eine Versicherung?», fragte Juvara.

«Ich weiß nur, dass Galluzzo eine abgeschlossen hat, sonst nichts.»

«Ich habe schon ein paar von den Auskünften eingeholt, um die Sie mich gebeten hatten», meinte der Inspektor.

«Darüber sprechen wir im Büro», sagte der Commissario kurz angebunden.

Die Sonne stand jetzt noch höher und brannte unbarmherzig auf die Stadt. In dem weißen neonartigen Licht wirkten die Straßen noch unbehaglicher. Als würden selbst die Häuser verdunsten, so wie die kochend heißen Ziegel am Horizont flimmerten. Soneri flüchtete sich unter die Arkaden des Rathauses, wo früher Getreide verkauft worden war. Am Ende der Via Repubblica bemerkte er eine weitere lautstarke Menschenmenge, die sich vor dem Eingang des Präsidiums versammelt hatte. Eine Gruppe von Jugendlichen brüllte in ein Megaphon und verlangte die Freilassung der Kameraden, die wegen der Brände in der Nacht zuvor verhaftet worden waren. Sie leierten alte Slogans aus längst vergangenen Kämpfen herunter, die von den rauen Mauern der strohgelben Altbauten abprallten. Soneri bog um die Ecke, um durch den Nebeneingang im Borgo della Posta die Belagerung zu umgehen. Er hatte den Fremden, von dem Juvara ihm erzählt hatte, völlig vergessen, bis dieser plötzlich vor ihm stand.

Der Mann reichte ihm die Hand, und Soneri erwiderte unschlüssig den Händedruck. «Schivazappa», stellte er sich vor, und der Commissario bemerkte in seinem Gesichtsausdruck eine unerklärliche Euphorie.

Er ging in sein Büro, und der andere folgte ihm. Juvaras Ventilator lief auf höchster Stufe, wirbelte die Hitze durcheinander und verteilte sie im ganzen Raum. Der Commissario setzte sich und nickte dem Mann zu, der sich vor ihn hinsetzte und ihn anstarrte wie ein Setter.

«Ich sage Ihnen gleich, dass ich nicht viel Zeit habe», erklärte ihm Soneri kurz angebunden.

«Es geht um eine ziemlich ernste Angelegenheit», erwiderte Schivazappa knapp.

Der Commissario betrachtete ihn aufmerksam: um die sechzig, eher schlank, aber mit den spärlichen weißen und strohigen Haaren eines alten Mannes. Er schien die Hitze kaum zu spüren, während Soneri in seinem Bürosessel aus Kunstleder zerfloss.

«Ich hoffe, dass es um den Mord an Galluzzo geht», sagte er schroff.

«Dem Geschäftsmann? Wer weiß, durchaus möglich. Schließlich ist diese Stadt ein einziges Wirrwarr …», meinte Schivazappa.

Soneri wurde hellhörig, blickte ihn an und gab ihm mit einem Nicken zu verstehen, dass er sich kurz fassen solle. Da beugte sich der andere zu ihm herüber und sagte finster: «Ich möchte Ihnen von Gerlanda erzählen. Oder, wenn Ihnen das lieber ist, von Roger.»

Der Commissario konnte eine gewisse Gereiztheit nicht verbergen, während der Ventilator vor seiner Nase ein paar Blätter wegwehte, von denen er den Briefbeschwerer heruntergenommen hatte. Zu diesem Zeitpunkt konnte es kein Zufall mehr sein, dass alle ihm von diesem Wucherer erzählten.

«Wollen Sie ihn anzeigen?»

«Ich kann nicht, aber ich kenne Dutzende von Leuten,

die das tun könnten. Doch sie haben Angst», erklärte der Mann.

«Und was haben Sie dann damit zu tun?»

«Ich bin nicht erpressbar, ich schulde Roger kein Geld. Genau aus diesem Grund kann ich ganz frei mit Ihnen sprechen.»

«Der Mann betreibt eine Finanzgesellschaft», sagte Soneri und versuchte, nicht die Geduld zu verlieren. «Geld zu verleihen ist sein Beruf. Um zu beweisen, dass er den Leuten mit Wucherzinsen die Luft abschnürt, brauche ich die Mitarbeit der Opfer.»

«Und wer sagt Ihnen, dass Sie die nicht bekommen?»

«Bis jetzt habe ich nur Gerüchte gehört.»

«Sie haben es zu eilig. Möchten Sie nicht zunächst einmal wissen, wie dieser Mann vorgeht?»

«Ich kann es mir vorstellen», entgegnete Soneri zerstreut und beugte sich zum Boden, um die Papiere, die davongeflogen waren, wieder aufzuheben.

«Sich das vorzustellen, ist in Rogers Fall schwierig. Er ist ein raffinierter und unerbittlicher Mensch, der jeden psychologischen Widerstand bricht. Wer in seine Klauen gerät, ist nicht mehr derselbe. Er wird regelrecht vernichtet», schloss der andere ernst.

«Kennen Sie welche, denen es so ergangen ist?», fragte der Commissario und drehte nervös seine erloschene Toscano.

«Er weiß genau den richtigen Moment zu erwischen, um am schwachen Punkt zuzuschlagen wie ein kaltblütiger Boxer», fuhr Schivazappa in einem Ton fort, der gleichzeitig Abscheu und Bewunderung verriet.

Soneri blickte auf die Uhr. Es war spät, fast Mittag, doch diese Unterhaltung fing an, ihn zu interessieren. «Er muss ihnen ja eine richtige Gehirnwäsche verpassen, wenn sie danach nicht sauer auf ihn sind», vermutete er.

«Genau damit arbeitet er. Mit verheerenden Ergebnissen. Sie sind wie hypnotisiert. An einem Tag macht er ihnen Mut und gibt ihnen Hoffnung, am anderen stürzt er sie in tiefe Verzweiflung. So verlieren sie den Kopf und wissen nicht mehr, wo hinten und vorne ist. An diesem Punkt kann Roger alles verlangen.»

«Wer sind Ihre ruinierten Freunde, und warum sind Sie zu mir gekommen und nicht eines der Opfer?», fragte der Commissario.

«Wer sie sind, können Sie sich ja wohl denken. Leute, die ein Geschäft haben: Händler, Handwerker, Selbständige. Menschen, die sich in einer schwierigen Situation befanden, die vermeiden wollten, dass alles zusammenbricht ... Wenn ein Unternehmen zugrunde geht, geht ein Lebensplan zugrunde, es ist nicht nur eine wirtschaftliche Niederlage, verstehen Sie?»

Soneri nickte. «Voll und ganz», sagte er. «Aber wenn doch alle wissen, dass er ein Wucherer ist ... wie können sie da glauben, dass es gut ausgeht?»

«An wen würden Sie sich denn wenden, wenn die Banken Ihnen jede Möglichkeit verweigern und Ihnen vorschlagen, sich an Rogers Finanzgesellschaft zu wenden? Er tritt sehr professionell auf, erarbeitet Pläne, um alles wieder ins Lot zu bringen, verspricht wirtschaftliche Gesundung, wie ein Retter. Und so verbreitet er die Zuversicht, die seine Opfer so dringend brauchen. Er gibt ihnen einen Hoffnungsschimmer, und sie können sich der Illusion hingeben, es zu schaffen. Leben wir denn nicht alle von Illusionen? So geraten sie in die Abhängigkeit von Roger, aus der sie nur sehr schwer wieder herauskommen.»

Soneri spürte, wie seine Entrüstung zunahm. «Wie viele Opfer gibt es?»

«Sehr viele. Die Banken haben ein Interesse daran, ihre insolventen Kunden an Roger abzuschieben, sei es, weil einige Filialleiter mit ihm Geschäfte machen, sei es, weil die Kredite überfällig sind.»

«Wenn sie ihm bereits gerupfte Hühner überlassen, welches Interesse hat Roger an denen?»

«Er gibt ja nicht allen Geld. Nur denjenigen, die solide Vermögensreserven haben. Die Bank nimmt sich das Eigentum des Schuldners, doch dann bleibt noch das der Familie. Darauf hat es Roger abgesehen. Er ist ein mächtiger Mann. Vielleicht einer der mächtigsten in der Stadt», räsonierte Schivazappa. Dann nahm er die Zeitung, die noch ungelesen auf dem Schreibtisch des Commissario lag, schlug sie auf und zeigte ihm eine ganzseitige Anzeige der Finanziaria Maria Luigia. «Die ist von ihm», teilte er ihm mit. «Er kauft eine Seite pro Woche, auf diese Weise erwirbt er sich das Wohlwollen der Zeitung.»

«Und warum sollte er darauf Wert legen? Weil er befürchtet, dass, wenn er nicht bei der Polizei angezeigt wird, ihn womöglich die Zeitung anprangert?», fragte Soneri.

«Sie sollten sich klarmachen, dass es immer gut ist, sich Anerkennung zu verschaffen. Das Image zählt», unterstrich der Mann.

«Was Sie mir erzählt haben, ist zwar nützlich, aber rein theoretisch. Zumindest so lange, bis jemand Anzeige erstattet», erklärte Soneri.

«Lassen Sie uns Zeit», erwiderte Schivazappa mit einem geheimnisvollen Unterton, der den Commissario ärgerte. «Gut möglich, dass sich jemand mit dieser Absicht bei Ihnen melden wird.»

Dann stand er so ruckartig auf und ging, dass der Commissario überrascht sitzen blieb. Eine ganze Weile dachte Soneri über Schivazappas Worte nach und bemerkte nicht, dass Juvara das Büro betreten hatte, ihn beobachtete und darauf wartete, dass er ansprechbar war.

«Kennst du Roger?», fragte der Commissario.

«Ich habe von ihm gehört. Wenn ich mich nicht täusche, hat sich Draghi vor einiger Zeit mit ihm beschäftigt», antwortete der Inspektor verdutzt.

«Ah! Draghi …», erinnerte sich Soneri. «Wo ist der jetzt?»

«Er ist schon weg», teilte Juvara ihm mit. «Er kommt am Nachmittag wieder.»

Draghi war eine Art Zigeuner mit einem ziemlich verrückten Arbeitsrhythmus. Wenn man ihn suchte, war er nie da, um dann überraschend aufzutauchen, wenn niemand mit ihm rechnete.

«Ich habe einige Erkundigungen eingeholt», verkündete der Inspektor und öffnete eine Akte, die er in der Hand hatte.

«Ich bin ganz Ohr.»

«Die Kollegen aus Kalabrien haben mir mitgeteilt, dass mit der Familie Galluzzo keineswegs alles in Ordnung ist», begann Juvara.

«Soll heißen?»

«Sicher haben sie Beziehungen zur lokalen Unterwelt, doch das ist normal, wenn man sich klarmacht, dass jemand, der in bestimmten Regionen arbeitet, eine Garantie für seinen Schutz und seine Sicherheit braucht», nahm der Inspektor vorweg. «Doch im Fall der Galluzzos scheint da noch etwas mehr zu sein, auch wenn man sie nie erwischt hat.»

«Na gut», murmelte Soneri skeptisch, «damit sind wir immer noch bei Verdächtigungen.»

Juvara zog das Blatt mit den Notizen heraus und steckte es unten in den Stapel.

«Auch der Schwager von Galluzzo scheint nicht ganz sauber. Er kauft unaufhörlich Häuser, Geschäfte und Werkstätten, ohne groß zu verkaufen. Es ist unklar, wie er das finanziert», fuhr er fort.

Wieder gab der Commissario zu verstehen, dass ihn das nicht sonderlich interessierte. «Schulden?», forderte er ihn auf fortzufahren.

«Galluzzo stand bei der Bank in der Kreide, doch in Anbetracht des Lebens, das er führte, kann man nicht sagen, dass ihm das groß geschadet hat. Er ließ es sich gutgehen, alles immer vom Feinsten», erklärte der Inspektor.

«Jungs?», wollte der Commissario wissen.

«Was die betrifft, so hatte er einen weniger erlesenen Geschmack», erwiderte der andere. «Er wurde oft gesehen, wie er sich zwischen dem Bahnhof und dem *Rondò* herumtrieb, wo sich die Ausländer für wenig Geld anbieten.»

«Was ist das *Rondò*?», fragte Soneri neugierig.

«Eine etwas heruntergekommene Diskothek, wo viele Schwule verkehren.»

«Und er ging dort auf die Jagd?»

«Auch», erwiderte Juvara. Und fügte hinzu: «Ein übler Ort. Dort gibt es Ausländer, die zu allem bereit sind und oft ihre eigenen Kunden ausrauben.»

Der Commissario nahm seine Stirn in die Hände und beugte sich über den Schreibtisch. Er fühlte sich so machtlos, und die Vorstellung, diese Ermittlung führen zu müssen, machte ihm Angst.

«Wir stehen wie vor einer Wand», murmelte er, während Juvara ihn besorgt betrachtete.

«In der Tat, viel haben wir nicht …», räumte der Inspektor schuldbewusst ein.

«Wir haben zu viel», korrigierte ihn Soneri. «Ich weiß gar nicht, wo ich anfangen soll, bei einem einfachen Einbruch, der ein schlimmes Ende nahm, einem Strichjungen, einer Auseinandersetzung unter Geldwäschern, einer Schuldengeschichte oder den aufgebrachten Brüdern.»

Sie blickten sich an, und der bestürzte Gesichtsausdruck und das Schweigen des Inspektors sagten alles.

Unmittelbar darauf hörten sie Nanettis unregelmäßige Schritte auf dem Flur.

Als der Kollege im Zimmer erschien, erkannte der Commissario an den Schweißflecken auf seinem Hemd, wie stark er unter der Hitze litt.

«Genau auf dich haben wir gewartet, wir stecken in einer Sackgasse», empfing ihn Soneri.

«Es gibt nicht viel», brummte der andere, «winzige Details, aber immer noch besser als gar nichts.»

Nanetti wartete, bis Juvara den Notizblock und den Kugelschreiber in der Hand hielt, bevor er berichtete.

«Zunächst mal», begann er, «war Galluzzo nicht kokainsüchtig. Die Tütchen, die im Auto gefunden wurden, scheinen eine falsche Spur zu sein. Der Gerichtsmediziner hat das nach einer Untersuchung der Schleimhäute und des Gewebes ausgeschlossen.»

«Das ist ja immerhin schon etwas», brummte Soneri.

«Außerdem wirkt das Auto gesäubert, es gibt da keine weiteren Indizien. Das einzig Auffällige war ein Papierfetzen, der in einer Spalte der Innenverkleidung des Handschuhfaches eingeklemmt war. Vielleicht gehörte er zu einem Schriftstück und ist abgerissen, als dieses herausgezogen wurde. So ist das Stückchen hängen geblieben.»

«Was für ein Papier ist es?»

«Ganz dünnes, wie von einer Versicherungspolice. Das wenige, was man lesen kann, gehört zu einem Gesetzesparagraphen, wie man sie im Kleingedruckten auf den letzten Seiten einer Police findet.»

Soneri merkte auf. «Ist es möglich festzustellen, ob das Papier und der Riss neu sind?»

«Das untersuchen wir gerade. Es scheint erst vor kurzem gedruckt worden zu sein. Der Riss ist sicher neu, denn die Fasern sind noch nicht vergilbt», erklärte Nanetti.

«Meiner Meinung nach war es das, wonach sie gesucht haben», murmelte der Commissario kaum hörbar.

Juvara und Nanetti drehten sich zerstreut nach ihm um, fragten aber nicht nach: Inzwischen hatten sie sich an Soneris Brummen gewöhnt. Er griff zum Telefon und sprach mit Draghi.

«Hast du die Police gefunden?», fragte Soneri. «Wie? Sie wurde erst vor kurzem ausgestellt? Ja, das wusste ich, seine Schwester hat es mir erzählt. Eine Lebensversicherung? Das ist seltsam, so, wie ihn alle beschreiben: Einer, der nie daran dachte, dass ihm etwas passieren könnte. Na!», rief er. «Zwei Millionen Euro im Todesfall? Ja, das ist äußerst verdächtig. Du sagst, der Begünstigte ist eine Frau? Wer ist sie? Eine Schneiderin? Mit einem Modeatelier? Hör mal, du hast dich doch in der Vergangenheit mit Roger beschäftigt, richtig? Ich hätte da einige Fragen an dich. Wenn du zurückkommst, komm mal bei mir vorbei.»

Nach dem Telefongespräch wirkte Soneri erleichtert.

«Draghi bestätigt, dass Galluzzo erst vor wenigen Monaten eine Lebensversicherung abgeschlossen hat, mit einer hohen Summe im Todesfall, auch bei gewaltsamem Tod. Und die Begünstigte ist eine Frau, die Besitzerin eines Modeateliers. Also eine Schneiderin.»

«Das wird die Versicherung sein, von der wir einen Fetzen im Auto gefunden haben», vermutete Nanetti.

«Ich denke schon», bestätigte der Commissario, «wenn man bedenkt, dass die für das Auto beim Fahrzeugbrief war. Doch offensichtlich wollte irgendjemand nicht, dass man sie findet, weshalb der Mini verschwand, gereinigt und dann vor dem Haus der Schwester abgestellt wurde.»

«Aber warum ausgerechnet dort?», fragte sich Juvara.

«Ich weiß es nicht», fuhr Soneri fort. «Das kann bedeuten, dass die Schwester und der Schwager irgendetwas damit zu tun haben, oder es ist eine Warnung an die beiden.»

«Ich habe weitere Auskünfte über die Brüder Galluzzo angefordert», teilte der Inspektor ihm mit, «und wir beobachten auch den Schwager.»

«Wir müssen uns außerdem eine Genehmigung besorgen, um De Angelis Telefon abzuhören. Ich könnte mir vorstellen, dass dabei interessante Neuigkeiten an den Tag kommen. Vergiss nicht, Percudani darauf anzusprechen.»

Nanetti verabschiedete sich. «Ich kehre in die Kühle zurück», verkündete er, «in der Spurensicherung haben wir eine Klimaanlage. Letzte Nacht habe ich dort geschlafen, auf dem Sofa.»

Soneri fluchte gutmütig.

«Die haben sie nicht unseretwegen installiert, sondern wegen der Instrumente, die die Temperaturunterschiede nicht aushalten.»

Soneris Handy fing an zu klingeln. «Komm in mein

Büro, ich bin allein hier», sagte Angela. «Wir bestellen uns zwei Pizzen.»

Die Vorstellung, auf einem mit Papieren übersäten Schreibtisch zu essen, begeisterte ihn nicht gerade, weshalb er nicht sofort auf die Einladung reagierte. Angela interpretierte sein Schweigen als Ablehnung. «Ich habe da ein paar interessante Dinge zu berichten», sagte sie kurz angebunden, so professionell und eisig, wie sie nur konnte.

Soneri erwiderte nichts und versuchte auch nicht, sie zu besänftigen: Er legte auf, stand auf und machte sich wortlos auf den Weg.

6

Um die Mittagszeit dämmerte die Stadt vor sich hin. Auf den Straßen war nur hier und da ein Fahrradfahrer unterwegs, offenbar, überlegte Soneri, hatte die Hitze die gleiche Wirkung wie Kälte und Nebel: Die Straßen wirkten wie ausgestorben, und alle verkrochen sich schutzsuchend in ihren künstlich klimatisierten Häusern. Er folgte auf dem Bürgersteig den spärlichen Schatten der Gebäude, die in der Sonne glühten, und als er auf die weitläufige Piazza del Duomo kam, meinte er eine kühle Böe von den alten Steinmauern oder dem Marmor des Baptisteriums her zu spüren. Er ging weiter zur Via Cavour und zum Teatro Regio, wo Gondo über einem funkelnden neuen Akkordeon döste. Er hatte es sich mit den Gurten um die Schultern gehängt und es im Sitzen auf die Knie gestützt. Doch seine Hände lagen nicht auf den Tasten, sondern oben auf dem Instrument wie auf einem Tisch. Auf dem Boden stand der Teller für die Spenden mit dem Schild: MAN HAT MIR MEIN AKKORDEON GESTOHLEN, HELFT MIR.

Als Soneri vor ihm stand, zuckte Gondo zusammen und wachte auf.

«Warum spielst du denn nicht?», fragte der Commissario.

Der Mann breitete in einer hilflosen Geste die Arme aus:

«Ich komme mit dem Ding nicht zurecht. Und wenn ich nicht zurechtkomme, spiele ich falsch.»

«Spiel einfach weiter, dann gewöhnst du dich daran und wirst besser.»

«Das andere gehörte zu mir. Damit hatte schon mein Vater gespielt», erklärte Gondo weiter, eher bekümmert als verbittert.

Soneri schwieg. Er verstand sehr gut, was er sagen wollte.

«Jedes Instrument hat seine eigene Stimme», fuhr der Alte gedankenverloren fort. «Wie soll ich meine Lieder spielen, wenn sie von einer ganz anderen Stimme gesungen werden?»

Der Commissario machte eine vage Geste. Gondo blickte ihn eindringlich an: «Jetzt, wo sie mir dieses gekauft haben, werdet ihr da noch weiter nach dem anderen suchen?»

Soneri schüttelte den Kopf. «Wie sollen wir es finden, wenn wir nicht wissen, wer es gestohlen hat? Du musst uns helfen», erklärte er ihm mit leiser Stimme.

Gondos Gesichtsausdruck entspannte sich, als resignierte er. «Ich schwöre, dass ich sie nicht kannte. Was sollte denn mein Akkordeon auch groß wert sein?»

«Ich glaube nicht, dass sie es auf dein Instrument abgesehen hatten. Sie wollten dir einen Schreck einjagen», platzte es ohne großes Nachdenken aus Soneri heraus.

Gondo starrte ihn aufmerksam an, mit weit aufgerissenen Augen, die nun endlich Interesse zeigten. «Es stimmt nicht, dass sie nicht mit mir sprachen», raunte er dann.

«Das dachte ich mir.»

«Sie sagten, dass ich aufpassen soll, was ich sage, wenn ich das Akkordeon wiederhaben will. Vielleicht genügt es schon, dass ich mit dir rede, damit ich es nie mehr zurückbekomme.»

«Hast du eine Idee, worauf sie damit anspielten?»

«Das ist es ja, was mir Angst macht: Worauf soll ich aufpassen? Ich weiß wirklich nicht, was sie von mir wollten.»

«Wäre es nicht besser, wenn du dich eine Zeitlang zurückziehst?»

«Die Leute sind daran gewöhnt, mich hier zu sehen, selbst wenn ich nicht spiele, bin ich doch immer noch der Akkordeonspieler. Wenn ich gehe, denken sie, ich bin gestorben und vergessen mich schnell, und vielleicht würde irgendein Bettler meinen Platz einnehmen», schloss Gondo.

«Also, dann versuch zu spielen, bevor sie auch in dir nur einen Bettler sehen», riet ihm Soneri und verabschiedete sich.

Als er am Palazzo della Pilotta vorbeikam, spürte er für einen Moment im Schatten unter den Arkaden einen Luftzug, der vom ausgetrockneten Flussbett des Torrente Parma heraufzog. Vor ihm lagen jetzt der Parco Ducale und, unter dem Ponte Verdi, das von der Hitze ausgetrocknete Flussbett mit den flachen Steinen. Angelas Büro war in der Via delle Fonderie, zwischen dem Park und dem Fluss, im letzten eleganten Winkel des Zentrums. Auf der schmalen Treppe, die in den ersten Stock hinaufführte, roch es ein wenig modrig, wie in allen alten Häusern, die dem Wasserlauf eines Flussbettes oder einer Wasserader ausgesetzt sind.

«Damit du meinen Einladungen umgehend folgst, müsste ich wohl besser kochen können: Es reicht nicht einmal mehr das Versprechen, dir ein paar Informationen zukommen zu lassen», meinte sie ironisch, als sie ihn eintreten sah.

«Na ja, wir haben ja bereits im *Nabucco* schlecht gegessen …», entschuldigte sich der Commissario. «Vielleicht hätte ich dich lieber zu Alceste einladen sollen.»

«Ich sehe schon, die Aussicht, ein bisschen Zeit mit mir allein zu verbringen, begeistert dich sehr», kommentierte Angela bissig.

Darauf sagte Soneri nichts. Durch das Fenster sah er die Stadt jenseits des Flusses, ein Ausblick, den er ganz besonders mochte. Und dann das Kiesbett, bleich wie Knochen, durchzogen von den grünen Streifen der Algen, die sich in dem stehenden Wasser gebildet hatten. «Wie ich es prophezeit habe, macht sich Gondo überhaupt nichts aus dem neuen Akkordeon», sagte er, das Thema wechselnd.

«Er wird sich daran gewöhnen, du wirst schon sehen», erwiderte Angela. «In ein paar Wochen werden wir ihn wieder klimpern hören.»

«Da bin ich mir nicht so sicher. Und außerdem hat er Angst …»

«Immer noch?»

«Die Diebe sagten ihm, er solle aufpassen, was er sagt. Aber er weiß nicht, was sie damit gemeint haben.»

«Es kann doch sein, dass er das nur sagt, um Fragen aus dem Weg zu gehen. Vielleicht weiß er genau, worauf sie damit anspielten», vermutete Angela.

«Wer weiß …», zweifelte Soneri und fügte dann hinzu: «Und dann kam da noch jemand zu mir, um über Roger zu sprechen.»

Angela schwieg, wirkte jedoch überrascht und alarmiert.

«Sie kommen und erklären mir, wie Gerlanda mit ihnen umspringt, aber sie haben nicht den Mut, ihn anzuzeigen», klagte Soneri.

«Meiner Meinung nach steckt da noch etwas anderes dahinter», sagte Angela.

«Das denke ich auch. Der letzte Besucher kam mir vor wie ein Denunziant. Er hat behauptet, kein Kunde von Roger zu sein und nur seiner Pflicht nachkommen zu wollen, mich zu informieren.»

«Das passt genau zum Stil dieser Stadt: Man verbreitet Gerüchte und sät Zwietracht, ist aber nie direkt in etwas verwickelt», bemerkte Angela. «Aber zumindest Rondani steckt bis zum Hals drin.»

Sie setzten sich an den Tisch, als die Pizzen kamen. Soneri weigerte sich, seine aus dem Karton zu essen: Er schnitt sie in Ecken und legte sie auf einen Teller. Dann begann er zu essen und wartete darauf, dass Angela weiterreden würde. Er wagte nicht, sie darum zu bitten, da er fürchtete, sie könne dann beleidigt sein, doch sie las seine Gedanken auch so: «In Ordnung, nachdem du ausschließlich deswegen hier bist», sagte sie kurz angebunden, «erstatte ich dir eben Bericht wie Juvara.»

«Ach komm schon!», versuchte der Commissario sich zu rechtfertigen. «Es beunruhigt mich, bei dieser Geschichte gar nichts zu kapieren. Ich weiß nichts über den Toten, niemand kennt ihn, keiner ist ihm je begegnet. Stattdessen erzählen mir jede Menge Leute von diesem Wucherer, von dem ich glaube, dass er gar nichts mit dem Ganzen zu tun hat.»

«Dann ist es also sinnlos, dass ich es dir erkläre», folgerte Angela.

«Aber nein, es ist nicht auszuschließen, dass Galluzzo mehr Schulden hatte, als es im Moment den Anschein hat. Der Mann, der mir heute von Gerlanda erzählt hat, hat durchblicken lassen, dass es da vielleicht eine Verbindung geben könnte. Ich weiß nicht, ob das nicht einfach nur eine Bemerkung war, die er hat fallenlassen, um mich neugierig zu machen, aber ich habe daraus geschlossen, dass er mehr weiß, als er erzählt», berichtete Soneri, ohne Luft zu holen.

Angela setzte sich neben ihn und löste so die Spannung. Ihr Blick war überraschend mild geworden: «Weißt du, ich verstehe dich sehr gut. Vor einem Prozess geht es mir genauso.»

Eine Weile saßen sie schweigend da, sahen sich an und spürten, wie vollkommen sie miteinander übereinstimmten: Das genügte, sie mussten keine großen Worte machen.

«Wusstest du, dass Gerlanda auch mit Lederwaren handelt?»

«Nein, nur dass er einer der Eigentümer der Forneria Duomo ist.»

«Er hat außerdem eine Lederwarenfabrik. Und einen Geschäftspartner.»

«Ein Mann mit tausend Facetten», stellte Soneri fest.

«In Wirklichkeit ist die Fabrik völlig heruntergewirtschaftet, ich vermute, er benutzt sie zur Geldwäsche», enthüllte Angela.

«Lohnt sich das denn?»

«Wucher bringt Rendite, letztendlich halten also seine Schuldner die Fabrik am Laufen», fuhr sie fort.

«Ja, aber wenn er nichts verkauft …»

«Roger verleiht nicht nur Bargeld. Ein Teil der vereinbarten Summen wird in Form von Waren geliefert, und der Schuldner muss dann sehen, wie er sie absetzen kann. So wird das Opfer auch noch zu einem Handelsvertreter, der für Gerlanda arbeitet.»

Soneri sagte nichts, doch insgeheim verspürte er durchaus eine gewisse Bewunderung für Rogers Einfallsreichtum.

«Und was dreht er seinen Kunden an?»

«Das ist das Schlimmste an der Geschichte», antwortete Angela, «es handelt sich überwiegend um Ramsch: Geldbörsen, Brieftaschen, Gürtel und andere Lederwaren, die praktisch unverkäuflich sind, weil sie aus der Mode oder von schlechter Qualität sind. So sieht sich das Opfer gezwungen, Ware zu überhöhten Preisen zu kaufen, die wertlos, aber Teil des Kredits ist.»

«Deshalb kann sich Roger auch anfänglich relativ niedrige Zinsen leisten», überlegte der Commissario. «Tatsächlich verlangt er aber weitaus mehr.»

«Unwahrscheinlich, dass es jemandem gelingt, dieses Zeug zu verkaufen», bekräftigte Angela.

«Hast du es gesehen?»

«Rondani hat es mir gezeigt: miserables Zeug», erklärte sie. «Um es loszuschlagen, muss man jemanden finden, der nichts davon versteht oder naiv ist. Ich habe von Leuten gehört, die versuchen, es an Marktständen zu verkaufen oder durch Einwanderer, die sie auf die Straße schicken.»

«Wie viel Prozent an Ramsch schiebt er seinen Kunden unter?», fragte Soneri.

«Es können bis zu dreißig Prozent sein, aber im Allgemeinen sind es zwanzig.»

«Wer ist sein Partner?»

«Ich habe ihn nie gesehen», erklärte Angela. «Ich weiß, dass er Cavatorta heißt und genauso alt ist wie Roger. Ein Typ, der immer im Schatten des Wucherers gelebt hat und Gesellschaft meidet. Rondani hat mir erzählt, dass die Angestellten der Lederwarenfabrik ihn fürchten, ja regelrecht hassen.»

«Auch die Entlassenen der Forneria Duomo hassen Gerlanda», grübelte der Commissario mit lauter Stimme. «Logischerweise, seinetwegen stehen sie jetzt alle auf der Straße», ergänzte er.

Plötzlich fiel ihm Gondo wieder ein, der etwas gesehen hatte, was er nicht hätte sehen dürfen, von dem er möglicherweise nicht einmal selbst wusste.

«Du glaubst nicht, dass Gondo die Wahrheit sagte, als er behauptete, nicht zu wissen, worauf die beiden Angreifer anspielten?», fragte Soneri.

Angela schüttelte den Kopf. «Meiner Meinung nach will er sich nur schützen, weil er Angst hat.»

Dem Commissario jedoch war der Alte aufrichtig vorgekommen. Das hatte er aus seinem verwunderten Blick geschlossen, schließlich kannte er die Bergbewohner nur zu gut. Das Klingeln des Handys unterbrach seine Gedanken. Es war Draghi. «Ich bin im Büro und habe die Akte über Gerlanda dabei.»

«Warte auf mich, ich bin in einer Viertelstunde da», sagte er und stand auf. Er küsste Angela auf die Wange, fühlte ihren weichen Körper und roch ihren verführerischen Duft, bevor er ging und erneut den Fluss überquerte. Noch eine Woche lang diese Hitze, und die Stadt würde schmelzen, in das Kiesbett rinnen und auf den Po zutreiben. Unter den Arkaden des Palazzo della Pilotta und in seinem Schatten auf den Rasenflächen dösten in kleinen Gruppen Obdachlose und herumlungernde Jugendliche. Die Zeitungen an den Kiosken titelten, dass schon wieder zwei alte Menschen in der erstickenden Einsamkeit ihrer Wohnungen gestorben waren.

Um sich ein wenig Linderung von der Schwüle zu verschaffen, hatte sich Draghi vor den Ventilator gesetzt, der auf höchster Stufe lief. Als Soneri eintrat, sah er den Inspektor im Profil, inmitten dieses Luftwirbels, Haare und Kragen standen in die Luft wie bei einem Motorradfahrer.

«Gönn uns auch etwas kühle Luft», befahl ihm der Commissario, und Draghi stellte den Ventilator so ein, dass der Luftstrom wieder durch den ganzen Raum zog und in regelmäßigen Abständen die Papiere aufwirbelte.

«Es ist uns nie gelungen, Gerlanda festzunageln», begann Draghi.

«Zunächst möchte ich Genaueres über Galluzzos Versicherungspolice wissen», unterbrach ihn der Commissario.

«Eine Lebensversicherung», sagte der Inspektor.

«Warum hätte er eine abschließen sollen?»

Draghi schluckte und ließ sich ein wenig Zeit, bevor er antwortete.

«Möchten Sie meine Meinung wissen?», fragte er mit seinem römischen Akzent.

«Das ist ja wohl klar», sagte der Commissario ärgerlich, «warum hätte ich dich sonst kommen lassen?»

«Diese Versicherungen sind eine Art Garantie für Leute, die sonst nichts mehr haben. Und zwar deshalb, weil sie fast vollständig ausgenommen worden sind, verstehen Sie mich?»

Der Commissario nickte. «Und Galluzzo war deiner Meinung nach bereits ausgenommen?»

«Hinter ihm steht eine sehr reiche Familie, aber er selbst hatte kein Geld, als er diese Versicherung abgeschlossen hat. Und wissen Sie, was ich denke? Solche Policen schließt man ab, weil ein Wucherer es von einem verlangt.»

Wieder kam Gerlanda ins Spiel. Wieder tauchte der

Schatten dieses Mannes auf, mit dem kahlen Schädel, der korpulenten, massigen Figur und den schnellen, knappen Gesten des geborenen Kommandeurs. Er hatte keine Zeit, sich aufzuregen, da Draghi weiter auf ihn einredete: «Warum sollte ein Wucherer jemandem, der nichts hat, Geld geben? Wenn er ihm etwas leiht, verlangt er Garantien, und zwar fast immer eine Lebensversicherung. In gewissem Sinne besiegelt derjenige, der sie unterschreibt, sein eigenes Todesurteil.»

«In Galluzzos Fall steht aber fest, dass man ihn nur schlagen und nicht umbringen wollte», stellte Soneri klar.

«Richtig», räumte Draghi ein, «das passt nicht ins Bild. Aber wenn ich Ihnen sagen würde, dass die Nutznießerin der Police eine der Bettgefährtinnen Gerlandas ist, fänden Sie das nicht verdächtig?»

«Wer ist sie?»

«Eine Kunsthandwerkerin aus der Bekleidungsbranche, eine ziemlich auffällige Frau.»

Soneri horchte auf. «Ach, die Schneiderin ...», erinnerte er sich.

«Sie hat ein Modeatelier, das eher schlecht läuft», verbesserte ihn der Inspektor, «weshalb auch sie mit einer Schlinge um den Hals an Roger gefesselt ist, Beziehung hin oder her.»

«Und sie kassiert Galluzzos Police?»

«Oh, bis dahin ist es noch ein weiter Weg. Die Versicherung zahlt nicht so ohne weiteres, und sie wird so oder so lediglich zuschauen können, wie das Geld an ihr vorüberzieht.»

«Unglaublich, dass man einen wie den nie festnageln konnte ...», knurrte Soneri und kaute auf seiner Zigarre herum, die er nicht anzuzünden wagte.

«Es ist ganz einfach so», erklärte Draghi, «dass die Leute ihn nicht hassen. Er bezirzt sie alle und redet ihnen ein, es sei allein ihre Schuld, wenn sie verlieren. Wenn seine ‹Kunden› ihm erst einmal auf den Leim gehen, schlagen sie sich an die Brust und sind überzeugt davon, Versager zu sein. Ihr Ruin besteht in erster Linie darin, dass sie sich nichts mehr zutrauen. Gerlanda weicht dir das Hirn auf und schneidet dir die Eier ab.»

«Keine einzige Anzeige, nur Gerüchte und Klagen …», brummte Soneri.

Draghi schüttelte den Kopf. «Er nimmt sie sich so lange vor, bis sie ihm verfallen und sich ihm verschreiben. Er hält sie mit tausend Versprechungen an der Leine. Mit den Frauen geht er ins Bett, und sie folgen ihm gerne in der Hoffnung, dadurch ihre Schulden verringern oder die Rückzahlungen aufschieben zu können. Sie glauben ihn umschmeicheln zu können. Die Männer verlieren jede Würde, indem sie sich ihm völlig unterwerfen. Manche bieten ihm ihre Frauen oder ihre Töchter an. Ich habe Dutzende solcher Geschichten gehört», schnaubte der Inspektor schließlich. «Und niemand schafft es, da wieder herauszukommen.»

«Wie heißt die Nutznießerin der Police?», fragte Soneri.

«Mariangela Rosselli.»

«Kannten Galluzzo und sie einander?»

«Ich glaube schon. Fest steht, dass sie sein Geschäft belieferte, möglicherweise war sie auch für das Familienunternehmen tätig. Eine von vielen …», sagte Draghi mit einem Anflug von Verachtung. «Gerlanda hat einen Harem.»

«Alles Schuldnerinnen?»

«Viele Frauen stehen auf Typen wie ihn. Ihm Geld zu

schulden, ihm ausgeliefert und seine Sklavin zu sein berauscht sie. In jeder Beziehung dominiert zu werden bereitet ihnen eine seltsame Lust. Oft benutzt Roger die Frauen, um an das Vermögen des Mannes oder der Familie heranzukommen. Commissario», schloss er, «Sie machen sich keine Vorstellung davon, wie zynisch Gerlanda ist. Und in welchem Ausmaß sich ein Mensch einem anderen unterwerfen kann.»

Soneri kochte innerlich vor Wut, während sich im Zimmer Stille breitmachte und nur noch das Summen des Ventilators und das Rascheln der durch die Luft wirbelnden Papiere zu hören war. Der Commissario erkannte diese Stadt und ihre Bewohner nicht wieder. Der Kampfgeist, das Rebellentum und die Intoleranz gegenüber jedweder Gewalt, die die Menschen auf die Barrikaden führte, wo waren sie nur geblieben? In seinen Augen war diese Gemeinschaft endgültig zerschlagen.

Seufzend stützte er die Ellbogen auf den Schreibtisch. Draghi beobachtete ihn mit einem leisen Lächeln.

«Dieser Roger ist eine der einflussreichsten und geschätztesten Persönlichkeiten der Stadt. Er besitzt Palazzi, die er an öffentliche Einrichtungen vermietet, er schließt Verträge mit den Bürgermeistern und mit den Direktoren der Banken und Stiftungen. Mit Geld», sagte der Inspektor bitter, «kann man heutzutage alles machen, sogar Ehrbarkeit lässt sich erkaufen.»

«Die riechen das Geld und reden dann von Ethik und von Werten ...», folgerte Soneri ebenso bitter.

«Chef», entgegnete Draghi und blickte ihn skeptisch an, «Werte gibt es doch gar nicht mehr.»

Das war genau der Punkt: Worauf konnte man sich noch berufen? Blieb nur die blinde Revolte der Jugendlichen, die am Abend zuvor planlos die öffentlichen Gebäude angezündet hatten. Diese Gewalt genügte sich selbst und führte nirgendwohin. Doch jetzt musste er herausfinden, was Galluzzo getötet hatte. Er hatte nicht den Eindruck, dass es blinde Gewalt war. Im Gegenteil, dahinter stand eine ganz bestimmte, wohlüberlegte Absicht.

«Warum sind deiner Meinung nach zwei Leute ganz von alleine zu mir gekommen, nur um mit mir darüber zu plaudern, was Roger so treibt?», fragte der Commissario plötzlich.

«Das habe ich auch nicht verstanden», antwortete der Inspektor. «Vielleicht steckt ja doch irgendein Feind von Gerlanda dahinter.»

In diesem Moment kam Juvara herein. «Percudani hat die Genehmigung für das Abhören der Telefone von De Angelis und Galluzzos Schwager unterschrieben», verkündete er.

«Gut», meinte Soneri, «hören wir mal, was sie sich zu erzählen haben.»

Die Sonne stand jetzt hinter den großen Tannen im Hof, doch die Temperatur sank nicht, und die schwüle Luft stand zwischen den Häusern. Der Commissario wartete noch, bis das Licht ein wenig fahler wurde, dann beschloss er zu gehen. Ein paar bläuliche Streifen am Himmel ließen auf ein Gewitter hoffen, doch es hatte schon zu oft nach Regen ausgesehen, ohne dass etwas passiert war.

Soneri dachte über die Schulden nach, die Galluzzo womöglich angehäuft hatte. Die Bankkonten wiesen keine großen Minusstände auf, doch wenn er sich von Gerlanda Geld geliehen hatte, konnte das niemand überprüfen. Roger gab einen kleinen Teil der Kredite zu regulären Zinsen aus, mit den Belegen einer normalen Finanzgesellschaft.

Ein weiterer Teil des Kredits bestand aus dem Lederwarenramsch, aber das Gros des Geldes wurde gar nicht in den Büchern geführt, und davon gab es keinerlei Spuren. Traf das auch auf Galluzzos Fall zu?

Er ging die Via Repubblica wieder hinauf und entdeckte das Messingschild der Finanziaria Maria Luigia, als sein Handy klingelte.

«Commissario», informierte ihn Draghi, «die Schneiderin Rosselli wurde überfallen, die Begünstigte der Versicherungspolice.»

«Wann?»

«Gerade eben, ich habe es in der Einsatzleitung gehört.»

«Wo ist es passiert?»

«In der Via Nazario Sauro 23, in ihrer Wohnung.»

«Ich sehe mich dort mal um», beschloss Soneri.

Der Commissario beschleunigte seine Schritte mit dem Ergebnis, dass er noch mehr schwitzte. Als er in die Via Nazario Sauro kam, stellte er fest, dass Mariangela Rosselli genauso aussah, wie Draghi sie mit römischer Eindringlichkeit beschrieben hatte: großgewachsen, vor Gesundheit strotzend, mit einem frechen Blick, der die Männer herauszufordern schien. Das nach dem Überfall erhitzte rote Gesicht und die zerknitterten Kleider wirkten bei ihr ganz natürlich. Als der Commissario sich vorstellte, warf sie ihm einen überraschten Blick zu: «Es waren bereits andere Polizisten da», brummte sie, hart an der Grenze der Höflichkeit.

Soneri nickte stumm. «Die von der Streife», ergänzte er schließlich.

«Ich habe ihnen gesagt …», begann die Frau zu erklären, doch der Commissario ging nicht weiter darauf ein.

«Wie viele waren es?», fragte er nach den Angreifern.

Mariangela blickte ihn resigniert an: «Zwei, sie hatten einen ausländischen Akzent. Sie trugen Helme, daher konnte ich ihre Gesichter nicht sehen.»

«Sind sie Ihnen gefolgt, oder haben sie hier auf Sie gewartet?», fuhr Soneri fort und deutete auf den Treppenabsatz, auf dem sie standen.

«Ich denke, sie warteten unten auf der Straße und sind mir dann ins Haus gefolgt. Sie waren in dem Moment hinter mir, als ich die Tür aufgesperrt habe.»

«Was ist dann passiert?»

«Sie haben mich in die Wohnung gedrängt und die Tür geschlossen. Ich dachte, sie wollten mich vergewaltigen. Ich war in Panik und wagte es nicht, mich zu wehren.»

Der Commissario musterte ihren Körper und stellte fest, wie attraktiv sie war. «Und stattdessen?», fragte er dann.

«Stattdessen haben sie mir gedroht.»

«Was haben sie gesagt?»

«Dass ich aufpassen soll, was ich sage und was ich tue.»

Genau wie bei Gondo.

«Wissen Sie, was sie damit meinten?»

Die Frau schüttelte ihre kastanienbraunen Haare, die ihr immer wieder ins Gesicht fielen. «Einer von ihnen packte mich an den Schultern und schüttelte mich, um mir zu zeigen, wozu sie fähig sind. Es war entsetzlich.»

«Was ist dann passiert?»

«Nichts. Sie sind wieder gegangen. Ich bin noch kurz an der Wohnungstür stehen geblieben, dann lief ich ins Schlafzimmer und weinte.»

Soneri musterte sie und kaute auf seiner erloschenen Zigarre. Ihr Blick wirkte beinahe ungeduldig, als habe sie es eilig, ihn loszuwerden. Da stellte er ihr eine Frage, die sie überraschte. «Glauben Sie, dass es etwas mit der Versicherungspolice zu tun hat?»

Die Frau war erstaunt: «Mit welcher Police?»

«Tun Sie doch nicht so ahnungslos, Sie wissen doch genau Bescheid.»

«Ich schwöre Ihnen, ich weiß nicht, wovon Sie reden», entgegnete sie ein bisschen entrüstet, aber offensichtlich aufrichtig.

«Vor einigen Monaten hat Galluzzo, den sie ja gut kennen, eine Lebensversicherung abgeschlossen und Sie als Begünstigte angegeben», informierte sie Soneri.

Mariangela schwieg überrascht.

«Es geht um viel Geld», fuhr der Commissario fort.

Die Frau schien irritiert und starrte vor sich hin, als wüsste sie nicht, was sie davon halten sollte.

«Sie hatten doch regelmäßig Kontakt zu Galluzzo, nicht wahr?»

Sie nickte. «Ja, wir kannten uns sogar gut, aber von der Versicherung wusste ich nichts.»

«Möglicherweise haben die beiden Männer, als sie Ihnen drohten, darauf angespielt. Sie sollten sich jetzt mit der Versicherung in Verbindung setzen. Auch wenn das Geld vermutlich nicht lange auf Ihrem Konto bleibt. Es wird wohl gleich auf Gerlandas weiterfließen.»

Mariangela schaute dem Commissario direkt in die Augen, und in ihrem Blick lagen Hass und Angst.

«Was hat Gerlanda damit zu tun?»

«Er verleiht Geld zu Wucherzinsen. Ich denke, sie werden darüber so einiges wissen ...»

Mariangela machte eine verärgerte Bewegung und ballte ihre Hände zu Fäusten. «Gerlanda hat mir Geld für mein

Geschäft geliehen, er hat eine Finanzgesellschaft, das ist sein Beruf», zischte sie.

«Trotz allem verteidigen Sie ihn?», stellte Soneri fest.

«Trotz allem? Er hat mir geholfen. Er hilft mir. Was niemand sonst in dieser Stadt getan hat.»

«Machen Sie sich nichts vor, ich glaube kaum, dass er das aus Nächstenliebe getan hat.»

«Sie können das nicht verstehen, es geht nicht um einen normalen Kredit. Er gibt mir nicht nur Geld, sondern auch Sicherheit, Ratschläge und die Motivation, die viele von uns so dringend brauchen.»

«Damit ihr doppelt so viel arbeitet und er sich auf eine reichere Ernte einstellen kann», sagte der Commissario eisig.

«Er weiß immer, was zu tun ist, und wenn er etwas vorschlägt, kann man sich sicher sein, dass es das Richtige ist», erwiderte Mariangela mit Ergebenheit im Blick.

Soneri betrachtete sie ein paar Sekunden lang, und ihm wurde klar, dass kein Argument ihre Überzeugung auch nur um einen Millimeter ins Wanken gebracht hätte. Wie so viele suchte sie jemanden, der ihr sagte, was zu tun war. Sie hatte sich mit der Hingabe einer Novizin in Rogers Netz geworfen. Und der Commissario empfand darüber Mitleid und Abscheu zugleich.

«Haben Sie nach dem Überfall mit Gerlanda telefoniert?», fragte er sie.

Sie blickte zum Commissario auf und nickte.

«Und was hat er Ihnen geraten?»

«Dass ich die Polizei rufen soll.»

7

In der Nacht flüchtete die lärmende Menge aus den Häusern auf die Straßen. Ein trüber Himmel verdunkelte die Sterne, und die staubige Luft verdunkelte den Horizont am Ende der Straßen, durch die sich ungeduldige Autoschlangen schoben. Nach der schläfrigen Trägheit des Tages wurde die Stadt unversehens lebendig, wenn auch vergeblich. Lang aufgestaute Wut kam in jäher Gewalt zum Ausbruch, genährt von Alkohol und Frustration. Sirenen zerrissen die reglose Luft und durchbrachen die Stille. Der Commissario hörte sie, während er durch die vom Krawall verschonten Gassen ging, bis er plötzlich ein Feuer sah.

Seit einigen Wochen wurden Müllcontainer und Autos in Brand gesteckt, ohne dass das Sondereinsatzkommando einen Täter gefunden hatte. Möglicherweise handelte es sich um die gleiche Bande, die in den besetzten Häusern Feuer gelegt hatte, um Leute, die in so kleinen Gruppen vorgingen, dass man sie im Straßengewirr der Altstadt von Parma nicht fassen konnte. Die rebellische Seele der Stadt lebte in diesen kleinen, unbedeutenden Taten schwach wieder auf, und Soneri dachte, dass der solidarische Protest der Vergangenheit zu einer infantilen, demonstrativen Geste verkommen war. Er beobachtete, wie die Flammen den Container zerstörten, Hitze zu Hitze fügten, während über den Dächern weitere Sirenen ertönten. In dem Moment, als die Feuerwehr eintraf, erklang in dem Getöse das Schrillen seines Handys.

Eine tiefe, klare Stimme teilte ihm schlicht mit: «Ich bin Gerlanda.»

Nach dem Bruchteil einer Sekunde, der dem Commissario endlos lang vorkam, fuhr der andere fort: «Kommen Sie heute Abend ins *Nabucco*, ich möchte mit Ihnen sprechen.»

Irgendwie lag in seiner Art, sich auszudrücken, eine natürliche Autorität, auch wenn der Commissario nicht näher hätte erklären können, woher sie kam. Soneri war verblüfft, dann verschlechterte sich seine Laune: Es ärgerte ihn, dass er verunsichert war. Er wusste nicht, worüber dieser Mann mit ihm sprechen wollte und warum er sich auf diese Weise gemeldet hatte. Dann erinnerte er sich an Mariangela und daran, dass der Rat, nach dem Überfall die Polizei zu rufen, ausgerechnet von Gerlanda gekommen war. Das wiederum brachte ihn auf den Gedanken, dass auch der Wucherer sich in gewisser Weise in Bedrängnis fühlte.

Er ging Richtung Zentrum. In der Ferne, in der Allee, die zum Bahnhof führte, sah er den roten Widerschein eines weiteren Brandes. Er betrachtete den irgendwie österreichisch anmutenden Umriss des Palazzo della Provincia, der von starken Scheinwerfern angestrahlt wurde, in deren Lichtstrahl sich Galaxien von Mücken aufhielten. Als er aufs Regio zukam, hörte er, wie Gondo beständig einen einzigen hohen Akkord spielte, den er wie besessen immer wiederholte, wie den Schrei eines Tieres in der Falle.

Ein paar Minuten später ging er über die glühenden

Steinplatten der Via Repubblica und betrat schließlich das *Nabucco*. Er war ein bisschen aufgeregt, wie vor einer Prüfung, zwang sich jedoch zu entschlossenem Auftreten. Er kam den Kellnern zuvor und ging direkt in den Bootsmannssaal: Er war sich sicher, dass ihn der andere dort erwartete. Und tatsächlich thronte er vor ihm wie ein Kirchenaltar. Gerlanda blickte auf, so ruhig und gelassen, dass es einen ganz nervös machte. Im Raum war niemand sonst. Roger wies mit einer höflichen, aber eiligen Handbewegung auf den Stuhl ihm gegenüber: «Setzen Sie sich.»

Soneri gehorchte wortlos. Er war verblüfft, mit wie viel Natürlichkeit der Mann es immer wieder schaffte, ihm zuvorzukommen.

«In den letzten Tagen werden Sie viel von mir gehört haben», sagte Gerlanda, als der Commissario sich gesetzt hatte. «Schlechtes, vermute ich», ergänzte er und schenkte einen kühlen Verdicchio ein.

«Glauben Sie, dass Sie das nicht verdient haben?»

Der andere zuckte mit den Schultern.

«Es kommt nicht häufig vor, dass über die Leute, mit denen ich es zu tun habe, Gutes geredet wird», sagte der Commissario.

Roger blickte ihn mit dem Anflug eines Lächelns an. «Es muss Ihnen ziemlich auf die Nerven gehen, immer nur Elend zu sehen», stellte er finster fest.

«Sehen Sie bessere Dinge?», gab Soneri zurück.

Gerlanda schüttelte den Kopf, dann ergriff er mit seiner riesigen Hand und knotigen Fingern das Glas und trank den Wein in einem Zug aus. Dem Commissario kam es vor wie ein heidnisches Ritual, mit dem der andere ihn herausfordern wollte.

«Vielleicht sehe ich mehr Elend als Sie», bestätigte er, nun wieder in versöhnlichem Tonfall.

«Es gibt auch Leute, die ins Elend getrieben werden», unterstellte Soneri.

Einen Moment lang schien Roger rot zu werden, doch es dauerte nur einen kurzen Augenblick, dann entspannte sich sein Gesicht wieder. «Ich tue nur meine Arbeit», erwiderte er ganz ruhig, «und sie ist durchaus ehrbar. Immerhin nehme ich so manches Risiko auf mich, das andere nicht eingehen.»

«Zum Beispiel angezeigt zu werden», fügte der Commissario hinzu.

Gerlanda starrte ihn mit Röntgenblick an, doch er war Wagnisse gewöhnt und vermutete, dass der Commissario nicht viel gegen ihn in der Hand hatte.

«Sollen sie doch schlecht über mich reden, ich habe nichts zu befürchten, schließlich mache ich nichts Illegales. Meine Kunden akzeptieren alles, was ich tue, weil sie es so wollen», schloss er und beugte seinen kahlen Schädel über die Mitte des Tisches.

«Nun, in ihrer Lage haben sie wohl kaum eine andere Wahl», stellte Soneri mit einem Anflug von Sarkasmus fest.

«Doch, durchaus», fuhr Roger ruhig fort, «sie könnten den Mut aufbringen, ihr Scheitern einzugestehen. Es akzeptieren mit allen Konsequenzen. Doch das schaffen sie nicht, und so gebe ich ihnen eine letzte Chance, wenn sich vor ihnen nur noch ein Abgrund aus Schulden und Schande auftut. Ich nehme sie an der Hand und zeige ihnen einen Weg, aus dem Schlamassel herauszukommen. Aber auch dazu braucht man Mut. Die meisten von ihnen hängen sich an meinen Rockzipfel wie verängstigte Kinder. Sie suchen jemanden, der ihnen sagt, was sie tun oder lassen sollten. Solange jemand bestimmt, ordnen sie sich gern unter. Sie wollen sich dem Leben mit all seinen Härten gar nicht stellen. Sie suchen keine Herausforderung, sondern jemanden, der das Denken für sie übernimmt: Genau das erwarten sie von mir, und für eine Weile übernehme ich diese Rolle. Ich versuche, Erwachsene aus ihnen zu machen, doch das ist eine schwierige Aufgabe.»

Soneri musterte ihn aufmerksam, und sein Gegenüber hielt seinem Blick stand. «Ich fürchte, sie verwechseln Not mit Wahlfreiheit», kommentierte der Commissario trocken. «Es gibt keine Freiheit, wo es nichts zu entscheiden gibt. Und ich glaube, das ist bei Ihren Kunden der Fall.»

Gerlanda lächelte auf eine Weise, die ihn abstieß. «Sie reden wie ein Priester oder ein Kommunist. Glauben Sie wirklich, dass die Leute Freiheit wollen? Blödsinn. Die meisten wollen nur, dass es ihnen gutgeht, und alles Übrige ist ihnen vollkommen egal. Rebellionen waren immer die Folge eines knurrenden Magens, nicht eines denkenden Kopfes», philosophierte Roger, dessen Stimme jetzt ein wenig heiser klang.

«Sind Ihre Kunden so satt, dass sie nie protestieren?», fragte daraufhin der Commissario.

«Sie sind selbst verantwortlich für ihre Situation», gab der andere zurück. «Warum, glauben Sie, sind sie denn verschuldet? Sicher nicht wegen der wirtschaftlichen Konjunktur und auch nicht wegen tatsächlicher Bedürfnisse oder Hunger. Ich sage es Ihnen: Gier, Überheblichkeit, Geltungsbedürfnis. Mit einem Wort: Nichtigkeiten. Aus diesen Gründen machen sie Schulden. Es sind Leute, die im Wohlstand aufgewachsen sind, verwöhnt, unfähig, irgendetwas Beschwerliches oder gar Entbehrungen zu ertragen. Die einen haben sich verschuldet, weil sie sich ein teures Auto gekauft haben, die anderen, weil sie Geld für Frauen ausgaben, es gibt welche, die unrealistische Projekte verfolgten, und solche, die sich zu viel zutrauten. Bei niemandem ging es dabei um ein wirklich ambitioniertes Projekt, alle folgten ihren Träumen oder dem schönen Schein, und das ist das Dümmste und Eitelste, was es gibt.»

«Jetzt sprechen Sie wie ein Priester», stellte Soneri fest.

«Das kann schon sein, nur erteile ich niemandem Absolution. Sie sind verzweifelt und einsam, wenn sie zu mir kommen, und bei mir bekommen sie die Medizin, die sie brauchen: Illusionen. Ich tröste sie, versuche, ein bisschen Licht in ihre dunkle Lage zu bringen. Was sie wollen, ist ein wenig Hoffnung, das Gefühl, dass nicht alles verloren ist. Es liegt an ihnen zu entscheiden, ob sie nur ihren Überlebenskampf verlängern oder ob sie ihr Leben radikal ändern wollen und den letzten sicheren Ausweg vor dem Ruin nehmen.»

«Und Sie können ihnen helfen?»

«Einigen ja, nur haben die meisten weder die Kraft noch die Disziplin, um sich aus dem Schlamassel zu befreien. Ob es Ihnen nun gefällt oder nicht, diese Leute wollen Befehle hören. Glauben Sie mir», kicherte Gerlanda zynisch, «die Mehrheit der Leute, denen ich begegne, verabscheut die Freiheit. Sie halten den Druck nicht aus, den es mit sich bringt, Entscheidungen zu treffen. Es ist viel bequemer zu glauben, dass es nur einen einzigen Weg gibt. Oft ist der Zwang besser als die Freiheit.»

Während er ihm zuhörte, rebellierte Soneri innerlich, doch gleichzeitig drückten Rogers Überlegungen genau das aus, was er selbst beobachtete in dieser passiven, verwahrlosten und eingefahrenen Stadt, die er kaum noch wiedererkannte.

«Ich bleibe bei meiner Freiheit mit allem, was dazugehört», erklärte er dann mit fester Stimme, als würde er ein Plädoyer halten.

Der andere blickte ihn an und musterte ihn mit dem Respekt, den man einem Rivalen schuldet. «Ich tadle Sie nicht. Die Idealisten haben die Welt immer entflammt, doch dann hat ihnen die Welt immer den Rücken gekehrt. Ich nehme die Realität zur Kenntnis und glaube, dass es bis in alle Ewigkeit Leute geben wird, die befehlen, und solche, denen befohlen wird. Das Leben ist ein unaufhörlicher Kampf ums Überleben, und wer gewinnt, entscheidet für die anderen. Meine Kunden werden auf die Probe gestellt, und wenn sie verlieren, gehorchen sie. Wenn sie es jedoch schaffen, befreien sie sich: Das ist alles.»

«Und dabei gewinnen die Schlimmsten», brummte Soneri.

«Das ist nicht gesagt», erwiderte Gerlanda. «Es gewinnen die Intelligentesten, die Gefühllosesten, die Unerschütterlichsten. Im Grunde verlangt man von jemandem, der befiehlt, nicht, dass er gut ist, sondern dass er außergewöhnliche Fähigkeiten besitzt. Sie wollen doch wohl nicht, dass die Welt von einer Bande von Schlappschwänzen regiert wird?»

Diese Worte hinterließen einen Nachgeschmack von Gefängnis und Schießpulver, doch sie waren wenigstens aufrichtig.

«Wie auch immer», sagte der Mann und wechselte überraschend das Thema, «ich habe Sie aus einem anderen Grund hergebeten.»

«Das dachte ich mir schon.»

«Ich weiß, dass man mit Ihnen über mich gesprochen hat», erklärte Gerlanda und spielte damit auf die Besucher des Commissario an, «und ich wollte Ihnen sagen, dass ich, was immer man Ihnen auch berichtet hat, nichts Illegales getan habe.»

«Worüber machen Sie sich dann Sorgen?»

«Die Stadt verändert sich», sagte Roger und schenkte sich Wein nach, «und nicht unbedingt zum Besseren. Im Gegenteil ...» Das letzte Wort hatte er gesagt, als wüsste er sehr genau, was da vor sich ging.

Soneri machte eine fragende Geste mit der Hand, in der er noch immer die erloschene Zigarre hielt.

Der andere dachte kurz nach, bevor er fortfuhr. «Ich bin im Gegenteil davon überzeugt, dass es keine Veränderung zum Guten ist», ergänzte er lediglich.

«Werden Sie bedroht?», fragte Soneri, auch wenn ihm das widersinnig erschien.

«Nicht direkt», antwortete Gerlanda. «Irgendetwas geht da vor sich, aber ich weiß nicht was.»

«Spielen Sie auf den Mord an Galluzzo an?»

«Auch das ist kein gutes Zeichen, finden Sie nicht? In dieser Stadt gab es so etwas bisher nicht. Ich meine, so etwas Undurchsichtiges», erklärte Roger.

«Auch ich frage mich, was da vor sich geht, habe aber auch noch keine Antwort», erklärte Soneri. «Allerdings nahm ich an, dass Sie mehr darüber wüssten.»

Gerlanda schüttelte den Kopf. «Ich bin in der gleichen Lage wie Sie: Ich beobachte», erwiderte er. «Die einzige Schlussfolgerung, zu der ich gelangt bin, ist, dass die Stadt immer mehr einem geschwächten Körper gleicht, der sich jede erdenkliche Krankheit einfangen könnte.»

Das Bild berührte Soneri, weil er mehr oder weniger das

Gleiche gedacht hatte. In diesem schwülen Sommer kam ihm Parma vor wie eine kranke, alte Frau an den Ufern eines ausgetrockneten Flusses. «Im Moment lässt sich keine Diagnose stellen», stellte er dann fest. «Aber den Symptomen nach zu schließen, habe ich nicht das Gefühl, dass es sich um einen Schnupfen handelt.»

Beide schwiegen eine Weile, ohne sich anzusehen.

Dann nahm der Commissario das Gespräch wieder auf, mit einem seiner abrupten Themenwechsel: «Hatten Sie Galluzzo Geld geliehen?»

Gerlanda wurde hellhörig und schien insgeheim enttäuscht. Er hatte sicher geglaubt, das Bild des Wucherers in den Hintergrund gedrängt zu haben, und nun kam es indirekt wieder zurück. Er wandte schnell den Blick ab und brummte: «Nein.»

«Es gibt eine Versicherungspolice von Galluzzo, als deren Begünstigte Mariangela Rosselli eingetragen ist. Soweit ich weiß, stehen Sie in enger Beziehung zu dieser Frau», fuhr Soneri fort.

«Ich weiß nichts von einer Versicherung», entgegnete Gerlanda bedrohlich ruhig. «Und auch Mariangela hat sie mir gegenüber nie erwähnt.»

«Eigenartig, dass auch Ihre Freundin behauptet, nichts zu wissen, obwohl da bald ein hübscher Geldregen auf sie zukommt», bemerkte der Commissario.

«Wie gesagt», sagte Gerlanda kurz angebunden und stand auf, «die Stadt verändert sich, und ich glaube nicht zum Besseren.»

Soneri blieb sitzen, und Gerlanda kam ihm riesig vor. Er wirkte so stattlich wie der Palazzo delle Pilotta, breit und hoch wie ein Ochse. Dennoch machte er in diesem Moment den Eindruck, als wäre er am liebsten geflüchtet, und in seinem Blick blitzte Bitterkeit auf. Dann verabschiedete sich Roger von ihm und verließ den Raum. Soneri stand erst nach einigen Minuten auf, als ein Kellner auftauchte, um nach dem Rechten zu sehen. Der Commissario schlüpfte an ihm vorbei und lief durch den Flur auf den Ausgang zu.

Die Hitze traf ihn wie ein Faustschlag ins Gesicht. Auf dem Asphalt unter seinen Füßen hätte man ein Omelett braten können, und die Dächer saßen wie ein kochender Deckel aus Terrakotta auf den Häusern. Er kehrte zur Piazza zurück, bog in die Via Garibaldi ein und wandte sich dann den kleineren Straßen zu, die sich hinter den erleuchteten Schaufenstern auftaten: eine Reihe von Bruchbuden, in denen Immigranten wohnten. Dann kam er in die Viale Mentana und stand vor dem *Rondò*.

Es war aus einer leerstehenden Halle entstanden, deren ursprüngliche Form noch zu erkennen war. Drinnen dröhnte die Musik aus den Lautsprechern, Lichtbündel schwenkten in Intervallen über die Tanzenden in der Mitte des Lokals und über die Köpfe derjenigen, die an den Tischen saßen. Soneri war nur hineingegangen, weil er sich eine Vorstellung von dem Ort machen wollte, an dem Galluzzo junge Männer abschleppte, doch da er schon einmal da war, sah er sich, mit der Zigarre im Mund, neugierig ein wenig um. Erst nach einer Viertelstunde merkte er, dass er beobachtet wurde. Ein blonder, eher athletischer Junge in einem blauen T-Shirt und einer weißen Hose kam zu ihm herüber und lehnte sich neben ihm an die Wand. Da erst wurde Soneri bewusst, wie sehr er in seinem Aufzug als Bulle auffiel.

«Suchst du jemanden?», fragte ihn der Junge in abgehacktem Italienisch.

«Die Freunde von Galluzzo», antwortete er.

«Bist du von der Polizei?» Als Soneri nickte, wirkte der Junge sehr enttäuscht. Er verschwand ohne ein weiteres Wort. Kurz darauf kam er mit einem älteren Mann zurück, der den Commissario feindselig musterte und dem Jungen mit einer Geste zu verstehen gab, dass er verschwinden sollte.

«Was wünschen Sie?», brummte er dann.

«Ich suche Leute, die Francesco Galluzzo gut kannten», begann der Commissario, um die überzeugende Haltung eines Polizisten bemüht.

«Hier kannten ihn alle mehr oder weniger gut», erklärte der Mann kühl.

Der Commissario musterte ihn aufmerksam: Er musste die vierzig überschritten haben und gehörte zu der Sorte Mann, die sich gehenließ und mit Glatze und Bauch wesentlich älter wirkte, als sie war. Er war einer dieser arroganten Typen, von denen es so viele gab, dass es ihn langweilte. Auch er war, wie Gerlanda, an das Risiko gewöhnt, doch er konnte weder bluffen, noch hatte er Mut.

«Sicher, er schleppte hier die Jungs ab, die auf den Strich gehen», sagte Soneri eisig.

Dem anderen fielen die Karten aus der Hand, falls er sie überhaupt hatte ausspielen wollen.

«Kommen Sie mit nach oben in mein Büro», schlug er daher nachgiebig, fast schon höflich vor.

Der Raum war kühl und gut eingerichtet, die Geräusche des Lokals hörte man hier nur gedämpft.

«Galluzzos Tod hat uns sehr erschüttert», begann der Mann, der Spaggiari hieß. «Ich führe das Lokal seit fünf Jahren, aber noch nie ist einer meiner Gäste ermordet worden.»

«Kam er jeden Abend?»

«Fast. Wir duzten uns.»

«Kannten Sie seine sexuellen Vorlieben?»

«Ich konnte es daran ablesen, mit welchen Jungs er zusammen war. Es gibt welche, die ihren Job ...»

«Das Problem ist, dass sie ihn in Ihrem Lokal machen», unterbrach ihn Soneri.

Die Miene des anderen wurde finster. «Das kann ich kaum verhindern. Wenn hier einer reinkommt und Eintritt bezahlt, um sich einen Partner zu suchen, dann ist das seine Angelegenheit. Die Polizei sollte lieber dafür sorgen, dass bestimmte andere Leute sich fernhalten ...»

«Wen meinen Sie?»

«Die Ausländer, die für Geld alles machen», stieß Spaggiari aufgebracht hervor. «Dies ist ein sauberes Lokal, aber ich kann es mir nicht erlauben, sie einfach rauszuwerfen: Das sind brutale Leute.»

«Hatte Galluzzo jemanden, mit dem er häufig zusammen war, oder wechselte er oft?»

Spaggiari schien in seinem Gedächtnis zu kramen: «Hier treiben sich so viele von diesen Leuten herum ... Aber vielleicht ... doch, da gibt es einen, mit dem er sich oft unterhalten hat, einen Italiener, der an der Bar arbeitet.»

Sie gingen wieder hinunter ins Lokal, und dem Commissario wurde ein Typ mit blondierten Haaren vorgestellt, der mit den Händen in der Luft herumfuchtelte wie ein Pianist ohne Instrument. Er bestritt, eine von Galluzzos nächtlichen Eroberungen zu sein, auch wenn er von ihm ganz vertraulich als «Francesco» sprach. «Wir waren nur Freunde, mehr nicht», erklärte der Barmann. «Manchmal hinterließ er bei mir Nachrichten für jemanden, weil er mir vertraute.»

«Traf er die Jungs hier?», fragte Soneri.

«Oft, nicht immer. Aber er lernte sie hier kennen», erwiderte er.

«Was für Leute waren das?»

«Fast alles Ausländer», sagte der andere mit einem Anflug von Verachtung. «Rumänen und Moldawier, soweit ich weiß. Auch weil ihm Blonde gefielen», fügte er geschwätzig hinzu.

Unwillkürlich starrte der Commissario auf die wasserstoffblonde Frisur des Barmannes.

«Wie alt waren sie?», fragte Soneri weiter.

«Jung», antwortete der andere unbestimmt. «Da waren schlimme Typen dabei», fügte er verächtlich hinzu, wohl mehr aus Eifersucht, als um einen nützlichen Hinweis zu geben.

«Sie meinen Kriminelle?», hakte der Commissario nach.

«Ich bin mir fast sicher, dass sie Teil eines Ringes sind, der sie kontrolliert und sie in Lokale schickt oder in bestimmte Viertel, wie die Nutten. Außerdem nehmen sie meiner Meinung nach Drogen», enthüllte der Barmann. «Aber wenn Sie Polizist sind, sollten Sie solche Dinge doch wissen», schloss er in einem Tonfall, der vorwurfsvoll klang.

Soneri nickte, während der andere weiterredete: «Das sind Leute, die Hunger haben und zu allem bereit sind. Sie sind gewalttätig, bei der kleinsten Beleidigung schlagen sie zu.»

«Wer kontrolliert diesen Ring?»

«Heute Abend war er noch nicht da. Normalerweise kommt er gegen zehn und bleibt bis Mitternacht», erklärte der junge Mann. «Es ist ein Typ mit einem Schnauzbart, dunklen Haaren und eher untersetzt. Er ist leicht an den goldenen Armreifen zu erkennen, die er trägt. Dass ich Ihnen überhaupt davon erzählen kann, liegt daran, dass er nicht da ist und seine Informanten auch nicht», raunte der Barmann, zum Commissario hinübergebeugt.

Der drehte sich mit einem fragenden Blick zu Spaggiari um.

«Wir haben Angst», verteidigte sich der Mann. «Die bringen es fertig und zünden uns den Laden an. Und außerdem kommen ständig Neue, da weiß man nicht, an wen man sich eigentlich wenden soll.»

Der Commissario blickte sie stumm an und verstand ihre Furcht. Selbst wenn die Polizei doppelt so viele Beamte gehabt hätte, hätte sie das Schlimmste nicht verhindern können. Gegenüber der Hartnäckigkeit einer Vendetta war man machtlos. Genauso wie gegenüber einer Welt, die immer mehr dahingehend verkam, dass nur noch das primitive Gesetz des Stärkeren und der Angst galt.

Spaggiari stellte sich mit komplizenhaftem Gebaren neben ihn: «Die Ausländer haben die Prostitution und das Drogengeschäft an sich gerissen. Es wird immer schwerer, sie in die Schranken zu weisen, weil sie sofort zur Gewalt greifen. Sie sind brutal und erbarmungslos. Früher, mit der italienischen Unterwelt, konnte man reden, sich einigen, ohne sich auf die Füße zu treten, aber bei denen kann man nur gehorchen», erklärte der Mann und baute sich dann mit irrem Blick vor ihm auf: «Sie sind wie wilde Tiere, die den Mund nur aufmachen, um zu drohen. Vielleicht hat ihr hartes Leben sie so abstumpfen lassen, dass sie gar nichts mehr fühlen», schloss Spaggiari mit vor Wut und Angst zitternder Stimme.

Da dachte Soneri an Gerlandas Worte darüber, wie

sich die Stadt veränderte. Meinte er genau das? Wollte er ihn auf diese Generation von Kriminellen hinweisen, die viel gefährlicher war als die, die er in den vielen Jahren im Präsidium kennengelernt hatte? Hatte die Stadt nur noch nicht bemerkt, woran sie litt? Würde das schon lange schwelende Übel bald in ein Feuer ausbrechen?

«Wie heißt der Mann mit den Armreifen?», fragte der Commissario.

«Hier nennen ihn alle den ‹Schmuggler›, weil er mit Zigarettenhandel angefangen hat. Dann ist er offenbar auf Drogen und Prostitution umgestiegen», erläuterte Spaggiari, während der Barmann mit einem Lappen den Tresen abwischte und den Bericht durch kurzes Nicken bestätigte.

Als Soneri gehen wollte, packte ihn Spaggiari am Arm, was ihn ärgerte.

«Ziehen Sie mich da bloß nicht mit rein», raunte der Mann, «das würde mir schlecht bekommen.»

Soneri starrte ihn kurz an, bevor er ihn beruhigte: «Machen Sie sich keine Sorgen, ich weiß, wie ich meine Arbeit zu machen habe.»

Als er aus dem Lokal auf die Viale Mentana trat, wunderte er sich, wie ruhig die Stadt in einer solchen Sommernacht sein konnte. Wenige Autos durchbrachen die Stille, und die Domglocken am Campanile schlugen düster ein Uhr. Er durchquerte die Gassen hinter der Kathedrale, die Luft stand und roch diffus nach dem verbrannten Plastik der Müllcontainer. Der Gestank hatte sich in der leeren Stadt ausgebreitet und blieb zwischen den schmalen Häusern wie nach angebranntem Essen hängen. In Soneris Kopf hallten Spaggiaris Worte über die neue Bösartigkeit wider, die in das gutverborgene Leben einer abgelegenen

Stadt gedrungen war. Er griff nach seinem Handy, um Juvara anzurufen, ließ es aber sein, als ihm bewusst wurde, wie spät es war. Der Asphalt kochte nicht mehr, und eine leichte Brise trocknete den Schweiß auf der Haut. Nur in den Häusern war noch keine Erleichterung zu spüren. Eine weitere schwüle Nacht begann.

8

Er erwachte früh, als ihm eine milchweiße Sonne ins Gesicht schien. Er richtete sich auf und stellte fest, dass die kühlsten Stunden des Tages bereits vorüber waren: Von diesem Moment an würde er also von neuem schwitzen. Nie fehlten ihm das dunkle Morgengrauen des Winters, die Stille, der Nebel und der Schein der Straßenlaternen so sehr wie in diesen lichtdurchfluteten Morgenstunden. Der Sommer besaß keinerlei Zauber: Es war eine vulgäre Jahreszeit. Er machte sich auf den Weg ins Büro, wo ihm Juvaras Ventilator zum ersten Mal willkommen war.

Der Inspektor erschien kurz nach ihm. Er hatte das zerknitterte Gesicht eines Menschen, der schlecht geschlafen hat. «Galluzzo hat schon ein paarmal Bankrott gemacht. Wussten Sie das?»

Soneri schüttelte den Kopf und wurde neugierig: «Ich wusste nur, dass er viel Geld ausgab.»

«Das erste Mal vor sieben Jahren: Er hatte eine Immobilienvermittlung. Das zweite Mal vier Jahre später, diesmal mit einem Textilgroßhandel.»

Sie blickten sich schweigend an und fragten sich, was das zu bedeuten hatte. Doch beide behielten ihre Überlegungen für sich, sodass Juvara kurz darauf das Thema wechselte: «Der Laden in der Via Cavour lief nicht auf seinen Namen, sondern auf einen Neffen, der in Kalabrien lebt, einen Jungen von zwanzig Jahren.»

Soneri entfuhr ein «Aha!», worauf der Inspektor ergänzte: «Viele Dinge sind nicht auf Galluzzo eingetragen. Weder das Auto noch die Wohnung.»

«Vielleicht aus Angst vor Beschlagnahme oder Pfändung», überlegte der Commissario, der sich bei der Erwähnung dieser rechtlichen Maßnahmen an die Drohungen erinnerte, über die Spaggiari geklagt hatte. Er griff zum Telefon und wählte Draghis Nummer.

«Ich habe einen Auftrag für dich», rief er. «Du solltest dich mal mit dem *Rondò* beschäftigen, weißt du, das Nachtlokal in der Viale Mentana. Ich möchte alles wissen: Wem es gehört, welche Leute dort verkehren, ob es Gewinn oder Verlust macht ... Dort riss Galluzzo die Jungs auf. Ich habe mich informiert und erfahren, dass die ganze Szene in den Händen der Albaner ist. Der Chef ist ein dunkelhaariger, untersetzter Mann mit dem Spitznamen ‹der Schmuggler›, der jede Menge goldener Armreifen trägt. Versuche herauszufinden, ob es da noch jemanden über ihm gibt. Es geht hierbei nicht nur um die Stricher, sondern auch um einen großangelegten Drogenhandel.»

Soneri wandte seine Aufmerksamkeit wieder Juvara zu, der von seinen Notizen ablas: «Obwohl er pleite war, gab er weiterhin hemmungslos Geld aus. Restaurantbesuche, Designerkleidung, leidenschaftlicher Rolexträger», zählte er auf.

«Wo ging er essen?», fragte der Commissario sofort.

«Im *Tour d'Argent*, aber auch im *Nabucco*.»

«Darauf hätte ich schwören können», brummte Soneri.

Juvara kommentierte das nicht weiter und fuhr mit seinem Bericht über Galluzzo fort: «Vor zehn Jahren wurde er bei einer Drogenrazzia in einem Mailänder Nachtlokal erwischt: Offenbar kokste er heftig, doch diesmal gab es keine Hinweise auf Drogenkonsum.»

«Ich möchte wissen, woher er das Geld für ein solches Leben nahm», überlegte der Commissario.

«Sicher nicht von seinem Bankkonto», antwortete Juvara. «Und auch nicht aus den Einnahmen des Ladens.»

«Wahrscheinlich gab ihm seine Familie die Kohle», vermutete Soneri.

«Die hat sicher genug, aber möglicherweise kein sauberes Geld», warf Juvara ein.

Der Commissario erinnerte sich an das leidende Gesicht der Schwester und dachte, dass Menschen doch ganz anders erscheinen können, als sie tatsächlich sind. Und Filomena mit ihrer bedrückten, resignierten Haltung erschien ihm zunehmend unglaubhafter.

«Die Kollegen von der Antimafia-Abteilung in Reggio Calabria», fuhr der Inspektor fort, «haben mir einen Bericht über die Galluzzos geschickt, aus dem hervorgeht, dass die Familie verdächtigt wird, dem Finanzsektor des organisierten Verbrechens anzugehören.»

«Kurz gesagt, es ist ihnen nie gelungen, sie festzunageln, aber sie sind überzeugt, dass die Galluzzos mit schmutzigem Geld zu tun haben», stellte der Commissario fest.

«Genau», bestätigte Juvara. «Und Sie sollten auch die Immobiliengeschäfte von Salvatore Centazzo hier im Norden nicht vergessen.»

«Von wem?»

«Salvatore Centazzo ist Galluzzos Schwager, der Mann von Filomena», erklärte der Inspektor in einem lehrerhaften Ton, der Soneri ärgerte.

Er hatte den Schwager vergessen. Die Ermittlung weitete sich aus: Ein Stück mit zu vielen Personen. Während er darüber nachdachte, tauchte im Drehbuch noch eine weitere Figur auf: Pasquariello rief an, um ihm etwas Neues mitzuteilen.

«Commissario, wir haben einen Albaner festgenommen, der eine Rolex trägt, die offenbar dem Ermordeten aus der Via Cavour gehörte.»

«Wo ist er jetzt?»

«Hier bei uns, wir haben ihn hergebracht.»

Soneri sagte nichts, legte den Hörer auf und verließ den Raum. Während er durch den Flur ging und die Treppe hinunterstieg, verschlechterte sich seine Laune. Diese Geschichte verwirrte ihn immer mehr. Zuerst hatte es ausgesehen wie ein schiefgelaufener Einbruch, dann so, als hätte jemand, der sich für etwas rächen wollte, eine zu heftige Lektion erteilt, und schließlich waren die Schulden und Gerlanda aufgetaucht. Und nun schien alles auf einen banalen Streit zwischen einem Homosexuellen und einem ausländischen Strichjungen hinauszulaufen.

Die wahrscheinlichste Lösung hatte das Gesicht eines blonden Jungen mit kleinen blauen Augen, die drohend blitzten. Pasquariello teilte dem Commissario mit, dass er Nikolai Tudor heiße. Er saß auf einer Bank an der Wand und starrte auf die Tür wie eine Katze, bereit zum Sprung. Doch sobald er Soneri kommen sah, bemühte er sich um einen möglichst gleichgültigen Blick.

«Er sagt, dass Galluzzo ihm die Uhr vor zwei Monaten geschenkt hat», erklärte der Chef der Einsatztruppe.

Der Junge veränderte kaum merklich seine Position, um aus dem Augenwinkel die Reaktion des Commissario zu kontrollieren.

«De Angelis und die Schwester haben sämtliche fehlenden Gegenstände genau beschrieben, inklusive der Rolex, und die Details stimmen überein», sagte Pasquariello.

«Wenn er sie dir vor zwei Monaten geschenkt hat, was machte sie dann ein paar Tage vor seinem Tod in Galluzzos Wohnung?», fragte Soneri und musterte den Jungen.

Der reckte das Kinn nach vorne, um auszudrücken, dass er das nicht wusste.

«Ich habe sie nicht gestohlen, er hat sie mir geschenkt», protestierte er dann mit lauter Stimme. Ein Beamter wollte bereits einschreiten, doch der Commissario hielt ihn zurück und wandte sich erneut an Tudor. «Habt ihr euch oft getroffen?», fragte er und wechselte das Thema.

«Mindestens einmal pro Woche, oft zweimal.»

«Im *Rondò*?»

«Auch anderswo.»

«Mit wie vielen anderen ging Galluzzo?»

«Mit vielen», antwortete der Junge und zuckte mit den Schultern.

«Warum hätte er ausgerechnet dir eine Rolex schenken sollen?»

«Er sagte, bei mir ginge es ihm gut. Besser als bei den anderen.»

«Und wie ging es dir mit ihm?»

Der Junge blickte ihn an, und in seinen Augen lag ein boshafter Triumph. «Er war ein Kunde, mich interessierte nur sein Geld, wie bei den anderen auch», zischte er mit entwaffnender Aufrichtigkeit.

Dem Commissario fielen Gerlandas Worte wieder ein: «Die haben Hunger …» Jetzt sah er diesen Hunger vor sich, im bösartigen Gesichtsausdruck eines Strichjungen.

«Erinnerst du dich an den Tag, an dem Galluzzo sie dir geschenkt hat?», fragte er.

Der andere nickte: «Es war mein Geburtstag.»

«Welches Datum?»

«Der achte Juni. Ich hatte ihm gesagt, dass wir uns an diesem Tag nicht sehen könnten, aber er hat darauf bestanden, mich wenigstens ein paar Minuten zu treffen, um mir die Uhr zu geben», erklärte der Junge.

«Machte er dir oft Geschenke?»

Tudor hob die linke Hand und zeigte einen goldenen Ring. «Den habe ich auch von Francesco bekommen», erklärte er, immer noch in diesem triumphierenden Ton, den man sowohl als Überheblichkeit als auch als Herausforderung deuten konnte.

«Wie sollen wir wissen, ob das stimmt?», fragte Pasquariello, und das Lächeln des Moldawiers verschwand.

Der Commissario blickte seinen Kollegen an. Die Sache schien mit einem Schlag gelöst. Doch das kam ihm zu einfach vor. Er hatte nicht einmal suchen müssen. Die Lösung hatte ihn gesucht. Bevor er etwas sagen konnte, kam ihm Pasquariello zuvor.

«Bringt ihn weg», sagte er zu den Beamten, während der Commissario mit leerem Blick und verworrenen Gedanken dasaß. Es kam ihm so banal vor, dass sich alles in den offensichtlich erdrückenden Indizien aufgelöst haben sollte, die den Moldawier belasteten. Und doch schien alles klar: Er hatte Galluzzos Rolex, und die Geschichte von dem Geschenk schien angesichts der Aussage von De Angelis und der Schwester als Rechtfertigung unhaltbar.

Durch die Flure des Präsidiums ging er wieder zurück, und kaum hatte er sein Büro betreten, fragte er Juvara: «Wie viele Juweliere in der Stadt verkaufen Rolex?»

Der Inspektor blickte ihn etwas verdutzt an: «Keine Ahnung. Nicht viele, vermute ich.»

«Hör dich um, ob einer von ihnen am achten Juni oder in den Tagen davor eine an Galluzzo verkauft hat.»

Juvara nickte und setzte sich an den Computer, doch der Commissario fügte hinzu: «Du musst persönlich hingehen, mit einem Foto von Galluzzo.»

Auf dem Gesicht des Inspektors erschien ein Anflug von Missmut, es war kurz vor Mittag, die heißeste Zeit des Tages.

In der Zwischenzeit hatte Soneri sich auf seinen Platz gesetzt, der im Aktionsradius des Ventilators lag, und lehnte sich an die Rückenlehne. Er fühlte sich ausgelaugt. Vielleicht war jetzt der Moment gekommen, wo er sich voll auf Gerlandas Wuchergeschäft konzentrieren konnte. Doch dann fiel ihm Gondo wieder ein: Warum hatte man ihm das Akkordeon gestohlen? Wenn er genau darüber nachdachte, war es eben dieser Vorfall, weshalb er immer noch an der Lösung des Falles zweifelte: Wenn es sich um einen Hinterhalt des Moldawiers handelte, bei dem dieser mit irgendeinem Komplizen Galluzzo beraubt hatte, wie passte dann der Diebstahl eines alten Akkordeons in diese Geschichte? Bei der Rekonstruktion des Falles blieb ein Teil übrig, von dem er nicht wusste, wo es hingehörte. Auch die Drohungen gegenüber der Rosselli passten nicht dazu, doch die hatten vielleicht etwas mit den dubiosen Geldgeschäften im Umfeld von Gerlanda zu tun. Gondo nicht. In Gondos Fall gab es einen Zusammenhang zu dem Mord an Galluzzo, da war er sich sicher.

Juvara erhob sich geräuschvoll von seinem Schreibtisch und hielt Soneri eine Akte unter die Nase. Der Commissario war derart in Gedanken versunken, dass er zunächst nicht weiter darauf achtete und es etwas dauerte, bis er sah, dass es sich um eine Aufstellung der Telefongespräche handelte, die von den beiden Handys von Galluzzo geführt worden waren. Am Abend des Mordes hatte er demnach nach zehn Uhr keine Telefonate mehr entgegengenommen oder geführt. Er ging die Liste für die Tage davor durch und bemerkte, dass sich einige Nummern wiederholten: Eine davon war die von Tudor.

Die Liste reichte fünfzehn Tage zurück, zu wenig, um die Frage, die dem Commissario in diesem Moment durch den Kopf ging, zu beantworten.

«Ich möchte diese Aufstellung auch für die ersten Junitage, bis zum achten», ordnete er an.

Juvara nickte, ohne ein Wort zu sagen. Ein paar Minuten später verkündete er erleichtert: «In der Stadt gibt es nur drei autorisierte Rolex-Händler.»

«Da hast du Glück und musst nicht viel herumlaufen», sagte der Commissario.

Das Telefon klingelte. «Also, ist der Fall gelöst?», wollte Percudani wissen.

«Warum? Hat er gestanden?», fragte Soneri erstaunt zurück.

«Nein, ich habe ihn noch nicht verhört, doch alle Beweise scheinen auf ihn hinauszulaufen.»

Schweigend hielt Soneri den Hörer in der Hand. Nur zu gern hätte er die Sicherheit des Richters erschüttert, doch es gelang ihm nicht, seine Gedanken in vernünftige Worte zu fassen.

«Glauben Sie nicht an seine Schuld?», fragte Percudani nach.

«Die Indizien legen nahe, dass der Junge mit der Maus im Maul gefunden wurde», erwiderte Soneri etwas rätselhaft.

«Gibt es da etwas, das Sie zweifeln lässt?», gab der Richter zurück.

«Ich sage nur, dass wir weiter ermitteln müssten, um das scheinbar Offensichtliche zu beweisen», erklärte Soneri.

«Wir sollten also weitere Nachforschungen anstellen», stimmte Percudani zu, und seine Stimme verriet, dass ihn die Zweifel angesteckt hatten. «Gibt es da vielleicht sonst noch etwas, was ich wissen sollte?», hakte er nach.

«Nein, nichts», beruhigte ihn der Commissario. «Das ist reine Erfahrungssache», fuhr er fort. «In meinem Beruf lernt man, dass die Dinge nie so einfach sind, und wenn es trotzdem so aussieht, steckt etwas dahinter.»

«In Ordnung, wir werden ja sehen», entgegnete der Richter nur.

Soneri legte auf und dachte, dass die Erfahrung keinerlei wissenschaftlichen Wert besaß, seinen Zweifel aber nährte. Etwas besorgt stand er auf und ging hinaus. Ein vager Gedanke wollte ihm nicht aus dem Kopf, doch es gelang ihm einfach nicht, ihn zu fassen. Die Grübelei verwandelte sich in Unruhe, trieb ihn durch die Straßen der Stadt und ließ ihn fast vergessen, wie eine unerbittliche Sonne auf die Bürgersteige brannte. Wenige Minuten später war er im Borgo Parmigianino und läutete bei Filomena Galluzzo. Die Haustür ging auf, und er trat in einen halbdunklen Hausflur. Hier war die Temperatur erträglicher, und er stieg die Treppen hinauf bis zur Wohnungstür. Sie war noch verschlossen, und der Commissario blieb wartend stehen. Drinnen telefonierte Filomena mit aufgeregter Stimme, sie sprach kalabrischen Dialekt. Soneri verstand nicht viel, doch der Tonfall verblüffte ihn: schneidend, schrill und beißend, der Tonfall eines Menschen, der Befehle erteilt.

Als Filomena ihm öffnete, stand ihr der Ärger ins Gesicht geschrieben, auch wenn sie dies vor dem Commissario zu verbergen suchte. Und als sie ihn bat, am einzigen Tisch Platz zu nehmen, während sie selbst stehen blieb, hatte sie wieder die trauernde, bedrückte Haltung angenommen wie beim letzten Mal.

«Sind Sie sicher, dass das, was Sie den Beamten während der Bestandsaufnahme in der Wohnung gesagt haben, zutraf?», fragte Soneri ohne große Vorreden.

«Commissario», erwiderte sie sofort, «ich kannte Francesco wirklich gut. Er war erst vor kurzem umgezogen, und ich hatte ihm die Wohnung persönlich eingerichtet.»

«Ich spiele auf die Rolex-Uhren Ihres Bruders an: Sind Sie sicher, dass sich vor seinem Tod alle an ihrem Platz befanden?»

Die Frau starrte ihn an, und einen Moment lang blitzte in ihren Augen Misstrauen auf. «Ganz sicher. Er hatte eine Passion für diese Uhren und wollte sogar noch eine kaufen. Ich fand das nicht gut, und er gab mir schließlich recht: ‹Mir reichen die, die ich habe›, hat er gesagt.»

«Wir haben einen Jungen verhaftet, einen Moldawier», fuhr der Commissario fort. «Er hatte die gleiche Uhr, die auch ihr Bruder besaß.»

Wieder huschte ein Anflug von Misstrauen durch Filomenas Blick und legte sich wie ein Farbfilter vor ihre Augen.

«War er es?», fragte sie in einem Tonfall, der wie eine Drohung klang.

«Möglich», meinte Soneri nur. «Aber wir müssen weiter ermitteln, um ihn festzunageln. Der Junge behauptet, die Uhr sei ein Geschenk Ihres Bruders: Der hätte eine Schwäche für ihn gehabt.»

Filomena verzog das Gesicht und den Mund, als wolle sie auf den Boden spucken.

«Dass Ihrem Bruder junge Männer gefielen, wissen Sie doch, oder?», fragte der Commissario.

Wieder fuhr die Frau gereizt hoch. «Nie hätte er so eine Uhr verschenkt», zischte sie. Aber Soneri hatte den Eindruck, dass sie das Verhalten ihres Bruders mehr missbilligte, als sie dem möglichen Mörder grollte. Francesco Galluzzos Homosexualität musste ein Stachel im Fleisch der Familie sein, doch vielleicht gab es da noch etwas anderes. Genau dieser letzte Gedanke brachte ihn dazu, das Thema zu wechseln.

«Wovon lebte Ihr Bruder?», fragte er gleichmütig.

Sie blickte ihn bestürzt an. Dann zog sie, wie schon bei seinem ersten Besuch, einen Hocker unter dem Tisch hervor und setzte sich. Ihre Miene verdüsterte sich, und der Commissario hatte den Eindruck, dass es sie große Mühe kostete, ihren Unmut zu unterdrücken. Doch schnell hatte sie sich wieder unter Kontrolle. «Von dem Geschäft», sagte sie lediglich, offenbar darum bemüht, es wie eine Selbstverständlichkeit klingen zu lassen.

Soneri blickte sie ruhig an, und Filomena hielt seinem Blick stand wie ein Pokerspieler.

«Das glaube ich nicht», bemerkte er, immer noch ganz ruhig.

«Was soll das heißen?», fragte sie, und es klang fast drohend.

«Das soll heißen, dass er ein zu aufwendiges Leben führte, um es durch einen Laden zu bestreiten, der kaum Gewinn abwarf.»

Filomena starrte ihn immer noch an, gab aber keinen Laut von sich. Ihr Schweigen war ziemlich beredt.

«Restaurants, Nachtlokale, junge Männer … Zu viel für einen Geschäftsmann, dessen Konto überzogen ist.»

Sie sah aus, als suche sie nach einer Ausflucht. Soneri blickte sie weiter an und bemerkte, dass sie zu schwitzen begann. Dann seufzte sie erleichtert auf: «Ich habe ihm Geld gegeben», flüsterte sie schließlich.

«Ihr eigenes Geld oder das der Familie?»

«Geld eben», gab die Frau verärgert zurück. «Geld ist Geld, oder etwa nicht?»

«Mich interessiert, ob auch Ihre Brüder damit zu tun hatten, oder nur Sie und Ihr Mann etwas lockermachten», insistierte der Commissario.

«Ich gab ihm mein Geld. Es gab schon genug Zwietracht in der Familie.»

«Und Ihr Mann hatte nichts dagegen?»

Die Frau zuckte mit den Schultern, und in dem Moment klingelte das Telefon. Sie sprang auf, um abzunehmen, sagte ein paar kurze Sätze auf Kalabrisch, trocken wie Gewehrsalven, und legte wieder auf. Währenddessen hatte Soneri den Eindruck, eine völlig andere Frau vor sich zu haben. Offensichtlich war ihre Niedergeschlagenheit eine Maske, hinter der sich der Charakter eines Raubtiers verbarg.

Zur großen Überraschung des Commissario nahm Filomena den Faden der Unterhaltung unbeirrt wieder auf.

«Mein Mann und ich sind vom alten Schlag: Da geht die Ehre über alles. Wir konnten nicht zulassen, dass ein Mitglied unserer Familie sich verschuldete. Und außerdem arbeiten wir im Einzelhandel … In dieser Branche zählt der Ruf noch.»

«Kostete er Sie viel Geld?»

«Ziemlich. Ich und Salvatore versuchten, ihn zu bremsen. Ich sagte es Ihnen ja schon: In dieser Beziehung war mein Bruder wie ein Kind, und wenn er etwas Schönes sah …»

Nach allem, was er über Galluzzos Schwager gehört hatte, schien er nicht gerade ein großzügiger Mensch zu sein. Filomena Galluzzo kam ihm immer widersprüchlicher vor: Sie schwankte zwischen dem niedergeschlagenen Hausmütterchen und der eisernen Lady, die er beim Telefonieren gehört hatte. Das Läuten seines Handys unterbrach seine Gedanken.

«Ich habe Neuigkeiten», verkündete Draghi.

Soneri blickte auf die Uhr und sah, dass es bereits nach eins war. «Wir treffen uns gleich nach dem Mittagessen», antwortete er und legte auf.

Filomena war aufgestanden und schien damit andeuten zu wollen, dass er diesen störenden Besuch so schnell wie möglich beenden sollte. In ihrem Blick lag ein Anflug von Groll, sie wirkte fast rachsüchtig. Soneri warf ihr einen letzten Blick zu, um ihr zu zeigen, wie gelassen er selbst war, was bewirkte, dass er sich schlagartig sicherer fühlte.

Er ging hinunter auf die Straße und bog in die Via Cavour ein, wo ihm die Hitze noch unerträglicher vorkam. Er widerstand der Versuchung, eine klimatisierte Bar zu betreten. Auf der Höhe der Via Dante blickte er zur parallel verlaufenden Via Garibaldi hinüber, wo von neuem die Blechinstrumente und Pfeifen lärmten. Doch seine Augen entdeckten etwas, was er bislang noch nicht bemerkt hatte: Von dort, wo er stand, konnte man eine Ecke des Teatro Regio sehen, mit Gondo, der sich müde auf sein Akkordeon stützte. Bisher war ihm nicht bewusst gewesen, dass man von der Via Cavour, auf der Höhe von Galluzzos Wohnung, durch die Via Dante eine Ecke des Theaters sehen konnte.

Hatte das etwas zu bedeuten? Vielleicht hatte Gondo von seinem Platz aus am Abend des Mordes jemanden gesehen, den er kannte?

Diese Überlegung schwebte durch Soneris Gedanken wie ein Luftballon, während sein Blick an den Arbeitern der Forneria Duomo hängenblieb, die vor dem Palazzo della Provincia demonstrierten. Es waren noch weniger als beim letzten Mal, und sie wirkten noch resignierter. Die Menschen gingen weiterhin teilnahmslos an ihnen vorüber, manche sogar verärgert. Soneri hatte einen seiner plötzlichen Anfälle von schlechter Laune: In der Trägheit der glühenden Mittagshitze hatte in dieser Stadt offenbar kein Fünkchen Menschlichkeit überlebt.

Inmitten des Protestes der Arbeiter hörte er Gondo wie besessen zwei Akkorde spielen, die vergeblich versuchten, eine Melodie zu erfassen. Im gleichen Moment erschallte ein vertrauterer Ton aus seiner Hosentasche.

«Na, sitzt du schon am Tisch?», forschte Angela über das Handy.

«Ich lasse mir auf der Piazza die Sonne ins Gesicht scheinen», erwiderte er.

«Weißt du, dass Gerlanda die Lederwarenfirma nicht mehr hat?»

«Hat er verkauft?»

«Sieht so aus, doch Cavatorta ist geblieben. Es ist unklar, wer die Käufer sind.»

«Von wem hast du das erfahren?»

«Von einem befreundeten Geschäftsmann, der viele Leute an der Handelskammer kennt.»

«Wann wurde der Verkauf abgewickelt?»

«Erst vor wenigen Tagen, es ist noch ganz frisch.»

Soneri dachte, dass sich in der Stadt wirklich wichtige

Dinge veränderten. Macht und Gleichgewicht verschoben sich im Verborgenen.

«Ich habe mit Rondani gesprochen», fuhr Angela fort, «und nach allem, was er sagt, ist das Ganze nicht ganz reibungslos verlaufen.»

«Was soll das heißen?»

«Roger und Cavatorta verstanden sich schon lange nicht mehr. Gerlanda wollte mit der Lederwarenfabrik das Gleiche machen, was er schon für die Forneria Duomo ausgeheckt hatte, doch sein Partner war nicht einverstanden. Daher beschloss er, seinen Anteil an die jetzige Eigentümergesellschaft mit der Klausel zu verkaufen, dass sein Partner auch weiterhin die Fabrik leiten würde. Doch vor einigen Tagen hat nun auch Cavatorta verkauft.»

«Hat er alles widerstandslos aufgegeben?», fragte der Commissario verwundert.

«Rondani weiß das auch nicht so genau. Vielleicht gab es Auseinandersetzungen. Auch ihm kam es seltsam vor, dass Roger auf die Aufwertung des Geländes als Bauland verzichtete, indem er vorher verkaufte.»

Wenn Gerlanda den Kampf mit einem Rückzug beendet hatte, dachte Soneri, musste auf der anderen Seite jemand stehen, der sehr mächtig war.

«Wie ist es denn möglich, dass niemand den Käufer kennt?», fragte er.

«Die neuen Eigentümer verstecken sich hinter einer Gesellschaft», erklärte Angela. «Vielleicht hast du ja die Mittel herauszufinden, wer sie sind. Wahrscheinlicher ist allerdings, dass du auf einen Strohmann stößt.»

«Gut möglich ...», brummte der Commissario. In dieser Geschichte spielten sehr viele Figuren eine Doppelrolle.

9

«Commissario», begann Draghi, das Gesicht zum Ventilator gewandt. «Sie haben sich mehrmals gefragt, wovon Galluzzo lebte. Ich kann es Ihnen sagen», erklärte er in seinem römischen Leierton, der ihm etwas Unverschämtes verlieh. «Von Kokain.»

«Willst du damit sagen, dass er gedealt hat?»

«In großem Umfang. Ein Drogenring, mit dem die Rauschgiftfahndung sechs Monate beschäftigt wäre.»

«Im *Rondò*?», fragte der Commissario.

«Dort wickelte er die Geschäfte mit den Albanern ab, die den Handel jetzt zusammen mit dem organisierten Verbrechen kontrollieren, das sich in den letzten Jahren im Norden ausgebreitet hat und vor allem aus Kalabriern besteht.»

«Kalabriern?», wunderte sich Soneri.

«Das ist doch nichts Neues!», bemerkte Draghi ein wenig erstaunt.

Doch im Kopf des Commissario mischten sich zwei Gedanken: der an Filomena mit ihrem Dialekt voller Zischlaute und der an ihre Landsleute, die dabei waren, die Stadt zu besiedeln.

«Wo dealte Galluzzo noch?», wollte er wissen.

«Ich habe erfahren, dass er häufig direkt lieferte: Er brachte das Kokain in die Wohnungen seiner Kunden, das meiste jedoch wurde im Laden in der Via Cavour gehandelt. Er bekam eine Provision.»

«Und wer waren die Kunden?»

«Unverdächtige Leute, Menschen, die in der Öffentlichkeit stehen und deren Reputation nicht in Zweifel steht: Politiker, Industrielle, Unternehmer ...»

«Die herrschende Klasse», kommentierte Soneri sarkastisch.

Draghi grinste nur: «Eine Art Handlungsreisender ...»

«Das alles macht die Sache nur noch komplizierter», meinte der Commissario leise.

«Warum denn das? Alles in allem ist das doch nebensächlich. Der Fall ist gelöst: Galluzzos alte Nachbarin hat Tudor identifiziert und ausgesagt, dass sie ihn oft im Treppenhaus gesehen hat. Der Kreis hat sich geschlossen, oder?»

Soneri schnitt eine Grimasse, die all seine Zweifel zum Ausdruck bringen sollte.

«Wann war denn die Identifizierung?», fragte er, verärgert, dass er immer erst so spät von den Dingen erfuhr.

«Erst heute Morgen», antwortete Draghi, nun gar nicht mehr vorlaut. «Nichts Offizielles, ich traf zufällig den Beamten der Streife, der der Alten die Fotos gezeigt hatte. Und da er ein Freund von mir ist, hat er es mir vertraulich erzählt. Auf jeden Fall hatte die Alte nicht den geringsten Zweifel.»

«Du hast gesagt, dass Galluzzo von den Albanern beliefert wurde, richtig?», wechselte der Commissario das Thema.

«So ist es. Sie wickeln die großen Geschäfte ab, aber an der Spitze der Organisation steht immer noch die italienische Unterwelt.»

Soneri schüttelte den Kopf. Ihm wurde in diesem Moment bewusst, dass Filomena ihn angelogen hatte, als sie ihm sagte, das Geld käme von ihr, und dass Galluzzo ein Mensch mit vielen dunklen Seiten gewesen war. Draghi hatte geduldig den Terminkalender durchgesehen, den das Opfer im Laden führte und der Telefonnummern sowie weitere Hinweise auf die Kunden enthielt. Der Commissario blätterte die Ergebnisse durch, als Juvara im Büro erschien.

Der Inspektor ließ sich schwer in seinen Stuhl fallen und wischte sich den Schweiß von der Stirn: «Galluzzo hat tatsächlich am siebten Juni eine Rolex gekauft», verkündete er.

Mit einem Schlag brach eine weitere Geschichte in sich zusammen. Hatten De Angelis und Galluzzos Schwester sich abgesprochen, als sie erklärten, dass sich auch nach dem Geburtstag des jungen Moldawiers alle Uhren in Galluzzos Besitz befanden? Schließlich lag es in ihrem Interesse, die Schuld auf den Jungen zu schieben: Es lenkte von allem anderen ab.

«Ich habe den Eindruck, wir haben den Falschen verhaftet», seufzte Soneri und ließ die Hände auf den Schreibtisch fallen.

«Tudor hat auf jeden Fall etwas damit zu tun, wir müssen nur herausfinden, ob er eine Hauptrolle spielte oder bloß Statist war», überlegte Draghi.

Die Unterhaltung wurde jäh durch das Telefon unterbrochen.

«Galluzzos Nachbarin hat Francescos kleinen Freund wiedererkannt», bestätigte Percudani. «Ich habe das Gefühl, dass sich der Kreis damit schließt.»

«Sieht so aus», meinte Soneri. «Vielleicht aber auch nicht. Da sind noch etliche Dinge zu klären.»

«Zum Beispiel?», fragte der Richter mit einem Anflug von Bestürzung.

«Galluzzos Schwester und De Angelis haben offenbar gelogen: Er kaufte am Tag vor dem Geburtstag des Moldawiers tatsächlich eine Rolex. Eine Daytona, wie man sie bei ihm gefunden hat. Ich denke», fuhr Soneri fort, «dass die beiden die Uhr absichtlich auf die Liste der gestohlenen Gegenstände gesetzt haben, weil sie von dem Geschenk wussten. Eine Möglichkeit, die Schuld auf einen Strichjungen zu schieben, der wenig glaubwürdig ist.»

Der Richter schwieg, und der Commissario wusste nicht, ob er nachdachte oder nur enttäuscht war, dass sich die Lösung des Falles in Rauch auflöste.

«Der Polizeipräsident hielt den Fall schon für geklärt», sagte Percudani dann, «doch was Sie da aufgedeckt haben, war einer der Punkte, dessen Überprüfung ich anordnen wollte: Sie sind mir zuvorgekommen.»

«Es tut mir leid, den Polizeipräsidenten enttäuschen zu müssen», brummte Soneri und versuchte, nicht sarkastisch zu klingen.

«Er wollte möglichst schnell vor die Fernsehkameras und eine Erklärung abgeben. Das heißt also, dass wir die Pressekonferenz verschieben müssen», erklärte Percudani. «Und dass wir möglichst schnell einen anderen Weg einschlagen sollten.»

«Vorläufig sind die Wege allenfalls kleine Trampelpfade», klagte der Commissario. «Galluzzo dealte mit Kokain und brauchte viel Geld für seinen Lebenswandel. Seine Schwester behauptet, dass sie es ihm gegeben hätte, doch auch in diesem Fall denke ich, dass dies nicht der Wahrheit entspricht.»

«Centazzo würde keinen Cent herausrücken», stimmte der Richter zu. «Ich habe Erkundigungen über ihn eingeholt.»

«Vielleicht hat der Wucherer Gerlanda etwas damit zu tun. Schließlich hatte Galluzzo eine Lebensversicherung abgeschlossen, deren Nutznießerin eine seiner Freundinnen ist.»

Percudani stieß einen verhaltenen Fluch aus. «Er ist der geheime Finanzier der Stadt», bestätigte er dann, «aber es ist uns nie gelungen, ihn festzunageln.»

«Offenbar ist er in Schwierigkeiten», informierte ihn Soneri. «Vor wenigen Tagen hat er die Lederwarenfabrik verkauft und damit darauf verzichtet, das Gelände gewinnbringend als Baugrund zu verkaufen. Das passt nicht zu ihm.»

«Die Gleichgewichte in der Stadt verschieben sich», stellte Percudani fest, «und ich glaube, dass uns diese Geschichte darüber aufklären wird, wie», ergänzte er und legte auf.

Der Commissario stellte befriedigt fest, dass auch der Richter die Dinge so sah wie er. Er schaute nach draußen, wo die Luft stand. In der Schwüle der nachmittäglichen Ruhepause war es nur im Schatten auszuhalten, im Dunkel der unteren Stockwerke, die noch von der Erde gekühlt wurden.

Im Dunkel vollzog sich auch die Veränderung der trägen, von der Augusthitze gelähmten Stadt.

«Im Augenblick scheint alles denkbar», nahm Draghi die unterbrochene Unterhaltung wieder auf. «Es könnte sein, dass Galluzzo dealte, aber einiges für sich behielt oder sich Geld in die eigene Tasche steckte. Er könnte auch Schulden bei der Organisation gehabt haben. Wenn ich eine Vermutung äußern sollte, würde ich zu Ersterem tendieren», schloss der Inspektor.

«Der interessanteste Aspekt dieser Geschichte ist, herauszufinden, wer jetzt Rogers Platz einnimmt», meinte Juvara, der bis jetzt noch kein Wort gesagt hatte.

«Gerlanda sitzt fest im Sattel, der räumt seinen Platz noch lange nicht», entgegnete Draghi.

«Die Geschichte mit der Lederwarenfabrik ist ein Zeichen großer Schwäche», widersprach der Commissario, «denn genau zu diesem Zeitpunkt machen doch alle Geschäfte mit den Grundstücken, die als Bauland ausgewiesen wurden. Und es geht hier um hohe Gewinne.»

«Schwer vorzustellen, dass einer wie Roger bei einer solchen Gelegenheit nicht zuschlägt», meinte Draghi.

«Bei der Forneria hat er zugeschlagen», sagte Juvara.

«Zusammen mit anderen», stellte der Commissario klar und fügte hinzu: «In diesem Zusammenhang müssen wir in Erfahrung bringen, wer diese anderen sind. Ebenso müssen wir herausfinden, wer das Gelände der Lederwarenfabrik gekauft hat.»

Der Blick des Commissario schoss wie eine Roulettekugel ein paar Sekunden lang zwischen Draghi und Juvara hin und her und blieb schließlich an Letzterem hängen: Bei dieser Art von Ermittlungen war er unschlagbar.

«Wann bekommen wir die Telefonlisten?», fragte er dann.

«Vielleicht im Laufe des Abends», antwortete Juvara. «Die ersten Abhörprotokolle liefern sie uns morgen.»

Sie schwiegen eine Weile, allen dreien war bewusst, dass sie wieder von vorne anfangen mussten. Dann schweifte Soneris Blick über die Gesichter von Draghi und Juvara hinweg nach draußen in den dichten Hitzeschleier am Horizont hinter den Ziegeldächern der Altstadt. Angesichts dieser Reglosigkeit spürte er ganz plötzlich Bewegungsdrang. Die beiden Inspektoren sahen, wie er aufstand, sein Handy nahm, hinausging, und wie der Luftzug des Ventilators ihn ergriff und aus dem Raum zu treiben schien.

Das matte Licht des späten Nachmittags wirkte wie durch einen Lampenschirm gefiltert, doch die Hitze ließ nicht nach. Soneri durchschritt das Portal des Präsidiums, das zur Via Repubblica führte.

Ein vager Gedanke ging ihm durch den Kopf, etwas Wichtiges, das er nicht fassen konnte, und so versuchte er, beim Laufen den Kopf frei zu bekommen. Als er am *Nabucco* vorbeikam, das auf der gegenüberliegenden Straßenseite lag, kam ihm eine Idee. Er suchte nach dem Schild der Finanziaria Maria Luigia, und als er es entdeckte, betrat er das Treppenhaus des Gebäudes.

Im ersten Stock sah er eine elegante weiße Wohnungstür, sehr unauffällig. Aber viele Türen in dieser Stadt waren allem Anschein nach untadelig, während sich dahinter Abgründe auftaten. Eine Angestellte im Kostüm empfing ihn mit einem Anflug von Feindseligkeit: «Sind Sie von der Polizei?», und Soneri fragte sich, ob sie mit dieser eisigen Freundlichkeit wohl auch die Kunden empfing.

Dann verschwand sie im Flur und kam erst nach ein paar Minuten wieder zurück, weshalb der Commissario genügend Zeit hatte, die genau auf die richtige Temperatur heruntergekühlte Luft und die tiefe Stille des Büros zu genießen. Mit einem Nicken forderte die Frau ihn auf, ihr zu folgen, dann blieb sie vor einer der Türen stehen, öffnete sie ein Stück und ermunterte ihn mit einem neuerlichen Kopfnicken zum Eintreten.

Ihn verblüffte der Kontrast zwischen Gerlandas Leibesumfang und der Enge des Raumes, in dem alles gedrängt wirkte, weil es einfach nicht genug Platz gab.

«Setzen Sie sich», sagte der Mann mit tiefer Stimme, «ich wusste, dass Sie früher oder später kommen würden. In gewisser Weise habe ich Sie erwartet.»

Soneri war so überrascht von diesen Worten, dass er bei dem Versuch, sie zu deuten, zu lange vor Roger stehen blieb. Der bedeutete ihm daraufhin lebhaft, fast herrisch, sich zu setzen, indem er auf den Sessel zeigte.

Als er saß, stellte der Commissario etwas verlegen fest, dass er kein genaues Anliegen hatte, das diesen Besuch rechtfertigte, und auch keine direkte Frage, die er Gerlanda stellen konnte. Es gab Dinge, die er ihn fragen wollte, aber ihm wurde bewusst, dass es sich um seine ganz persönlichen Fragen handelte, nicht um solche, die ein Kommissar normalerweise stellt. Vielleicht hätte Roger sie nicht einmal beantwortet, wenn er einen Priester vor sich gehabt hätte. Daher fragte er einfach neugierig: «Warum haben Sie mich erwartet?»

«Wir hatten eine Unterhaltung begonnen …», erwiderte Gerlanda vage. «Ich dachte, sie seien daran interessiert, sie zu Ende zu führen.»

«Es war eine Unterhaltung, die Sie betraf», bemerkte der Commissario.

«Sie betraf diese Stadt, wie sie ist und wie sie sein wird. Sie betrifft letztlich alle.»

Er sprach mit leiser Stimme, er klang müde.

«Es geschehen seltsame Dinge», stimmte Soneri zu. «Oder zumindest ungewohnte», ergänzte er.

Gerlanda starrte ihn durchdringend an. Sein entschlossener Blick, als würde er einen Gegner zum Boxkampf auffordern, schüchterte ihn ein.

«Meinen Sie den Mord an Galluzzo?»

«Ja, aber auch andere Dinge.»

Der Mann schüttelte sich mit einem Schauder, als wolle er ein lästiges Insekt vertreiben.

«Ich habe Wortgeplänkel nie gemocht», sagte er nun mit etwas lauterer Stimme, hinter der die Wut kochen musste. «Ich rede Klartext. Sie dagegen schwänzeln weiter um mich herum mit ihren Verdächtigungen, obwohl ich Ihnen bereits erklärt habe, dass ich mit meiner Tätigkeit in keiner Weise gegen das Gesetz verstoße. Wenn ich mit Ihnen rede, dann nur, weil ich ihren Mut anerkenne, und obwohl ich Ihre Feindseligkeit spüre, höre ich Ihnen zu: Ich habe Respekt vor Leuten mit Mumm. In dieser Stadt sind nur wenige von dieser Sorte übrig geblieben ...»

«Ich mache meine Arbeit, nichts weiter», verteidigte sich Soneri.

Gerlanda brach in Gelächter aus. «Beim letzten Mal fand ich, dass Sie einem Priester oder einem Kommunisten ähneln, doch jetzt denke ich eher, dass Sie ein altmodischer Kerl sind. Ich möchte Sie nicht beleidigen», setzte er schnell hinzu, «ich denke, dass das ein Vorzug ist. Ein Vorzug, der Ihnen das Leben schwermacht, immer mit Wut im Bauch.»

«Ich versuche, wieder ein bisschen Ordnung in eine Welt zu bringen, in der immer mehr Überheblichkeit herrscht. Das ist wenig, aber besser als nichts», erklärte Soneri.

«Hören Sie mir zu», fuhr Gerlanda ernst fort, «spielen Sie nicht den Don Quichotte. Schon weil Sie ein Polizist sind. Und die Polizei war immer auf der Seite der Mächtigen. So sehr hat sich die Welt nicht verändert, dass das heutzutage anders wäre.»

In Rogers Worten lag bitterer Zynismus, doch was den

Commissario mehr traf, war die Tatsache, dass er einmal mehr anerkennen musste, dass in seinen Worten ein wahrer Kern steckte. Wieder überfiel ihn ein Gefühl der Ohnmacht, wie so oft, wenn es um die Schattenseiten seines Berufs ging. «Also sagen wir, dass ich davon lebe. Es ist viel wert, seinen Lebensunterhalt mit ruhigem Gewissen verdienen zu können. Wut haben wir alle, Sie eingeschlossen», gab er zurück.

Diesmal musste seinerseits Gerlanda den wahren Kern in Soneris Worten anerkennen, er schien betroffen und zuckte überrascht zusammen.

«Und Sie, Gerlanda», bohrte der Commissario weiter, «können Sie mit Ihrem Gewissen gut leben?»

Wieder blickte ihn der Mann fest an. Seine Augen wirkten erschreckend ruhig. «Das Gewissen ...», wiederholte er mit einem Anflug von Ironie. «Es kommt doch nur darauf an, sich darauf zu einigen, was das ist. Wir alle machen uns Vorstellungen von der Welt, denen wir treu bleiben wollen. Wie ein Rezept: Jeder dosiert die Zutaten so, wie es ihm am besten schmeckt.»

«Sie haben da einige sehr unverdauliche hineingemischt ...»

«Ich weiß, worauf Sie anspielen, und kenne Ihre Art zu argumentieren gut, weil sie bis vor kurzer Zeit auch die meine war», erwiderte Gerlanda aufgebracht. «Sie glauben, dass es auf der Welt noch Menschen gibt, die Ideen im Kopf haben und sich Gedanken machen. Ich wiederhole es noch einmal: Sie sind altmodisch. Keiner interessiert sich mehr für Ideen, wir leben in einer Welt der Dinge und der Objekte. Und vor allem des Überflusses. Die Leute glauben an die Dinge und an deren Besitz. Und weil es verführerisch einfach ist, sie ohne Mühe zu bekommen, sind wir umgeben von schreienden Kindern, die nach ihrem Spielzeug verlangen. Der Wohlstand hat sie verweichlicht, sie sind Versager. Sie kommen zu mir, weil sie schöne Kleider, ein Haus auf dem Lande oder eine Haushälterin wollen wie in der Werbung. Der Wunsch ist größer als jede Scham. Junge Mädchen kommen und prostituieren sich mit dem Einverständnis ihrer Mütter, um auf eine Modelschule zu gehen und ins Fernsehen zu kommen», schloss Gerlanda und ließ den Blick schweifen, als suche er den Beifall eines imaginären Publikums.

«Sehen Sie? Auch Sie sind angewidert, setzen dem aber nichts entgegen. Im Gegenteil, Sie profitieren davon», erwiderte Soneri.

Roger lachte. «Warum sollte ich Bedenken haben, wenn diejenigen keine haben, die bei mir eine Hypothek auf ihr Leben aufnehmen, nur um sich einen flüchtigen Wunsch zu erfüllen? Denken Sie daran», knurrte er finster, «wer Hunger hat, wendet sich nicht an mich. Die Armen kennen ihre Grenzen und wissen, was Verzicht bedeutet. Ich habe es mit rückgratlosen Leuten zu tun, die im Überfluss aufgewachsen und nicht an Leid gewöhnt sind. Sehen Sie nicht, wie es um diese Stadt steht? Man geht einkaufen, statt nachzudenken, glaubt, was im Fernsehen gesagt wird und sonst nur noch an eins: ans Geld. Und da gibt es zwei Möglichkeiten: Profit oder Widerstand. Ich profitiere, Sie wehren sich. Aber beide verachten wir diese Welt.»

Soneri suchte verzweifelt nach einem Gegenargument, doch er fand keines. «Irgendwann wird die Welt umdenken», murmelte er schließlich seufzend.

«Oder wir werden dazu gezwungen», stellte Roger fest.

«Von wem?»

«Ich sagte doch schon, dass die Stadt ihr Gesicht ändert. Sie sind doch Polizist, oder nicht?»

«Im Moment stelle ich Anzeichen einer Veränderung fest, aber ich kann sie noch nicht entschlüsseln.»

Gerlanda blickte ihn misstrauisch an. «Sie müssen den Code nur entziffern. Mir scheint alles relativ klar.»

«Ich sehe Dinge, die mir seltsam vorkommen. Wie den Verkauf des Geländes der Lederwarenfabrik», sagte Soneri.

Nicht zum ersten Mal sah es so aus, als hätte Gerlanda den Schlag nicht erwartet. Vielleicht hatte er seine Deckung vernachlässigt, als er sich in den Gedanken über die Veränderungen der Stadt verloren hatte.

«Was soll an einem Verkauf schon seltsam sein?», verteidigte er sich in einem Tonfall, der klang wie ein Rückzug.

Der Commissario lächelte: «Jetzt ist der richtige Moment, um nach der Änderung des Bebauungsplans Geschäfte mit den Grundstücken zu machen. Und Sie verstehen etwas von Geschäften.»

«Hätte ich denn nicht beim Verkauf eines machen können?»

«Bald wird das Gebiet als Bauland ausgewiesen …»

«Es ist nicht gesagt, dass es gut wäre, dort Wohnhäuser zu bauen.»

«Behandeln Sie mich nicht wie einen Idioten», entgegnete Soneri verärgert.

Da blickte Gerlanda den Commissario wieder mit seinen ruhigen Augen an, aus denen eine versteckte Drohung blitzte.

«Ich habe Ihnen schon einmal gesagt, dass ich Wortgeplänkel hasse und gerne direkt auf den Punkt komme. Haben Sie mal geboxt?»

Der Commissario schüttelte den Kopf.

«Wenn man einen Gegner vor sich hat, der fest zuschlägt, möchte man zuerst zurückschlagen, doch bald lernt man, dass das nichts bringt. Im Ring erkennt man die Hierarchien ganz leicht. Dort beschnuppert man sich, um es mal so zu sagen. Wer schwächer ist, greift nicht an, sondern versucht, den Schaden zu begrenzen. Er provoziert nicht, sondern versucht, sich zu beherrschen. Das ist vielleicht eine etwas feige, sicher aber eine kluge Haltung.»

Der Commissario überlegte einen Moment lang. «Und wer ist dieser Gegner, der Ihnen eine Tracht Prügel verpasst?»

«Ich habe nicht gesagt, dass ich verprügelt werde», erklärte Gerlanda. «Aber ich habe gemerkt, dass der andere fest zuschlägt und stärker ist als ich. Daher versuche ich, ihn auf Abstand zu halten. Doch in der Geschäftswelt gibt es immer einen dritten Weg, und der wird am häufigsten genutzt: eine Vereinbarung.»

«Und haben Sie den beschritten?»

«Wenn es nötig sein wird, werde ich es tun», erklärte der Mann. «Allerdings gibt es Gegner, die sich darauf nicht einlassen», fügte er hinzu.

«Auch ich mag Wortgeplänkel nicht, Gerlanda. Es wäre gut, wenn Sie mir alles erzählen würden: Vielleicht hätten wir dann einmal dasselbe Ziel.»

Der andere lächelte. «Selbst wenn ich es Ihnen erzählen wollte, könnte ich Ihnen keine sicheren Hinweise geben. In der Stadt sind Beauftragte unterwegs, fleißige Handelsvertreter. Häufig Rechtsanwälte von hier, denen man eine unverfängliche Vollmacht ausgestellt hat. Die Unterwelt von heute kleidet sich gut und hat Marketingbüros. Vor allem ist sie nicht zu fassen. Diejenigen, die die Fäden ziehen, sind stets anderswo.»

Soneri beobachtete Roger aufmerksam: Sein Gesicht wirkte jetzt verschlossen, gepanzert wie ein Tresor. Vielleicht waren Verhandlungen zwischen der alten und der neuen Unterwelt im Gange. Vielleicht hatte Gerlanda noch nicht beschlossen, vom Pferd zu steigen.

Der Commissario stand schweigend auf, und eine Weile herrschte eine gespannte, drückende Atmosphäre.

«Sie haben verstanden, dass der ein oder andere Geier schon über mir kreist», überraschte ihn die tiefe Stimme Gerlandas. «Einer von ihnen sitzt bereits auf der Fensterbank», fügte er in Anspielung auf Rondani und Schivazappa hinzu, «doch ich bin noch nicht tot. Ich wollte Sie das bei unserem ersten Treffen im *Nabucco* wissen lassen, nachdem man Ihnen so viel von mir erzählt hatte. Ich weiß, was Sie von mir halten, doch ich glaube, dass es auch für meine Gegner gut wäre, wenn ich am Leben bliebe. Glauben Sie mir, eine Veränderung wäre für niemanden gut.»

10

Auf dem Bürgersteig der Via Repubblica blickte Soneri auf die Uhr und stellte fest, dass es noch eine Stunde bis zum Einbruch der Dunkelheit war. Er betrachtete den Himmel über dem Campanile des Palazzo del Governatore und den rötlichen Schleier der untergehenden Sonne. Dann überquerte er die Piazza, bog mehrere Male ab und gelangte schließlich ins Viertel Oltretorrente. Am Ende der Via Bixio, an der Barriera, wo das Zentrum endete, war Gerlandas Lederwarenfabrik gewesen: Ein unverputztes, fleischfarbenes Backsteingebäude, das fehl am Platz wirkte, wie ein Meteorit zwischen frischrenovierten Häusern, die in den für die Stadt typischen strohgelben Tönen leuchteten. Er überquerte die Straße und ging in dem Moment durch das Tor zwischen zwei Zementpfeilern hindurch, als ein Auto herausfuhr. Er musste einen Schritt zurücktreten, um es vorbeizulassen, und als der Wagen in die Via Bixio einbog, erkannte Soneri De Angelis am Steuer. Doch er hatte nicht einmal die Zeit, ihm zuzuwinken, weil der andere beschleunigte und zwischen den Häusern verschwand.

Soneri versuchte vergeblich, das Auftauchen von Galluzzos Geschäftspartner mit dem Verkauf des Geländes in einen Zusammenhang zu bringen, ohne eine Verbindung zu finden: Statt eine Hypothese zu festigen, führte jeder neue Aspekt nur wieder davon weg und eröffnete weitere Szenarien. Der Polizeipräsident hatte das für die Journalisten auf der Pressekonferenz mit beschönigenden Worten zusammengefasst: «Ermittlungen in dreihundertsechzig Grad.» Doch Soneri kannte die Realität dahinter, was ihn in mehr als schlechte Laune versetzte.

Zum Glück verblassten diese Gedanken, als er einen Mann mit weißen, nackenlangen Haaren entdeckte, der aus den Büros der Fabrik kam. Er blieb stehen, um ihn im Näherkommen zu beobachten: Seine Frisur ließ den Gedanken an Wind aufkommen, auch wenn die Luft seit Tagen stand.

«Cavatorta?», fragte Soneri auf gut Glück.

Der andere blieb wenige Schritte von ihm entfernt stehen und nickte mit misstrauischem Gesichtsausdruck: «Warum?»

«Ich bin Commissario Soneri und möchte mit Ihnen sprechen.»

«Ich wüsste nicht, was es zu besprechen gäbe», erwiderte der Mann unfreundlich. Er hatte sich etwas zur Seite gewandt, wie jemand, der es eilig hat wegzukommen.

«Da gäbe es jede Menge ...», korrigierte ihn der Commissario. «Doch im Moment reichen mir ein paar Einzelheiten.»

Cavatortas Anspannung ließ nach, er fand sich damit ab zuzuhören. Er blickte den Commissario an und gab ihm zu verstehen, dass er loslegen könne.

«Wie ist Ihre Beziehung zu Gerlanda?»

Für einen Moment erstarrte der Mann und hatte wieder den fragenden Ausdruck wie einige Sekunden zuvor, dann nahm er mit einem Schulterzucken seine Antwort vorweg: «Wir haben uns vor kurzem getrennt.»

«Im Bösen?»

«Ich wollte nicht verkaufen», brummte Cavatorta.

«Wollten Sie warten, bis der Bebauungsplan für das Gebiet in Kraft getreten wäre?»

Erneutes Schulterzucken. «Ich wollte einfach weiterarbeiten.»

«Aber Sie wissen doch ganz genau, dass die Fabrik nur noch überlebte, weil Gerlanda seine Kunden zwang, Posten der Ware abzunehmen», bemerkte Soneri.

Der andere schaute ihn wütend an. «Das sagen Sie. Wir hatten viele Kunden», erwiderte er und wurde dabei laut.

Der Commissario bemerkte, dass Cavatorta heftig schwitzte, sein Hemd war ganz nass. Da schaute er hoch zu den Backsteinmauern der Fabrik und bemerkte, in welchem Kontrast sie zu den hellen Farben der Häuser ringsum standen, die die Vorhut des Neuen zu repräsentieren schienen. Er empfand Mitleid mit diesem Mann, der genauso altmodisch war wie die Fabrik, die er hartnäckig verteidigte.

«Auf jeden Fall verdient man mehr damit, wenn man Häuser baut», erklärte Soneri.

«Das muss sich erst noch herausstellen», brummte der andere.

«Warum haben Sie Ihren Anteil dann verkauft?»

Cavatorta lachte kurz auf, genervt oder aus Wut. «Ich hatte nicht mehr viel, gerade mal zehn Prozent.»

«Ich habe erfahren, dass die Fabrik Ihnen und Gerlanda zu gleichen Teilen gehörte», insistierte der Commissario.

«Vor drei Jahren gab es einen Verlust, und mein Partner hat eine Kapitalerhöhung beschlossen. Ich hatte nicht genügend Geld, daher habe ich einen Teil meines Anteils abgetreten. Seither ist das noch zweimal passiert, und auch dieses Jahr … Dann hat sich ganz überraschend alles geändert.»

«Sie meinen den Verkauf?»

Der Mann fuhr sich mit der Hand über das Gesicht, als hinge dort eine Spinnwebe. «Ich hatte verstanden, dass Gerlanda mich aus der Partnerschaft drängen wollte, aber ich dachte, er täte es, um selbst den ganzen Profit einzustreichen, den dieses Gelände abwerfen konnte. Jedenfalls verhandelte er seit einigen Jahren mit den Politikern, um es als Bauland ausweisen zu lassen. Und dann, mit einem Schlag, trennt er sich davon und verkauft.»

«Wie hat er das erklärt?»

«Er hat es eben nicht erklärt. Ich habe alles von einem Anwalt erfahren, der als Vertreter des neuen Eigentümers zu mir kam und mir für die wenigen Aktien, die mir noch geblieben waren, eine Summe anbot, die ich nicht ablehnen konnte.»

«Und Sie haben das Angebot sofort akzeptiert?»

«Was hätte ich denn machen sollen? Hätte ich mich um jeden Preis stur stellen sollen? Und auch noch auf das verzichten, was sie mir anboten, nachdem Gerlanda mich schon um einen großen Teil meines Anteils gebracht hatte?»

«Hat man Ihnen nicht gesagt, wer die neuen Eigentümer sind?»

«Doch, eine Abkürzung, die mir nichts sagt. Der Einzige, der sich vorgestellt hat, war der Anwalt, mit dem ich gesprochen habe, ein gewisser Di Giacomo, der mir dieses Angebot gemacht hat. Von ihm habe ich erfahren, dass mein Expartner mir den Posten als Chef der Fabrik garantieren wollte.»

«Erinnern Sie sich an die Abkürzung?»

«Ich glaube, es war SORE.»

Der Commissario versuchte, sich diesen Namen einzuprägen, während er seinen Blick über den Hof schweifen ließ, wo ein vager Geruch von Gerbmittel hing.

«Kennen Sie De Angelis gut?»

Cavatorta zuckte leicht zusammen, dachte einen Moment darüber nach, was er sagen sollte, und seufzte dann, als lohne es sich nicht mehr, ein Geheimnis zu wahren.

«Er kam, um Ware zu bezahlen.»

«Habt Ihr für ihn gearbeitet?»

«Nicht direkt, er handelt mit Kleidung. Aber er ist als Vermittler tätig und verschaffte uns ein paar Aufträge in der Schweiz.»

Sie schwiegen eine Weile. Die Dunkelheit legte sich langsam zwischen die Häuser und entließ die Stadt aus einem weiteren heißen Tag. Doch die Nacht versprach keine Besserung. Soneri ließ Cavatorta weiter zwischen den Backsteinen herumirren, die vielleicht in der Gefahr schwebten, bald von einem Bagger abgerissen zu werden. Das letzte Bild des Mannes war das seiner Haare, die vergeblich den Nordwind beschworen.

Er ging die Via Bixio hinauf bis zum Ponte di Mezzo, und als er sich über dem ausgetrockneten Kiesbett befand, klingelte sein Handy.

Angelas Stimme verschmolz mit dem weiten Raum, der sich dem Blick am Fluss entlang öffnete. Soneri blickte zum Ponte Verdi und den hohen Umrissen der Platanen, die von Napoleons Frau, der Herzogin, gepflanzt worden waren. Dort in der Nähe arbeitete seine Lebensgefährtin, und während er hinübersah, verschwammen die Umrisse der Häuser in der Luftfeuchtigkeit am Horizont.

«Ich habe dir so einiges zu erzählen», kündigte sie an.

«Wir können ins *Milord* gehen», schlug Soneri vor, der große Lust verspürte, sich heimisch zu fühlen.

«Ich bin nicht bereit, meine kühle Höhle zu verlassen und auf glühenden Kohlen zu laufen.»

«Von wegen Glut, jetzt, nach Sonnenuntergang wird man in der Stadt allenfalls geschmort», log der Commissario, der auf Granitplatten stand, die so heiß waren wie Ofenplatten.

Er ging am Parma-Ufer und am Ghiaia-Markt vorbei. In der Senke auf Höhe des Wasserspiegels hatten früher, als es noch Leben auf dem Fluss gab, die Boote festgemacht. Ein Stück weiter überquerte er diesen von neuem und bog in die Via delle Fonderie ein. Als er bei Angela klingelte, lag die Stadt vollständig in nächtlicher Dunkelheit, und die ersten Nachtschwärmer zogen lärmend durch die Straßen. Soneri schleppte schon seit vielen Stunden eine finstere Frustration mit sich herum, die Angela vergeblich zu lindern suchte.

«Ich kann in dieser Geschichte einfach keinen Sinn erkennen», gestand der Commissario. «Ich glaube, ich stehe da vor etwas gänzlich Neuem, was erst noch einen Namen bekommen muss.»

Angela schwieg eine Weile und dachte über seine Worte nach. «Das denke ich auch.»

«Gerlanda war im Begriff, seinen langjährigen Partner Cavatorta auszubooten, um den gesamten Gewinn des Geländes für sich einzustreichen, doch dann hat er unerklärlicherweise verkauft. Erscheint dir das logisch?», fragte Soneri.

Angela schüttelte den Kopf. «Offensichtlich hat diese Geschichte keine Logik, aber vielleicht ja einen Sinn», sagte sie dann. «Und um die Aufzählung der Eigentümlichkeiten komplett zu machen: Warum ist dieses Gelände wohl ausgerechnet von Galluzzos Schwager gekauft worden?», fragte sie schließlich. Es war einer ihrer üblichen Theatercoups, wie bei einem Plädoyer.

«Centazzo?», fragte der Commissario überrascht.

«Genau. Hinter der SORE steckt Centazzo.»

«Woher weißt du das?»

«Der Anwalt, der die Gesellschaft vertritt, ist ein guter Bekannter von einem Freund von mir. Eines Abends, als sie ein bisschen viel getrunken hatten, fiel Centazzos Name», enthüllte ihm Angela.

«Fielen noch andere Namen?»

«Nein, nicht dass ich wüsste, doch dieser Name sagt doch schon viel.»

Soneri versuchte wieder, diese Information mit dem zusammenzubringen, was er in der Hand hatte, wie ein Spieler, der eine Karte abhebt und versucht, sie dort abzulegen, wo sie am meisten bringt. Doch zwischen dem Kokain im *Rondò*, den Drohungen gegenüber Gondo und Mariangela Rosselli, der Widersprüchlichkeit von Filomena Galluzzo, dem geheimnisvollen Auftauchen von De Angelis, der Verhaftung Tudors und der obskuren Rolle Gerlandas schaffte er es nicht, einen vernünftigen Zusammenhang herzustellen.

«Ich erkenne diese Stadt nicht wieder», murmelte er und ergänzte: «Ich kann sie nicht mehr einschätzen.» Er dachte an Gerlanda und an seine geheimnisvolle Warnung vor einer Veränderung zum Schlechteren.

«Wir haben nichts, um einzuordnen, was passiert», überlegte Angela. «Das Neue ist schneller, als wir es verstehen können.»

Dann verschwand sie in der Küche und kam mit einer Platte Schinken und Melone zurück.

«Ich habe Schlimmeres erwartet», war Soneris Kommentar.

«Um dich nicht noch weiter zu deprimieren, habe ich mir Mühe gegeben.»

Der Commissario dachte an Centazzo, an seine Verbindungen nach Kalabrien, an Filomena Galluzzo und folgerte, dass es nur zwei Gründe geben konnte, warum Gerlanda auf das Geschäft verzichtet hatte: Entweder hatte er anderswo ein größeres ausgemacht, oder hinter Centazzo standen mächtige Leute.

«Denkst du über das nach, was ich dir erzählt habe?», fragte ihn Angela.

Er nickte. «Die Rechnung geht immer noch nicht auf», murmelte er.

«Ich habe noch etwas anderes erfahren», sagte sie.

Der Commissario hörte auf zu kauen, und Angela lachte. «Nie hängst du so an meinen Lippen wie in solchen Momenten.» Sie sagte das so fröhlich, dass Soneri sich nicht einmal ärgern konnte.

«Auch bei dem anderen Geschäft mit der Forneria ist Gerlanda nicht allein.»

«Ich weiß, er hat Partner, mit denen er die Fabrik vor vier Jahren übernommen hat», erwiderte der Commissario.

«Das denken alle, aber auch diese Partner haben verkauft.»

«An wen?»

«An eine Gesellschaft, die sich Building nennt und deren Eigentümer mir unbekannt sind. Ich weiß lediglich, dass der Verkauf über Centazzos Immobilienbüro abgewickelt wurde», schloss Angela und betonte dabei die letzten Worte.

Soneri begann sehr langsam wieder zu kauen und starrte wie betäubt ins Leere. Zum ersten Mal sah er Licht am Ende des Tunnels.

Er war noch immer ganz geblendet, als das Handy klingelte. Pasquariellos Stimme berichtete ihm allerdings von einem weitaus beachtlicheren Lichtschein.

«Commissario, sie haben das *Nabucco* in Brand gesteckt», teilte er ihm aufgeregt mit.

«Wann?»

«Vor einer Stunde hat ein Bewohner des Mietshauses die Feuerwehr verständigt. Heute ist Ruhetag, und es war niemand im Lokal, aber sie mussten das Haus und auch die Nachbarhäuser evakuieren.»

Soneri sprang auf und lief ans Fenster. Die Mole della Pilotta und die Häuserreihe jenseits des Flusses machten es unmöglich, das Feuer in der dunklen Nacht zu erkennen.

Er rannte den ganzen Weg bis zur Via Repubblica. Zur Hitze und seiner Kurzatmigkeit gesellte sich bald der widerliche Gestank nach Verbranntem, während pechschwarzer dichter Rauch zum Himmel aufstieg. Er bahnte sich einen Weg durch die Menge, und bereits dabei schlug ihm die Hitze der Flammen, die mit furchterregendem Zischen aus den Fenstern drangen, ins Gesicht. Immer wieder hörte man aus dem Inneren des Lokals das Krachen berstender Scheiben oder herabstürzender Balken. Das Wasser der Feuerwehr schien zu verdunsten und stieg als Dampf in den Himmel. Soneri betrachtete die ohnmächtig Herumstehenden, in deren Gesichtern sich das flackernde Licht des Feuers spiegelte. Er hielt nach Gerlanda Ausschau, konnte ihn aber nirgends entdecken. Vielleicht beobachtete er alles vom Fenster seines Büros aus, grollte und schwieg zum Ende seiner Macht. Vielleicht sann er aber auch über Rache nach. Im Grunde musste er nun, nach seiner Sicht der Welt, handeln oder untergehen.

Keuchend tauchte Juvara auf.

«Heute Abend wird gegrillt», empfing ihn Soneri in Anspielung auf das Feuer.

«Im Anschluss an die große Jagd», erwiderte der Inspektor.

«Welche große Jagd?»

«Die Streifen haben fünf Jungs von den Autonomen festgenommen: Sie hatten Zündschnüre, Lumpen und Benzinkanister dabei.»

«Und sie glauben tatsächlich, die hätten etwas damit zu tun?», fragte der Commissario.

«Ich weiß es nicht», entgegnete Juvara. «Aber Sie müssen zugeben, dass es ein hübsches Indiz ist, wenn fünf Jugendliche kurz nach dem Ausbruch eines Brandes so ausgerüstet sind.»

«Aber die zünden Müllcontainer an», meinte der Commissario.

«Häuser auch», erinnerte ihn der Inspektor.

Es stimmte. Der Verdacht war nicht von der Hand zu weisen.

«Ich glaube nicht, dass sie es waren», brummte Soneri, «sie werden wieder genau so einen Bock schießen wie bei dem Moldawier.»

«Der sitzt immer noch in Untersuchungshaft», informierte ihn Juvara.

«Weder er noch diese kleinen Brandstifter haben etwas

damit zu tun», behauptete der Commissario und war sich seiner Sache sicher.

Die Flammen waren kleiner geworden. Es war den Feuerwehrleuten gelungen, sie im Inneren des Lokals einzudämmen, in das sie langsam mit den Schläuchen vordrangen. Sie gingen behutsam vor, weil immer wieder unvermittelt ein gefährliches Krachen zu hören war. Die Menschenmenge, die immer größer geworden war, wurde um zehn Meter zurückgedrängt. Die Leute schauten zu, wie das *Nabucco* brannte, als wohnten sie einer Kundgebung bei.

Juvara kam nach einer kurzen Unterhaltung mit dem Einsatzleiter der Feuerwehr zurück.

«Es handelt sich so gut wie sicher um Brandstiftung», verkündete er. «Das Feuer ist ganz plötzlich ausgebrochen, das Sprinkler-System konnte nichts ausrichten. Der Brandauslöser muss sehr stark gewesen sein, sicher etwas Chemisches.»

«Da waren also Profis am Werk», folgerte Soneri.

«Die Tür am Hinterausgang wurde aufgebrochen», fuhr der Inspektor fort, «sie ist vom Feuer weitgehend verschont geblieben, und man sieht noch die Spuren des Kuhfußes. Von der Küche aus müssen sie den Hof durchquert und dann das Feuer in den Speiseräumen gelegt haben.»

«Bestimmt im Bootsmannssaal», vermutete der Commissario.

«Hieß das so?», fragte Juvara, der nie im *Nabucco* gewesen war.

«Es gab verschiedene Räume», erklärte Soneri, «und der Bootsmannssaal war für Gerlanda reserviert.»

Der Inspektor stieß ein paar unverständliche Laute hervor, als würde er gar nichts verstehen, dabei war er seit langem an die laut geäußerten Gedanken des Commissario gewöhnt.

Nachdem es alles verschlungen hatte, beruhigte sich das Feuer langsam, und die Feuerwehrleute sahen das ganze Ausmaß des Desasters. Das *Nabucco* war nur noch ein rauchendes, verkohltes Skelett, mehr war von Gerlandas Restaurant nicht übrig. Die Menge, die sich davor versammelt hatte, schien das in einem stummen Ritual kollektiven Bedauerns zur Kenntnis zu nehmen.

Soneris Handy klingelte.

«Ich werde jetzt die fünf Jugendlichen verhören, die festgenommen wurden», teilte Percudani ihm mit. «Was ist Ihre Meinung zu dem Brand?»

«Die haben nichts damit zu tun», entgegnete Soneri, seiner Sache sicher. «Sie müssen nur dafür herhalten, dass der Polizeipräsident der Presse beweisen kann, dass etwas unternommen wird.»

«Ich kann auch nicht glauben, dass sie es gewesen sind. Ich halte sie nicht für fähig, so professionell vorzugehen», stimmte der Richter zu. «Doch wenn sie es nicht waren, wird die Geschichte allmählich beängstigend», fügte er hinzu.

«Da muss ich Ihnen leider recht geben», brummte der Commissario, «auch wenn ich im Moment nicht mehr dazu sagen kann.»

Er beendete das Gespräch und blickte wieder hinüber zu der Menschenmenge, die beobachtete, wie der Rauch aus den Überresten des *Nabucco* kam. Die Decke war eingestürzt und hatte die darüber liegende Wohnung mitgerissen. Die Flammen hatten sich einen Weg hineingebahnt und die Wände schwarz gefärbt. Die Fassade des Hauses hatte die Farbe gerösteter Kastanien. Die Rauchschwaden waren an ihr hochgestiegen und hatten Spuren hinterlassen.

Das gesamte Gebäude war von den Flammen gezeichnet, und die Feuerwehrleute erklärten es für unbewohnbar und versperrten die Eingänge. Die Leute traten weiter zurück und gingen, um in der Nacht nach anderen Abenteuern zu suchen. Am Tag brannte die Sonne, in der Nacht flammte überall in der Stadt die allgemeine, namenlose Wut auf, die einer lange schwelenden Unruhe entsprang. Die Brandstifter des *Nabucco* dagegen hatte eine präzise, hartnäckige und professionelle Entschlossenheit angetrieben.

Soneri verließ die Via Repubblica, wo nur die Feuerwehrleute zurückgeblieben waren. Obwohl es spät war, hatte er keine Lust, nach Hause zu gehen. Er wollte lieber durch die Gassen der Altstadt streifen, wo die Mauern eng und schattig beieinanderstanden. Dabei dachte er nach ... Er begriff nicht, ob sich die Welt so rasend schnell veränderte oder ob er zunehmend in den Sog seiner Vergangenheit stürzte. Vielleicht war beides der Fall, wie bei der Altersweitsichtigkeit, die einen dazu zwingt, die Wirklichkeit aus der Distanz zu betrachten, weil sie aus der Nähe vor den Augen verschwimmt.

Die letzten Bars schlossen, und die Altstadt schickte sich an zu schlafen, nur ein paar Stunden, bevor die Sonne viel zu früh aufging. In der Ferne hörte man Sirenen heulen, während Soneri endlich die Ruhe in den Gassen, im Halbdunkel der nächtlichen Lichter genießen konnte. Er war sich sicher, dass es diese Stadt, in der er und viele andere jahrelang gelebt und von den Straßen und den Lokalen Besitz ergriffen hatten, nicht mehr lange geben würde. Das Szenario blieb das gleiche, doch die Akteure auf dieser Bühne waren andere.

Lange dachte er über all das nach, während er über die verlassenen Bürgersteige ging. Und als er nach Hause kam, musste er plötzlich an Gerlanda denken, mit seiner vergeblichen Gier und seiner grimmigen Macht, die ihn nicht vor dem Fall bewahrt hatten. Nun musste auch er die Bühne verlassen.

11

Die Liste der Handytelefonate Galluzzos gab Soneri recht, löste allerdings in den oberen Etagen des Polizeipräsidiums große Aufregung aus. Der Commissario hatte immer an der Schuld des jungen Moldawiers gezweifelt, und ein paar Anrufe des Geschäftsmanns an seinem Geburtstag gegen ein Uhr ließen den Schluss zu, dass die beiden sich wahrscheinlich am frühen Nachmittag treffen wollten. Außerdem waren in den Wochen vor dem Mord durchschnittlich zwei oder drei Telefongespräche am Tag von Galluzzo zu Tudor registriert, Hinweise auf einen sehr engen Kontakt. Schließlich gab es drei SMS, die Tudor ungefähr eine Stunde nach dem Überfall in der Via Cavour an Galluzzo geschickt hatte, als noch niemand von dem Verbrechen wusste und der Geschäftsmann in seiner Wohnung im Sterben lag. Leider war der Inhalt der Nachrichten nicht bekannt, weil die Handys des Opfers verschwunden waren.

Dies verbesserte die Lage des Moldawiers deutlich, was den Polizeipräsidenten beträchtlich ärgerte. Er sah die Lösung des Falles in noch weitere Ferne rücken, als sich herausstellte, dass die verhafteten Jugendlichen zwar ein paar Müllcontainer in Brand gesteckt, mit dem Brand im *Nabucco* aber nichts zu tun hatten.

Doch die Liste von Galluzzos Telefonaten enthielt noch

andere Informationen, und zwar solche, die man diskret behandeln musste. Und dies verursachte dem Polizeipräsidenten erhebliche Sorgen.

Mit der akribischen Geduld eines Labortechnikers ordnete Juvara der langen Reihe von Telefonnummern, die der Geschäftsmann im Laufe eines Monats angerufen hatte, Namen zu. Dabei kam ein höchst beeindruckendes Adressenverzeichnis heraus, das eines Chefarztes oder eines Bankdirektors würdig gewesen wäre. Eine höchst eigenartige Sache für jemanden, der erst vor zwei Jahren in die Stadt gekommen war und den angeblich niemand kannte. Unter den dort aufgelisteten Adressen befanden sich ein Stadtrat, ein halbes Dutzend Anwälte, namhafte Unternehmer, Ärzte, ein Finanzbeamter, Bankdirektoren, kleine Steuerfahnder aus der Provinz, ein Schauspieler sowie ein Parlamentarier. Galluzzo war also keineswegs ein Unbekannter gewesen. Zumindest pflegte er einen sehr unbefangenen Umgang mit den ehrenwerten Bürgern der Stadt.

Soneri legte die Liste weg, betrachtete Juvaras zufriedenes Gesicht, stand auf und stellte sich an die Schwelle seines Büros. «Draghi!», rief er halbherzig und ohne große Hoffnung, da der Inspektor ständig unterwegs war. Sie hatten ihm den Spitznamen «der Zigeuner» gegeben, auch weil sein Stil irgendwo zwischen altmodisch und exzentrisch anzusiedeln war.

Jemand rief durch den Flur: «Draghi, du wirst gesucht!» Kurz darauf stand er vor dem Commissario.

«Dass du mal in ein paar Sekunden erscheinst, kommt einem Volltreffer gleich», stellte Soneri fest und blickte Juvara an, der ebenfalls verblüfft schien. «Normalerweise brauchst du doch eine Vorladung.»

Draghi lächelte, während ihm die Liste mit den Telefonnummern und den Namen unter die Nase gehalten wurde. «Eine feine Gesellschaft», kommentierte er. «Sieht aus wie der Terminkalender einer Edelnutte.»

«Wir haben endlich herausgefunden, wovon Galluzzo lebte», brummte der Commissario. «Kennst du jemanden von denen?»

«Wie sollte ich das nicht, Commissario. Das sind Leute, die einen guten Zug haben», kicherte Draghi und imitierte das Schniefen von Kokain.

«Genau», nickte Soneri ruhig. «Galluzzo handelte mit Kokain und vielleicht auch mit anderen Dingen. Doch das hilft uns bei der Suche nach seinem Mörder nicht viel weiter, wir müssen herausfinden, wo er es kaufte.»

«Richtig!», stimmte ihm der Inspektor zu. «Sie vermuten, dass der Mord mit einer offenen Rechnung zusammenhing oder irgendwas in dieser Richtung?»

«Schon möglich», erwiderte der Commissario skeptisch. «Doch ich fürchte, diese Geschichte ist kein banaler Streit zwischen Kokaindealern und einem Verteiler.»

Draghi und Juvara hingen atemlos an seinen Lippen. Wenn der Commissario in diesem vagen Ton Zweideutigkeiten äußerte, steckte fast immer etwas Wichtiges dahinter. «Sehr oft sucht man das eine und findet etwas ganz anderes», sagte Soneri schließlich in das verlegene Schweigen hinein.

«Ich werde jedenfalls versuchen, diese Kreise mal ein bisschen in die Mangel zu nehmen», erklärte Draghi. «Auch wenn das einflussreiche Leute sind, allzeit bereit, ihre Anwälte von der Leine zu lassen.»

«Ich muss dir ja nicht erst erklären, wie die Welt funktioniert», verabschiedete ihn der Commissario und befahl

Juvara dann: «Du kümmerst dich ums Abhören … Wie weit sind wir übrigens damit?»

«Bis jetzt gibt's nicht viel. Die Leute sind sehr vorsichtig, als wüssten sie, dass ihnen jemand zuhört.»

Der Commissario nickte. «Es gibt noch etwas, was du tun kannst: herausfinden, wer hinter der SORE und der Building steckt.»

«Was ist das?»

«Zwei Gesellschaften, die sicherlich unter einem Decknamen eingetragen sind. Der juristische Vertreter der SORE ist der Anwalt Di Giacomo, dahinter steckt vermutlich Centazzo. Über die Building ist gar nichts bekannt, außer dass Centazzo als Vermittler fungiert hat, als Gerlandas Partner die Forneria an sie verkauft haben.»

«Das wird bestimmt nicht einfach», schwante Juvara. «Diese Leute arbeiten erfahrungsgemäß nach dem Prinzip der ‹chinesischen Schachteln›.»

«Das wissen wir», stellte der Commissario fest, «sie passen die Regeln an ihre Schweinereien an, Scharen parasitärer Rechtsexperten arbeiten von früh bis spät aus, wie sie die Justiz verarschen können. Und wir sitzen da und dreschen Stroh», schloss er wütend.

«Werden Sie jetzt nicht zum Radikalen», mahnte Juvara ein bisschen ironisch.

«Ich habe genug davon, mich verarschen zu lassen, das hat mit Radikalität gar nichts zu tun! Sie pfeifen auf das Finanzamt, treiben es immer bunter, während du und ich für einen Hungerlohn arbeiten. Aber sie sind die Respektspersonen, nicht wir.»

Der Inspektor wusste nicht, was er auf diesen Wutausbruch des Commissario antworten sollte. Er zuckte mit den Schultern und fing an, auf die Tastatur einzuhämmern.

Soneri betrachtete ihn und war ein bisschen verärgert angesichts seiner Gleichgültigkeit. Heutzutage senkten alle den Kopf, alle fügten sich. Die ganze Stadt resignierte: Dieses Achselzucken Juvaras bewies es ebenso wie die Dinge, die man jeden Tag um sich herum registrierte und dann doch einfach laufenließ. Wie das Desinteresse und der offensichtliche Gedächtnisverlust, von dem alle mehr oder weniger betroffen schienen.

Er stand auf und schaltete den Ventilator ein. Die Flügel setzten sich langsam in Bewegung, und er wartete darauf, dass der Luftzug sein Gesicht erreichte, angenehm wie der erste Schluck kühlen Wassers in der Kehle. Das Telefon zwang ihn jedoch zurück in seinen Kunstledersessel.

«Commissario, hier ist ein Mann, der mit Ihnen sprechen möchte», informierte ihn der Pförtner.

«Wer ist es?»

«Er sagt, er heißt Rondani.»

Mit genervter Stimme befahl Soneri, ihn vorzulassen. Kaum hatte er den Hörer aufgelegt, klingelte das Telefon von neuem. Die Stimme des Polizeipräsidenten Capuozzo nervte ihn noch mehr, er konnte sich denken, was er ihm zu sagen hatte.

«Ich habe den Eindruck, dass wir wieder ganz am Anfang stehen», beklagte er sich.

«Wir haben viel gesät», erwiderte Soneri, «ich hoffe, dass wir bald ernten können.»

«Sind Sie sicher, dass Sie sich von dieser Hitze nicht lähmen lassen, Commissario? Hier ist von Ergebnissen bislang nichts zu sehen», fuhr er sarkastisch fort. «Und im Übrigen habe ich den Eindruck, dass sie abschweifen.»

«Ich schweife ab?»

«Commissario, es geht darum herauszufinden, wer diesen Galluzzo ermordet hat, nicht darum, Wucherer festzunageln. Was machen Sie? Die Arbeit der Guardia di Finanza?»

Ganz offensichtlich hatte Capuozzo einen Maulwurf in seinen Büros. Der Commissario ging im Geiste die Liste der möglichen Spitzel durch, ohne den Schuldigen zu finden.

«Herr Präsident, heutzutage ist Geld alles, und wenn man ihm nachgeht, weiß man, wie die Welt funktioniert.»

«Gut, gut, aber verlieren Sie nicht das Ziel aus den Augen, Commissario. Sie sollen den Mörder dieses Kalabriers finden und sich nicht den Kopf darüber zerbrechen, wie die Welt funktioniert», bekräftigte Capuozzo.

Soneri schäumte. Am liebsten hätte er gebrüllt, Glas zertrümmert oder die Lampe gegen den Fotokopierer geschmettert, doch er beherrschte sich. Nachdem das Gespräch beendet war, saß er ein paar Sekunden da und dachte darüber nach, ob ihn die Feigheit oder der gesunde Menschenverstand davon abgehalten hatten. Er sollte den Täter verhaften, das war alles. Er sollte seine Aufgabe mit gesenktem Kopf erfüllen, ohne sich darum zu kümmern, ob die Welt zugrunde ging. Ohne nachzudenken. Wie einer, der losfährt, aufs Gaspedal tritt, aber nicht weiß, wohin er will. Im Gegensatz dazu hatten Galluzzos Mörder sehr wohl eine Idee davon, wo sie hinwollten. Er fühlte sich zutiefst gedemütigt. Da kam ein Beamter herein und erinnerte ihn an Rondani. Wieder sah er sich zu einer Unterbrechung genötigt.

«Ich habe nicht viel Zeit für Sie», erklärte er Rondani, der ihm gegenüber Platz nahm.

«Ich bin auch mit wenig zufrieden», erwiderte der andere.

Der Commissario musterte ihn aufmerksam und schätzte ihn als einen kümmerlichen Typen ein.

«Ich habe mich entschlossen zu reden», murmelte Rondani wie eine Betschwester.

«Hat Ihnen das Ihr Rechtsbeistand geraten?», forschte Soneri, um herauszufinden, ob Angela etwas damit zu tun hatte.

«Nein, nein!», entgegnete Rondani. «Ich bin auf eigene Faust gekommen. Sie haben mich überzeugt: Eine Anzeige ist richtig. Dazu braucht man ein wenig Mut und muss ein paar Risiken eingehen.»

Der Commissario zwang sich, sich seine Gedanken nicht anmerken zu lassen. «Ich ertrage es nicht, wenn man mich verarscht!», zischte er kalt. Und während der andere überrascht hochfuhr, redete er weiter. «Sie haben sich zu dieser Anzeige entschlossen, als Ihnen bewusst wurde, dass Roger Ihnen nicht mehr schaden kann. Von welchem Mut sprechen Sie? Erfordert es Mut, auf eine Leiche einzutreten?»

Der Mann war rot geworden. «Ich … ich weiß nicht, worauf Sie anspielen», stammelte er, bemüht, bestürzt zu wirken.

«Wenn Sie sich nützlich machen wollen, erklären Sie mir, wer Gerlandas Stelle eingenommen hat. Wer Ihnen Geld dafür geboten hat, ihn mit einer Anzeige aus dem Weg zu räumen.»

«Ich bin hier, um meine Pflicht zu tun, und Sie beschuldigen mich», protestierte Rondani mit einer Stimme, die zwischen Klage und Entrüstung schwankte.

«Schon klar», sagte Soneri kurz angebunden, da er Rondanis Anwesenheit nicht mehr ertrug. Ihm war das Gespräch mit Capuozzo wieder eingefallen: Er sollte nicht mehr so viel grübeln, sondern seine Pflicht erfüllen, was bedeutete, den Mörder von Francesco Galluzzo zu finden.

«Juvara», rief er dann, «begleite ihn hinüber und such jemanden, der ein Protokoll aufnimmt.»

Rondani streckte schüchtern die Hand aus, doch der Commissario zeigte mit einer entschlossenen Bewegung auf die Tür. Er nahm das Telefon und wählte Angelas Nummer. «Dein Mandant ist gekommen, um Gerlanda anzuzeigen», teilte er ihr mit.

«Wenn er das gemacht hat, ohne mich zu informieren, ist er nicht mehr mein Mandant.»

«Du musst ihn aber weiter vertreten.»

«Commissario, ich bin nicht Juvara. Ich kann mir meine Mandanten selbst aussuchen, ohne dich um Erlaubnis zu fragen. Außerdem hat Rondani kein Geld, ich riskiere, ihn auf Pump zu vertreten.»

«Du hast mich nicht verstanden. Ich bitte dich darum, so zu tun, als wüsstest du von nichts, um ein paar Dinge herauszufinden, die mir nützlich sein können.»

«Der ideale Weg, um aus der Anwaltskammer ausgeschlossen zu werden!», beglückwünschte sich Angela ironisch. «Ich muss mich sehr über dich wundern, Commissario. Mir scheint die Situation klar: Gerlanda ist schachmatt, und er gibt ihm den Gnadenstoß.»

«Was das anbelangt, er ist schon tot: Gestern Abend haben sie das *Nabucco* in Brand gesteckt. Wenn Rondani sich entschlossen hat zu singen, dann nur, weil es jemanden gibt, der ihn deckt und schützt.»

«Schmink dir das ab, ich werde ihn nicht zum Reden bringen. Im Übrigen bin ich mir sicher, dass er mir das Mandat entzieht. Er weiß doch genau, in welcher Beziehung wir zueinander stehen.»

«Es passt mir nicht, für andere den Killer zu spielen», brummte Soneri. «Ist dir klar, dass Rondani Gerlandas Verhaftung herbeiführen wird, um dessen Nachfolger einen Gefallen zu tun? Die Polizei wird zum Handlanger der Unterwelt, die in dieser Stadt immer mehr an Boden gewinnt.»

«Du hast den Wucherer in der Hand, und es wäre in seinem Interesse zu reden, oder nicht?»

«Gerlanda wird niemals reden. Er ist noch immer ein Vertreter der Unterwelt, der verloren hat und lieber in Deckung gehen wird, als Rache auf sich zu ziehen. Und wer sagt dir denn, dass sie nicht einen Pakt geschlossen haben?»

Der Commissario legte auf und erhob sich müde vom Sessel und der großen feuchten Blase, die sich an seinem Rücken gebildet hatte. Juvara sah zu, wie er an ihm vorbeiging, und sprach ihn erst an, als er schon in der Tür war: «Es gibt hier ein paar Telefonnummern, zu denen ich noch keinen Eintrag gefunden habe.»

«Mach einfach weiter, diese Listen sind eine wahre Goldgrube.»

Draußen durchquerte Soneri den Hof und ging die Via Repubblica entlang. Die Straße war im Bereich des abgebrannten *Nabucco* zur Hälfte abgesperrt, und man hatte die letzten Spuren der Arbeiter der Forneria Duomo beseitigt. Nur noch ein paar Transparente lehnten an den Hauswänden, ohne dass jemand sie aufspannte. Soneri lief weiter bis zum Eingang der Finanziaria Maria Luigia und ging hinauf in den ersten Stock, wo Gerlanda in seinem winzigen Büro arbeitete. Er klingelte, und es wurde ihm von der gleichen mürrischen Angestellten geöffnet, die er bereits vom letzten Mal kannte. Sie zeigte sich weder überrascht noch feindselig, ihn wiederzusehen, und begleitete ihn bis vor Gerlandas Tür. Sie drehte den Knauf und gab der Tür einen leichten Schubs, sodass man durch einen Spalt ins Büro sehen konnte. Gerlanda saß am Schreibtisch, die Ellbogen auf den Tisch gestützt, und wirkte gefasst.

«Schon hier?», fragte er und schüttelte sich.

Soneri war überrascht und dachte kurz nach. Roger wusste Bescheid und erwartete seinen Besuch. Er schüttelte verneinend den Kopf. «Ihre Angelegenheit fällt nicht in meine Zuständigkeit», sagte er und dachte an seine Unterhaltung mit Capuozzo. «Wie Sie wissen, beschäftige ich mich mit anderen Dingen.»

«Mit anderen Dingen?», wiederholte Gerlanda mit einem skeptischen Lachen. «In dieser Stadt halten doch alle zusammen.»

«Ich weiß. Sogar die Gewinner und die Verlierer», sagte Soneri.

«Ich halte mich an die Spielregeln, wie Sie sehen. Die Zeiten haben sich geändert, und ich kann nicht mehr konkurrieren. Sie erinnern sich, wer am bösartigsten, am grausamsten, am erbarmungslosesten ist, gewinnt. Wie schlecht Sie auch über mich denken mögen, da gibt es Leute, die mir überlegen sind.»

«Genau deshalb bin ich hier», erklärte Soneri. «Ich möchte, dass Sie mir helfen.»

Der andere musterte ihn mit seinen gelassenen Augen, aus denen die Sicherheit trotz allem nicht verschwunden war. «Lassen Sie es, Commissario, es ist sinnlos zu versuchen, die Scheiße ans Tageslicht zu bringen. Selbst wenn ich Ihnen alles erzählen würde, was ich weiß, würde ich zwar ihre Neugier befriedigen, aber es würde nichts ändern. Sie könnten vielleicht ein paar kleine Fische verhaften, doch an die Anführer des Schwarms würden Sie nie herankommen.»

Soneri spürte, wie Wut in ihm aufstieg, aber auch eine große Verunsicherung.

«Sie sollten Ihre Feinde nicht überbewerten und Leute wie mich nicht unterschätzen», erwiderte er und zwang sich, Ruhe zu bewahren.

«Um Himmels willen!» Und Roger hob die geöffneten Handflächen zu einer abwehrenden Geste, die bei jemandem wie ihm unnatürlich wirkte. «Ich will nichts von alldem behaupten. Ich will Sie nur warnen: Das sind Leute, die sehr viel Geld haben und es verwenden, ohne sich an irgendeine Regel zu halten.»

«Sie haben auch sehr viel, doch Sie haben verloren.»

«Ich habe nicht genug. Und außerdem bin ich allein. Ein einzelner Handwerker kann nicht mit einer Industrie konkurrieren. Dazu kommt, dass ich keine brutalen Methoden anwende und Respekt vor der Geschichte der Stadt habe. All das ist heute aus der Mode gekommen. Letztendlich habe ich auch zu lange Widerstand geleistet.»

Soneri wollte etwas erwidern, doch Roger fuhr fort: «Ich möchte Ihnen einen Rat geben: Wühlen Sie nicht in dieser Geschichte herum, denn früher oder später würde man Sie stoppen, wenn Sie bei Ihren Ermittlungen zu weit gehen. Die Bosse mögen es nicht, wenn man ihnen beim Schwimmen in die Quere kommt.»

«Und ich schwimme nicht gerne in einer Jauchegrube», knurrte der Commissario.

Gerlanda lächelte, und auf seinem Gesicht erschien ein Ausdruck, den man fast für Gutmütigkeit hätte halten können. «Sie sind mir sympathisch», sagte er. «Glauben Sie denn, mir gefällt dieser Rückzug? Wir müssen diese Welt akzeptieren, es gibt keine andere. Selbst wer sie ablehnt, muss sie gegen seinen Willen akzeptieren. Entweder man kommandiert oder man gehorcht. Glauben Sie bloß nicht, dass es etwas nützt, ein paar Handlanger zu bekämpfen, und wenn sie noch so brutal sind. Die wahren Verbrecher sitzen viel weiter oben, auch in den Reihen derjenigen, die die ‹allgemeine Sicherheit› garantieren sollen. Alles Theater. Nichts weiter als Theater. Wenn man alles kaufen kann, zählt nur noch das Geld. Sie können irgendeinen armen Kerl schnappen, der schießt oder raubt, aber für einen, den sie erwischen, gibt es tausend Hungrige, die nur darauf hoffen, seinen Platz einzunehmen.»

Soneri dachte an Juvaras Schulterzucken, an die Gleichgültigkeit der ganzen Stadt, und ihm wurde bewusst, dass er Gerlandas Behauptungen schwerlich widerlegen konnte.

«Wissen Sie, dass ich mich anfangs ein bisschen schämte?», fuhr Gerlanda fort. «Die Reste meiner Moral bewirkten, dass ich mich schuldig fühlte, Leuten Geld zu leihen, wenn ich ein Geschäft und ihre Schwäche witterte. Ich bohrte meine Zähne in ihren Hals, bekam aber oft Gewissensbisse. Das nennt man die Angst vor dem Sieg. Das hat sich schnell gelegt. Es hat gereicht, die Zähne der anderen in meinem Fleisch zu spüren, um zu begreifen, dass Moral nur die Brutalität der Welt decken soll, aber bei Geschäften ein Hindernis ist. Sie lässt dich auf fatale Weise zögern. Stattdessen musst du zubeißen, um nicht gefressen zu werden. Lassen Sie sich von der ehrenwerten Gesellschaft nicht täuschen: Industrielle, Unternehmer, Banker, Anwälte … Alle gehen nach der gleichen Methode vor, sie alle sind grausam, sonst wären sie nicht da, wo sie sind. Geschäfte versetzen dich in einen Urzustand zurück, wo der

Verstand nur dazu dient, die Gewalt zu organisieren. Oder um sich Verbündete in der Politik zu verschaffen, dank des Geldes, das jede Tür öffnet. Der Rest, die Rituale der sogenannten Demokratie, ist lediglich Dramaturgie, nichts anderes als Theater.»

«Mag schon sein, doch Ihre derzeitige Lage widerspricht Ihrer Theorie, denn im Gegensatz zu Ihren Thesen stehen Sie jetzt mit dem Rücken zur Wand.»

«Es gibt für jeden irgendwann ein Ende. Es ist jemand gekommen, der grausamer ist und eine Truppe Ausgehungerter befehligt. Mein Widerstand wäre zwecklos gewesen. Jeder von uns sollte genügend Verstand haben, um zu kapieren, wann aus Mut Dummheit wird.»

«Und Sie denken, wenn Sie einem Polizisten Ihre Geschichte erzählen, würden Sie diese letzte Regel brechen?», fragte Soneri, der spürte, wie sich seine Argumente in Luft auflösten.

Gerlanda nickte. «Zunächst einmal», fuhr er fort, «würde es wie gesagt lediglich dazu führen, ein paar kleine Handlanger der Unterwelt aus dem Weg zu räumen, ohne die Spitze anzutasten. Und in zweiter Linie würde ich ihre Rache auf mich ziehen. Im Moment haben sie sich darauf beschränkt, ein paar meiner Kunden gegen mich aufzuhetzen, mir die Polizei ins Haus zu schicken und mich in juristische Schwierigkeiten zu bringen. Wenn ich das überstanden habe, werden sie mich in Ruhe lassen und mich als Rentner betrachten. Andernfalls würden sie mich bezahlen lassen. Und ich bin über sechzig …», schloss er, und seine Stimme verhallte in der Stille.

So saßen sie lange da, Gerlanda starrte zerstreut in eine Ecke des Raumes, während Soneri sich ganz leer fühlte. Roger war jetzt ein Krimineller ohne Zukunft und ohne

Hoffnung, und der Commissario befand sich, wenn auch aus anderen Gründen, in einer ähnlichen Lage.

Ein Donnergrollen riss sie aus dieser Erstarrung.

«Auch das Wetter ändert sich», stellte Gerlanda fest. Soneri nickte. Dann stand er schweigend auf und verließ den Raum.

12

Er durchquerte das Zentrum, während der Himmel immer dunkler wurde und ein weitentfernter Donner seinen ganzen Groll entlud. Trotzdem konnte man die Luft kaum atmen. Das Gefühl der Leere, das er bei Gerlanda empfunden hatte, stieg von neuem in ihm auf, bis er die wirren Akkorde von Gondo hörte, die sich in den Donner mischten. Es waren einzelne, unrhythmische Passagen der Mazurka von Migliavacca, und es klang, als würden sie von arthritischen Händen gespielt. Gondo war zu einem Musiker ohne Gedächtnis geworden: Er hatte es zusammen mit seinem Akkordeon verloren. Der Commissario ging seitlich am Teatro Regio vorbei und irrte ein paar Minuten ziellos herum, bis er vor dem *Milord* stand. Als er eintrat, wurde ihm klar, dass er nicht zufällig hier gelandet war, doch er wusste nicht, ob ihn der Hunger oder das Bedürfnis nach Trost hergetrieben hatte. Die Tortelli von Alceste waren eine vorübergehende, aber wirksame Kur. Und in der Tat, als er ins Präsidium zurückging, fühlte er sich besser. Vielleicht auch, weil man am Himmel das Versprechen eines Wolkenbruchs ablesen konnte.

«Commissario», informierte ihn Juvara, kaum dass er im Büro war. «Der Polizeipräsident hat angerufen und wollte sie dringend sprechen.»

Soneri erinnerte sich, dass er, während er zu Mittag aß, sein Handy ausgeschaltet hatte. «Was wollte er?»

«Ich soll Ihnen ausrichten, dass die Ermittlung in Sachen Gerlanda der Guardia di Finanza übertragen wurde.»

Der Commissario verzog das Gesicht und brummte zustimmend. Für ihn war die Sache damit abgeschlossen. Und auch die Stadt würde sie langsam vergessen. Während er über das Vergehen der Zeit nachdachte, hörte er es draußen rauschen: Er drehte sich zum Fenster und sah, dass Wind aufgekommen war.

«Wenigstens ändert sich das Wetter», murmelte Soneri.

«Und da wir sonst nichts tun können, machen wir uns wenigstens Hoffnungen in großem Stil: Zwei Stunden Regen, um diese dreckige Stadt sauber zu waschen.»

«Dafür bräuchte man chemische Rein...», setzte der Commissario an, hielt aber inne, weil Juvara aufgestanden war, um ihn auf zwei unterstrichene Nummern auf der Telefonliste von Galluzzos Handy hinzuweisen. «Ich habe herausgefunden, wem sie gehören», sagte er. «Es sind die Durchwahlen von Büros im *Rondò*.»

«Hast du Draghi Bescheid gesagt?»

«Wir haben vorhin miteinander gesprochen. Er sucht noch nach Informationen, aber er weiß bereits, dass das Lokal von der albanischen Mafia kontrolliert wird. Der, den sie den ‹Schmuggler› nennen, ist der Boss.»

«Und was ist seine wahre Identität?»

«Das hat er mir nicht gesagt. Doch er hat herausgefunden, dass der Besitzer des *Rondò*, Spaggiari, nur ein Strohmann ist. Er stand vor dem Konkurs, und anscheinend haben ihm die Albaner Geld gegeben, um ihn abzuwenden. Draghi hat diese Information vertraulich bekommen.»

«Und im Gegenzug haben sie daraus eine Zentrale für ihre Geschäfte gemacht», folgerte Soneri und dachte darüber nach, wie schnell sich alles änderte. Noch vor wenigen Jahren hätte sich Spaggiari an Gerlanda gewandt, um weitermachen zu können. Jetzt war er stattdessen in den Händen der Albaner gelandet.

Der Commissario trat zum Fenster und öffnete es. Die drückende Luft stand von neuem, doch der Himmel sah immer noch nach Regen aus, und in der Ferne donnerte es.

«Es geht nicht vor und nicht zurück», verkündete er, ohne dass Juvara verstand, ob er sich auf das Wetter oder die Ermittlung bezog.

Die nachdenkliche Stimmung wurde durch das Klingeln des Telefons unterbrochen. Es war Draghi.

«Commissario, ich habe die Bestätigung der Kokainlieferungen an die Kunden auf Galluzzos Telefonliste.»

«Und er kaufte es von den Albanern?», fragte Soneri.

«Die Modalitäten sind ein bisschen anders.»

«Und wie?»

«Er nahm das Kokain in Kommission», erläuterte der Inspektor.

«Was heißt das? Ging er als Vertreter?», scherzte der Commissario.

«Nein, es ist ein ganz einfaches System: Er holte sich die Drogen bei den Albanern, ohne zu zahlen, dann verkaufte er sie mit Gewinn weiter, und anschließend beglich er die Rechnung mit seinen Lieferanten. So läuft das», versicherte Draghi. «Auf dieser Basis kann heutzutage jeder zum Drogendealer werden. Auf der anderen Seite fühlen sich die Konsumenten sicherer, weil sie sich das Zeug besorgen können, ohne Verdacht zu erregen. Zum Beispiel, indem sie so tun, als würden sie sich ein Hemd kaufen, wie das in Galluzzos Laden der Fall war.»

«Hast du herausgefunden, ob er selbst auch schnupfte?»

«Sieht nicht so aus», entgegnete Draghi, «wenn, dann nur gelegentlich. Commissario, meiner Ansicht nach sollte durch die Tütchen, die wir im Auto gefunden haben, eine falsche Spur gelegt werden. Oder Galluzzos Mörder nahmen Drogen.»

«Aber die Versicherungspolice existiert. Und sie läuft auf eine von Gerlandas Bettgefährtinnen», rief ihm der Commissario in Erinnerung.

«Die werden sie gekauft haben», vermutete der Inspektor. «Wenn du totale Überlegenheit demonstrieren willst, ziehst du den Rivalen beim Geschäft über den Tisch und machst ihm Frauen abtrünnig, nicht wahr?»

Das war gut möglich. Gerlanda selbst vertrat ja die Ansicht, dass alles käuflich war. Eine realistische Einschätzung, die der Commissario inzwischen teilte, auch wenn es ihm gegen den Strich ging.

Bevor sie die Unterhaltung beendeten, teilte Draghi ihm mit, dass er im Umfeld des *Rondò* noch ein paar Quellen anzapfen würde.

«Commissario», sagte er zum Schluss, «früher oder später müssen wir jemanden einlochen, um ihn zum Reden zu bringen.»

«Wir sollten lieber nicht so viel Staub aufwirbeln, sonst schöpfen sie nur Verdacht», meinte Soneri. «Stattdessen müssen wir sie dazu bringen, einen Fehler zu machen.»

Ein lauter Donner schien den Himmel zu zerreißen und dem Regen einen Spalt zu öffnen.

«Wie weit sind wir mit dem Abhören?», wandte sich Soneri an Juvara.

«Bis jetzt gibt es nichts Interessantes. Die sind schlau, oder sie haben einen Code, den wir bis jetzt nicht entziffern konnten.»

Die Wolken hatten den Einbruch der Dunkelheit beschleunigt. Aschfarbenes Licht, der Vorbote des Gewitters, hüllte die Häuser ein. Die Feuchtigkeit nahm zu, und Soneri bemerkte, wie die Schweißflecken auf Juvaras Hemd größer wurden. Der Inspektor litt schweigend, während er die Listen durchging.

Ein Beamter kam mit einem Blatt Papier in der Hand herein und legte es auf den Schreibtisch des Commissario. Es ging um die letzten Verfügungen des Polizeipräsidenten für den Dienstplan der Polizeistreifen und die Überwachung der gefährlichsten Zonen. Soneri bemerkte, dass unter den Zielen, die observiert werden sollten, auch das *Rondò* war.

«Wer hat Capuozzo erzählt, dass wir das Lokal im Auge haben?»

«Ich», sagte Juvara schüchtern. «Er hat mich danach gefragt.»

«Was genau hat er dich gefragt?»

«Wie weit wir mit den Ermittlungen sind.»

Der Commissario brummte etwas Unverständliches, weil ihm vor Wut die Worte wegblieben. Während der Inspektor ihn vorsichtig musterte, schlug er mit der Faust auf den Tisch, genau in dem Moment, als das Telefon wieder klingelte.

«Du hast gerade mit Capuozzo gesprochen», schloss Angela aus dem Tonfall, in dem er sich gemeldet hatte.

«Nein, schlimmer. Ein Gespräch wäre der Höflichkeit zu

viel, wir sind jetzt schon beim Spionieren angelangt. Kaum verlasse ich das Büro, ruft der Polizeipräsident meine Leute an und lässt sich berichten, was ich mache.»

«Tröste dich, auch du hast eine Spionin, die bereit ist, dir alles zu erzählen.»

«Hast du etwas von Rondani erfahren?»

«Wie ich vorausgesehen habe, hat er mir das Mandat gekündigt: Ich bin nicht mehr seine Anwältin», teilte Angela ihm mit.

«Und was für eine Spionin bist du dann?»

«Unterschätze mich nicht, ich kenne viele Leute, und von denen habe ich erfahren, dass Rondani den Großteil seiner Schulden bezahlt und auch ein paar Hypotheken getilgt hat, die Gerlanda hielt.»

«Was für Schulden hat er bezahlt?»

«Die bei den Lieferanten. Ich habe sie kennengelernt, als ich seine Anwältin war, ich musste oft vermitteln.»

«Viel Geld?»

«Ganz beträchtliche Summen, ja. Alles in bar bezahlt, auf die Hand.»

«Wann war das?»

«Ein paar Tage, bevor er zu dir kam. Er hat abgewartet, bis er kassiert hatte, dann erst erstattete er Anzeige. Am interessantesten ist aber vielleicht, wer das ganze Verfahren organisiert hat.»

«Wer?», fragte der Commissario ungeduldig.

«Galluzzos Partner, De Angelis. Eine Art Geschäftemacher.»

Soneri zuckte zusammen, ob der Information, die er soeben erhalten hatte, oder ob des Donners, der über seinem Kopf dröhnte, wusste er nicht zu sagen. De Angelis tauchte allmählich überall auf. Als Partner Galluzzos, als Kunde

Cavatortas, als Freund von Filomena und ihrem Mann: eine Omnipräsenz, die zumindest verdächtig war.

«Also war er es, der Gerlanda verdrängt hat», überlegte der Commissario laut, auch wenn das unwahrscheinlich erschien, wenn man sich die beiden Männer anschaute. Hinter De Angelis mussten mächtige Leute stehen.

«Das ist möglich», erwiderte Angela. «Er verwaltet sehr viel Geld auf einem Schweizer Bankkonto: Die Zahlungen an die Lieferanten erfolgen durch eine Firma mit Sitz in Lugano. Außerdem ist er oft an den Geschäften Centazzos beteiligt.»

«Die neue Finanzmacht ...», kommentierte Soneri, der ironisch sein wollte, letztlich aber ganz ernst wirkte.

«Vielleicht ist er das gar nicht, aber er hat sicherlich die höchste Zuwachsrate von allen», erwiderte Angela. «Ein lautloses Geschäft, das sich unaufhörlich ausdehnt. Sie verleiben sich die Stadt in großen Portionen ein», ergänzte sie.

«Sie kaufen sie Stück für Stück auf», stimmte Soneri zu.

«Und sie können dafür einen Haufen Geld ausgeben. Aber das eigentliche Problem ist, dass sie so viele finden, die verkaufen wollen. Auch die Familienunternehmen», fuhr Angela fort.

«Kennst du Leute, die das gemacht haben?»

«Da könnte ich dir ein Dutzend Fälle aufzählen», antwortete sie. «In der dritten Generation der Industriellendynastien haben die jungen Leute jede Menge Geld, aber keinerlei Ambitionen. Sie ziehen es vor, ihr Leben zu genießen, statt zu arbeiten. Sie drücken dem erstbesten Bieter die Schlüssel zum Unternehmen in die Hand und machen sich daran, das zu verschwenden, was ihre Großeltern und Eltern angehäuft haben. Viele von ihnen stecken in Schwierigkeiten und wissen sich nicht anders zu helfen. Das ist die Crème de la Crème des Unternehmertums in dieser Stadt.»

Soneri seufzte vernehmlich, verabschiedete sich von Angela und dankte ihr für die Informationen. Dann musste er wieder an Gerlanda denken, der sich vielleicht bereits mit Durchsuchungen und Kontrollen der Guardia di Finanza herumschlug. Er hatte es wenigstens versucht. Alle anderen hatten es mit der Angst bekommen und klein beigegeben.

In diesem Moment stand Juvara auf und drehte am Knopf des Funkgerätes, durch das sie mit den Streifenwagen verbunden waren. Es gab eine Schlägerei in einem abgelegenen, verfallenen Landhaus am nördlichen Stadtrand, an der Straße, die zur Messe führte. Soneri wurde aufmerksam: Das *Rondò* lag nicht weit davon entfernt. Die Beamten der Einsatzstreife wirkten aufgeregt und klangen, als würden sie rennen. Im Hintergrund hörte er das Brummen des laufenden Motors: Vielleicht verfolgten sie jemanden. Innerhalb weniger Minuten jedoch wurde alles wieder ruhig, und einer der Polizisten forderte einen Krankenwagen an.

«In der Gegend treiben sich die Dealer herum», meinte Juvara, sobald das Funkgerät eine Pause hatte.

«Noch eine Rechnung, die beglichen wird», vermutete der Commissario. «Inzwischen passiert das jeden Tag einmal, und wir können es nur noch zur Kenntnis nehmen.»

«Da bräuchte man die Armee …», sagte der Inspektor.

«Ich hätte nicht gedacht, dass du ein Putschist bist», scherzte Soneri. «Dieses Land musste schon zu viele Uniformen ertragen», fügte er dann ernster hinzu.

Kurz darauf meldete sich Pasquariello am Telefon. «Commissario», setzte er an, «wir haben den Moldawier, den Freund von Galluzzo, in die Notaufnahme gebracht. Er war heute Mittag entlassen worden.»

Soneri brachte sofort die Schlägerei mit dieser Neuigkeit in Verbindung. «Ist er schwer verletzt?», fragte er.

«Ziemlich. Er hat einen Messerstich in den Bauch bekommen und viel Blut verloren. Aber er hatte Glück. Zufällig kam ein Streifenwagen vorbei, sonst wäre es aus mit ihm gewesen.»

«Haben sie sie gesehen?»

«Sie sind entwischt, aber einer war verletzt. Ein zäher Kerl, dieser Moldawier. Auch er hatte ein Messer.»

«Hast du den Namen und die Fingerabdrücke kontrolliert?»

«Commissario, dieser Nikolai Tudor hat sich mir ins Gedächtnis eingeprägt.»

Da erinnerte er sich, dass es ja Pasquariello gewesen war, der ihn verhaftet hatte, weil er im Besitz der Rolex war, die Galluzzo ihm geschenkt hatte.

«Er war gerade erst rausgekommen, sagst du?»

«Gestern hat das Gericht bei der erneuten Überprüfung die Haftentlassung verfügt, und heute Morgen haben sie ihn freigelasssen», antwortete der Chef der Einsatztruppe. «Man sieht, dass sie ihm Rache geschworen hatten.»

«Aber warum?», fragte sich Soneri, mehr an sich selbst als an den Kollegen gewandt.

«Ich kann nur Vermutungen anstellen», meinte Pasquariello, «aber in solchen Fällen gibt es immer die Angst, dass jemand etwas ausplaudert. Da wird ein Zeuge aus dem Weg geräumt. Oder vielleicht ging es um eine alte Geschichte. Wer kann das schon wissen.»

«Wenn es darum ging, einen Zeugen umzubringen, hätten sie eine Pistole benutzt», überlegte der Commissario. «Auftragskiller mit einem Messer gibt es heutzutage eher selten.»

«Das Messer ist eine wirkungsvolle und lautlose Waffe. Vergiss nicht, dass es in der Nähe einer Straße passiert ist, zu einer Uhrzeit, wo noch eine Menge Leute unterwegs waren. Und in jedem Fall», schloss Pasquariello, «wenn der Streifenwagen nicht gekommen wäre, wäre er verloren gewesen.»

Wer weiß, ob das etwas mit Galluzzo zu tun hatte, fragte sich Soneri, während er die Unterhaltung mit seinem Kollegen beendete. Er wurde, wie schon so oft bei dieser Ermittlung, von unangenehmen Zweifeln geplagt, die ihn dazu zwangen, sich mit Dingen zu beschäftigen, die allem Anschein nach mit dem Mord an dem Geschäftsmann nichts zu tun hatten. «Dieser Strang hat zu viele Fäden, suchen Sie sich einen davon aus», hatte ihn Capuozzo aufgefordert, eine seiner abgedroschenen Metaphern, wie sie nur vom Chefsessel aus formuliert werden konnten.

Der Umschlag, den man ihm kurz darauf brachte, trug auch nicht gerade dazu bei, den richtigen Faden zu finden. Es war eine umfangreiche, vertrauliche Mitteilung der Kollegen aus Kalabrien, die er um Informationen über die Galluzzos und über Centazzo gebeten hatte. Das Erste, was ihm auffiel, waren die verschlungenen Verbindungen zwischen den beiden Familien. Filomena hatte Salvatore Centazzo im Norden geheiratet, während dessen Schwester einen Bruder Galluzzos geheiratet hatte. Geschäfts- und Familienbeziehungen nach bester Tradition. Den Informationen der kalabrischen Polizei zufolge, kontrollierten die

Galluzzos einen beträchtlichen Teil der Küste im Bereich von Reggio Calabria durch verschiedene Regionalbosse, ohne direkt in Erscheinung zu treten. Ihre Interessen reichten dabei von Bauaufträgen über den Drogenhandel bis zum Wucher, einem Geschäftszweig, der den Erkenntnissen zufolge eine hohe Wachstumsrate aufwies. Der Clan arbeitete seit längerem daran, seinen Radius zu erweitern, er versuchte, Bauaufträge weit entfernt von Kalabrien zu erhalten, dort, wo die großen Geschäfte gemacht wurden. Zum Beispiel im Norden, wo mit Hilfe lokaler, scheinbar unverdächtiger Strohmänner, Gesellschaften gegründet wurden. Ein gigantischer Fluss schmutzigen Geldes, das investiert wurde, um in die gewinnbringenden, wichtigen Wirtschaftszweige einzudringen.

Während er las und nachdachte, wurde Soneri abgelenkt, da die beiden großen Tannen im Hof bedrohlich schwankten. Vielleicht würde der Himmel jetzt endlich seine Schleusen öffnen. Die vertrauliche Mitteilung jedenfalls prasselte nicht weniger heftig als ein Hagelschauer auf ihn ein. Beispielsweise die Seiten, die den Centazzos vorbehalten waren. Die Kollegen aus Kalabrien beschrieben sie als eine Dynastie von Honoratioren, die seit langem mit der Unterwelt zusammenarbeitete: Anwälte, Buchhalter, Notare, Steuerberater. Das scheinbar saubere Gesicht der Verbrecher.

«Ist was Interessantes dabei?», fragte Juvara und wandte seinen Blick vom Fenster ab, vor dem die Tannen im Wind tanzten.

«Ich habe das Virus entdeckt», sagte der Commissario nur.

Der Inspektor blickte ihn verständnislos an, seinem Gesicht war die Verblüffung abzulesen, und Soneri dachte an Gerlanda und dessen Prophezeiung, dass nach ihm Schlimmeres kommen würde.

«Was für ein Virus?», fragte Juvara.

«Das Virus, das diese Stadt umbringen wird», erwiderte der Commissario, doch seine Erklärung wurde durch das Klingeln des Telefons unterbrochen.

«Wir haben einen erwischt, den Verletzten», teilte Pasquariello ihm mit. «Scheint ein Albaner zu sein, doch ich würde es nicht beschwören, weil er falsche Papiere hat.»

«Es gab noch einen Zweiten?»

«Ja, aber der ist entwischt.»

Soneri legte auf, schob die Akte zur Seite, stand auf und verließ das Zimmer. Auf dem Weg zum Leiter der Einsatzzentrale war ihm durchaus bewusst, dass er sich hier mit einem nebensächlichen Aspekt des Ganzen beschäftigte, doch es war der einzige, bei dem es eine direkte Verbindung zu Galluzzo gab.

Der Albaner war jung und wirkte angeschlagen. Die Wunde zwang ihn, den rechten Arm in einer Schlinge zu tragen. Er hatte ein kantiges, bösartiges Gesicht und die starren, kalten Augen eines Menschen, der zu den dümmsten Grausamkeiten fähig ist.

«Er heißt Ilir Mustafaj», informierte ihn Pasquariello. «Wir haben ihn anhand der Fingerabdrücke identifiziert. Er hat zahlreiche Vorstrafen und wurde bereits einmal ausgewiesen», fuhr er mit der Präzision eines Menschen fort, der es gewohnt ist, sich Informationen aus Archiven zu beschaffen.

«Habt ihr ihn schon verhört?»

«Wir haben es versucht, aber es ist, als würde man mit einer Wand reden», erklärte Pasquariello.

Soneri musterte das harte, fast hochmütige Gesicht des

Albaners. In seinen versteinerten Zügen las man das Elend, die Ignoranz und die eingesteckten Schläge: eine harte Schule, die dazu führte, jede Sensibilität abzutöten und Gefühle zu unterdrücken. Der Commissario breitete ratlos die Arme aus. «Bringt ihn in die Zelle», befahl er dann, da er keine andere Lösung sah.

Während die Beamten Mustafaj abführten, nahm Pasquariello Soneri am Arm und zeigte ihm ein zerknautschtes Telefonbüchlein und die Liste der Telefonnummern vom Handy des Albaners.

«Das Telefonverzeichnis war in seiner Hosentasche», sagte er, «das Handy dagegen hat einer der beiden auf der Flucht verloren.»

Soneri steckte alles ein und verabschiedete sich von seinem Kollegen, während das Präsidium unter der Wucht eines Donnerschlages erzitterte. Der Commissario sah, wie sich der Nachmittag unter den immer dichter werdenden, tiefhängenden Wolken verdunkelte.

«Die Kollegen aus Kalabrien haben angerufen», informierte ihn Juvara, sobald er in seinem Büro war. «Sie teilen uns mit, dass eine Ladung Pelze, die im Hafen von Gioia Taura gelöscht wurde, nach Parma unterwegs ist, und dass der Verdacht besteht, dass es sich dabei nicht nur um Waren aus der Gerberei handelt.»

«Sondern auch um Stoff», ergänzte der Commissario.

«Aus diesem Grund bitten sie uns, die Lieferung im Auge zu behalten. Sie sagen, dass sie einen Tipp bekommen haben.»

«Wann soll sie ankommen?»

«Nun, so lange eine Fahrt quer durch Italien eben dauert: Wenn der LKW schnell ist, heute Nacht, wahrscheinlicher ist aber morgen. Auf jeden Fall haben wir das Kennzeichen und den Wagentyp. Die Verkehrspolizei behält ihn im Auge und meldet ihn dann den auf den einzelnen Abschnitten zuständigen Streifen.»

Der Commissario nickte zustimmend. Draußen war es weiterhin windig, was aber nichts weiter zu bewirken schien.

«Dieser Himmel schafft es einfach nicht zu pissen», stellte Soneri enttäuscht fest.

«Ich hingegen», warf Juvara ein, «schaffe es einfach nicht, diesen Gesellschaften auf den Grund zu kommen», sagte er und starrte unschlüssig auf den Bildschirm seines Computers.

«Welchen Gesellschaften?»

«Der SORE und der Building, die die Industriegelände gekauft haben.»

«Was hast du herausfinden können?»

«Dass der Anwalt Di Giacomo der gesetzliche Vertreter ist und dass Centazzo sie unter verschiedenen Firmenkürzeln verwaltet. Aber es ist nicht herauszukriegen, wer die Eigentümer sind. Wenn man den ganzen Verästelungen nachgeht, stößt man auf die Enterprise, eine Gesellschaft mit Sitz in Lugano, über die absolut nichts zu erfahren ist. Man bräuchte ein Rechtshilfeersuchen, doch das würde wahnsinnig lange dauern, und trotzdem wäre es fraglich, ob etwas dabei herauskommt.»

Der Commissario war ganz perplex, bis er sich an De Angelis erinnerte und an das, was Angela ihm über das Begleichen der Schulden von Rondani erzählt hatte. «Alles auf einer Schweizer Bank», hatte sie gesagt. Und nun tauchte ausgerechnet Lugano als Sitz auf. Diese Geschichte zog allmählich engere Kreise, auch wenn es nach wie vor keinen direkten Zusammenhang zum Mord an Galluzzo gab. Der Polizeipräsident würde ihm wieder vorwerfen abzuschweifen.

Angela meldete sich bereits nach wenigen Sekunden am Telefon.

«Kommst du heute Abend zu mir? Ich bleibe zu Hause, bei dem Wetter. Die Aufführung des *Nabucco* im Innenhof der Pilotta wurde abgesagt, die halbe Stadt ist in heller Aufregung.»

«Warum in Aufregung?»

«Was soll das heißen, warum? Es war die mit Spannung erwartete wichtigste Veranstaltung des Sommers, und sie geht ausgerechnet im einzigen Gewitter in diesem August baden», erwiderte Angela.

«Ausgerechnet *Nabucco*? Haben sie nicht gemerkt, dass er den Flammen zum Opfer gefallen ist?», kommentierte der Commissario sarkastisch, dem das alles wie eine kollektive, groteske Farce vorkam.

«Wie immer der große Pessimist!», äffte ihn Angela ironisch nach. «Du denkst immer nur an Katastrophen! Die Leute hier wollen sich amüsieren, sie wollen feiern. Sie glauben, ihre Stadt sei die beste aller möglichen Welten und ertragen es nicht, wenn schlecht darüber geredet wird. Verdi, die Geschichte des Herzogtums, die französischen Architekten und die Bezeichnung als ‹kleines Paris› reichen aus, die Phantasie zu beflügeln und ein noch heute glorreiches Bild am Leben zu halten. Geh hin und sag ihnen, dass das Bild längst verblasst ist, sie werden es doch nicht glauben.»

«Bald werden sie es zwangsläufig merken», brummte Soneri.

«Schon möglich, aber hier lebt man in den Tag hinein. Die Leute denken nicht an die Zukunft, sie sind zufrieden, wenn es ihnen jetzt gutgeht. Es gibt Geld, die Stadt ist schön, und Zerstreuung gibt es auch genug. Wir haben aufgehört, uns den Kopf darüber zu zerbrechen, was nach uns kommt, und zwei Generationen später werden sie merken, dass hier nichts geschaffen wurde. Wir werden die Leere ausprobieren und feststellen, dass wir wieder am Ausgangspunkt stehen. Doch dann wird es zu spät sein, und das Puppentheater mit all den Figuren wird von einem Windstoß weggefegt werden.»

«Jetzt bist aber du die Pessimistin. Oder bist du verärgert, weil du den *Nabucco* nicht sehen kannst?»

«Findest du nicht, dass auch die Ereignisse sich über die Stadt lustig machen? Hinter alldem steckt doch ein düsterer Plan. Oder glaubst du, dass das alles Zufall ist?», fragte Angela.

«Ich habe keine Ahnung. Die Vermutung, dass sie Gerlandas Lokal wenige Tage vor der Aufführung auf der Piazza abgebrannt haben, nur weil die Oper wie das Lokal heißt, würde allerdings bedeuten, dass sich die Herren in diesem Spiel sehr mächtig fühlen.»

«Eine noch beängstigendere Vorstellung», schloss Angela.

«Die Realität ist beängstigend genug», gab Soneri zurück. «Zu viele Leute haben sich den neuen Herren gebeugt und machen mit ihnen Geschäfte.»

«Denkst du an Gerlanda?»

«Er hat bis zum Ende gekämpft, aber er war zu sehr Teil dieser Stadt. Oder er musste dafür zahlen, dass er sich einen Rest von Menschlichkeit bewahrt hat in einer Welt, die die schlimmsten Laster zu Tugenden ummünzt: Egoismus, Grausamkeit und Habgier. Gegen Raubtiere kann man nur als Raubtier bestehen.»

Sie schwiegen und verstanden sich perfekt. Soneri sah Angelas Gesichtsausdruck ganz deutlich vor sich, genauso wie sie seinen. Wortlos, mit dem Hörer in der Hand, war es, als würden sie sich in diesem Moment ansehen. Und in vollkommener Übereinstimmung legten sie gleichzeitig auf.

13

Soneri ging ins Büro zurück und warf einen Blick in den aufgewühlten Himmel: Die Wolken leuchteten im Donnergrollen auf wie riesige Glühwürmchen, die der Wind vor sich herschob.

Er legte das Notizbuch und die Telefonliste des verhafteten Albaners auf Juvaras Schreibtisch. «Es gibt neue Arbeit», verkündete der Commissario.

Der Inspektor warf einen routinierten Blick auf die Liste und öffnete das Notizbuch, das sich bereits auflöste. «Was ist das?»

«Pasquariellos Leute haben einen der Messerstecher erwischt. Du weißt schon, diese Schlägerei vor kurzem …»

Juvara nickte wissend.

«Wir brauchen jetzt einfach mal richtig Glück», ergänzte Soneri.

«Denken Sie, dass …», stammelte Juvara.

«Ich habe den Eindruck, dass wir kurz davor sind, ein paar Dinge zu verstehen», antwortete der Commissario. «Vielleicht haben wir ja auch nur die Laufburschen erwischt, mit denen können wir wenig anfangen. Genau genommen gar nichts.»

Juvara starrte ihn verständnislos an, fragte jedoch nichts, weil er sehr wohl wusste, dass Soneri das Thema wechseln würde. Das war immer so, wenn er laut nachdachte.

Und in der Tat fragte er: «Wie weit ist unser Transport?»

«Er müsste heute Nacht ankommen. Wenn sie durchfahren, gegen drei.»

«Hast du Draghi Bescheid gegeben?»

«Es ist alles vorbereitet. Er hat gesagt, dass sie sie erwarten.»

«Sieh nach, ob du in diesem Notizbuch Nummern entdeckst, die du schon kennst», befahl ihm Soneri.

Juvara blätterte. «Die hier kenne ich: Sie gehört Besnik Moisiu», rief er kurz darauf.

«Wer ist das?»

«Sie nennen ihn den ‹Schmuggler›. Er ist der Boss. Er kontrolliert hier in der Stadt die Drogen und die Prostitution. Ich habe die Kollegen in Bari angerufen, und mit deren Hilfe haben wir ihn identifiziert. Die kennen ihn gut. Er hat mit Zigaretten angefangen, dann kamen illegale Einwanderer, und schließlich hat er sich durch einen Ring von Prostituierten in Italien etabliert. Er hat die einheimischen Banden verdrängt und sich so den Respekt der Mafia erworben. Nachdem er auch Slawen eingeschleust hatte, hat er beschlossen, sich in den reichen Provinzen des Nordens niederzulassen, wo er auf keinerlei Widerstand gestoßen ist: fruchtbares Land, das man kolonisieren konnte, sein Wilder Westen.»

Soneri hörte schweigend zu. In seinem Kopf reifte eine Idee, die immer präziser wurde, doch noch nicht in einen Polizeibericht übersetzbar. Vielleicht könnte er vertraulich mit Percudani darüber sprechen, doch es ging ja darum, Capuozzo zu überzeugen.

«Also ist dieser Mustafaj einer von Moisius Männern», rekapitulierte er. Juvara nickte und ergänzte: «Ein Laufbursche in seinen Diensten. Ich denke, er war auch einer von Galluzzos Kokainlieferanten.»

«Möglich», brummte Soneri nachdenklich.

«Ich bin mir ziemlich sicher», erklärte Juvara, und der Commissario wurde aufmerksam.

«Sicher?»

«Galluzzo rief regelmäßig eine interne Nummer im *Rondò* an, vermutlich die von Moisiu. Der wiederum schickte einen Boten mit dem Kokain zu ihm, möglicherweise Mustafaj. Und Galluzzos Kunden kamen in den Laden, als Tarnung diente der Kleiderkauf. Nun, wir haben also die Telefonlisten von einigen dieser Kunden kontrolliert, und dabei kam heraus, dass jetzt einer von ihnen regelmäßig diese Nummer im *Rondò* anruft, mit der Galluzzo immer telefonierte.»

«Und wer ist das?»

«Ein Steuerberater: Er heißt Busi.»

Der Commissario zuckte zusammen. Das Steuerbüro Busi war sehr bekannt. Der Inhaber war seit einer halben Ewigkeit einer der angesehensten Berater der Stadt, auch der großen Industriellen. Juvara, der erst seit einigen Jahren in Parma war, war die Bedeutung dieses Namens nicht bewusst.

«Sprichst du von Amilcare Busi? Er ist ein alter Mann!»

«Ich habe hier einen Giorgio Busi, achtundzwanzig Jahre.»

Soneri ging seine Erinnerungen durch, Bilder aus seiner weit zurückliegenden Schulzeit, und dachte an ein Foto von einem Ausflug nach Assisi, das im Hof der Basilika von San Francesco aufgenommen worden war. Der Junge neben ihm war Renato Busi, Amilcares Sohn. Sein Begleiter an so vielen Abenden, die sie lachend um die Häuser gezogen waren. Er gehörte bereits damals zur Oberschicht der Stadt, auch wenn er das nicht heraushängen ließ. Giorgio musste Renatos Sohn sein. Im Grunde war er nur wenig älter als sein eigener Sohn gewesen wäre.

Juvara sah, wie der Commissario bleich wurde. Der Schmerz über diesen Verlust traf ihn immer wieder, wie Knochenbrüche wieder schmerzen, wenn das Wetter wechselt. Dass Renato einen Sohn hatte, machte ihm noch deutlicher, welche Hoffnungen und Illusionen ihm mit der Zeit abhandengekommen waren.

«Kennen Sie ihn?», murmelte der Inspektor vorsichtig.

«Ich bin mit seinem Vater zur Schule gegangen», antwortete der Commissario ein wenig melancholisch.

Juvara sagte nichts, wofür Soneri ihm dankbar war. Zwischen ihnen machte sich Schweigen breit, unterbrochen nur vom Grollen des Donners.

«Ich sollte in eine andere Stadt ziehen», sagte er nur und beneidete den Inspektor, für den dieser Ort keine schmerzhafte Vergangenheit hatte.

«Das haben Sie doch schon getan», rief ihm Juvara schüchtern in Erinnerung.

Auch das war richtig, und vielleicht war es ein Fehler gewesen zurückzukommen.

«Das Schicksal der dritten Generation», brummte Soneri und erinnerte sich daran, was Angela über die Kinder der Industriellen gesagt hatte. Es brachte ihn zurück zur Ermittlung: «Und Galluzzos Kunden verkehren jetzt im Steuerbüro Busi?»

«Zum Teil. Es gibt einen anderen Kundenkreis, der bei ihm zu Hause verkehrt: Er hat eine vierhundert Quadratmeter große Wohnung in der Via Farini.»

«Er kennt sicher mehr Leute als Galluzzo», stellte der Commissario fest.

«Fast jede Woche, Freitag oder Samstagabend, organisiert er Partys für die reichen Erben Parmas. Man braucht nur die vor dem Haus geparkten Autos anschauen, um sich eine Vorstellung von ihren Vermögen zu machen», informierte ihn Juvara.

«Die jungen Hoffnungsträger dieser Stadt, die sich beim Koksen Stück für Stück um ihren Verstand bringen», schloss der Commissario sarkastisch mit angewidertem Gesichtsausdruck. Dann blickte er zum schwarzen Himmel, der immer noch von stummen Lichtblitzen erhellt wurde. Er fühlte sich wie diese Wolken, die so gerne ihr Gewicht entladen hätten, jedoch schwer und ohnmächtig im Donnergrollen trieben.

Er öffnete die Ermittlungsakten. Er sah das Foto von Mustafaj, nahm es heraus und machte eine Fotokopie, die er in die Tasche steckte. Er hatte da so eine Idee, von der er nicht wusste, ob sie zu einem Ergebnis führen würde, aber er ahnte, dass diese Nacht entscheidend sein würde. Der Wind, der wieder aufgekommen war, schien diese Hoffnung zu bestätigen.

Kurz darauf rief ihn Angela an, und Soneri machte sich auf den Weg durch die Straßen, durch die der Wind fegte und in Böen die Schwüle aus den Winkeln und Gassen vertrieb, die dort seit Tagen träge hing. Die Bäume schüttelten sich in der Dunkelheit, und Staubwirbel trieben wie Kobolde durch die Straßen. Im ausgetrockneten Flussbett des Parma hatten die Frösche aufgehört zu quaken, sie saßen am Rand der verbliebenen grünlichen Pfützen und warteten auf neues Wasser. Er ging über die Verdi-Brücke und ließ den verlassenen Palazzo della Pilotta hinter sich.

Vor ihm lag nun der unruhige Umriss des Parco Ducale, wo die Blätter rauschten und die jahrhundertealten Platanen im Wind taumelten.

Als er Angelas Wohnung betrat, kam er sich vor wie ein Schiffbrüchiger: Er fühlte sich genauso einsam.

«Der Sommer geht zu Ende», stellte sie fest und betrachtete die Bäume. «Der Wind vertreibt die Hitze.»

«Eine andere Zeit beginnt», verkündete Soneri zweideutig. «Aber das Gewitter ist nur der Hintergrund. Oder die Musik in einem dramatischen Film.»

Sie sah ihn nachdenklich an, dann verschwand sie in der Küche, um das Abendessen zu holen. Auch sie wirkten wie zwei Schauspieler in einem Drama: Beide waren sehr ernst. Um die Stimmung ein bisschen zu heben, brachte Angela zwei Teller Gnocchi mit Tomatensoße und öffnete eine Flasche Gutturnio.

«Das wird tatsächlich ein entscheidender Abend, das sieht man sogar am Essen», bemerkte der Commissario beinahe heiter.

«Ich weiß, dass du anstrengende Stunden vor dir hast», erwiderte sie im gleichen Tonfall.

«Ich glaube, dass wir bis morgen früh erheblich mehr über diese Geschichte wissen. Und vielleicht habe ich sie dann vom Hals.»

«Das sagst du jedes Mal. Gegen Ende eines Falles fühlst du dich müde wie eine Wöchnerin», erinnerte ihn Angela.

«Das stimmt. Ich ertrage es nicht mehr, Autopsien am Dreck der Welt vorzunehmen. Vielleicht sollte ich den Beruf wechseln, aber dafür habe ich das richtige Alter verpasst. Also warte ich auf die Pensionierung. Ich möchte mich irgendwohin zurückziehen, weit entfernt von der Stadt, einen Garten anlegen und in die Pilze gehen.»

«Ach, komm!», rief Angela und begleitete diesen Satz mit einer entschiedenen Geste. «Man kann dieser Welt nicht entkommen. Vielleicht kann man den stinkenden Pfützen aus dem Weg gehen, aber man bleibt immer in alles verwickelt. Und außerdem», fügte sie hinzu, «ist das gar nicht das Problem.»

Er blickte sie an und machte eine fragende Kopfbewegung.

«Deine Sensibilität. Wenn du ein Polizist wärst wie alle anderen, würde dir das alles nicht so viel ausmachen. Die Wahrheit ist, dass du ein Moralist bist. Deshalb regst du dich auch so auf. Du hast nämlich nie aufgehört zu denken, dass alles ganz anders sein könnte, und wenn du siehst, dass sich die Realität vom Ideal entfernt, wirst du wütend. Viele deiner Kollegen gehen stur vorwärts, weil sie nicht vergleichen. Sie kämpfen auf der Seite, die sie für die richtige halten, ganz einfach. Wie Soldaten. Ein guter Soldat darf nicht viel nachdenken und nicht sehr scharfsinnig sein, sonst würde er merken, wie sinnlos das ist, was er tut.»

«Die besten Soldaten stehen auf der anderen Seite: Ignorante, stumpfsinnige Leute, die durch Drohungen eingeschüchtert sind. Deshalb gewinnen sie», brummte Soneri.

«Das ist nicht der Grund», widersprach ihm Angela. «Sie gewinnen, weil sie sich besser an diese Zeiten anpassen können. Sie machen Geschäfte, ganz egal wie. Und das können sie sehr gut, ohne gesetzliche Einschränkungen, die sowieso niemand mehr durchsetzen kann, weil auch die dem Geld unterworfen sind.»

«Wenn das schon eine Anwältin sagt ... Hast du denn verstanden, warum mich das so aufbringt?»

«Wie sollte ich das nicht verstehen? Ich weiß besser als du, was in dieser Stadt vor sich geht, weil ich näher an den Mächtigen arbeite. Ein Commissario sollte in einem Aufsichtsrat sitzen, um Verbrechen zu verhindern. Es bringt gar nichts, die kleinen Straßenkriminellen zu verhaften. Das ist, als würde man anfangen zu putzen, während noch die Maurer im Haus sind.»

Sirenen heulten durch die Luft und wurden im Wind lauter und leiser. Soneri ging zum Fenster, das auf den Fluss hinausging, und entdeckte einen flackernden Lichtschein zwischen den Arkaden der Pilotta. Noch ein Scheiterhaufen der Wut. Teuflisches Rot flackerte im Innenhof des Palazzo, wie das Licht einer Laterne im Wind.

Soneri setzte sich wieder, und um sich zu trösten, machte er sich an die Gnocchi.

«Heute Nacht um wie viel Uhr?», fragte Angela.

«Gegen drei. Es ist ein Pelztransport, der eine Kokainlieferung decken soll. Die Kollegen in Kalabrien haben einen Tipp bekommen.»

«Die Welt lebt von Gerüchten. Genau wie diese Stadt. Wenn du die Wahrheit über Parma erfahren willst, musst du dir das Geraune auf den Plätzen, in den Bars, in den Salons und in den Kanzleien der Anwälte anhören. Du solltest hören, was über Di Giacomo, den Rechtsbeistand von Centazzos Firma geredet wird.»

«Hier läuft es doch so: Alle wissen Bescheid und sprechen darüber hinter vorgehaltener Hand, aber sie tun so, als sei nichts. Sie spielen ihre Rolle, als sei alles in Ordnung. Eine gigantische Farce. Sie sind Meister darin, Dinge zu behaupten und sie anschließend zu leugnen», knurrte der Commissario.

«Nun, du solltest wissen, dass Centazzo und seine Hintermänner über einen Immobilienbesitz verfügen, den nicht einmal ich mir so groß vorgestellt hatte. Alles mit Hilfe unverdächtiger Strohmänner erworben, damit es nicht so auffällt. Bescheidene Angestellte, die Palazzi kaufen, Elektriker, die zum Klinikchef werden … Offenbar alles legal und lupenrein. Garantiert Di Giacomo», erklärte Angela ironisch.

«Palazzi, sagst du?»

«Palazzo Ravetti in der Via Repubblica zum Beispiel. Und du musst wissen, dass dort zwei Büros der Stadtverwaltung und ein Büro der Provinz ihren Sitz haben. Sieht so aus, als hätte man es ihnen zu einem Freundschaftspreis angeboten, um die guten Beziehungen aufrechtzuerhalten. Sie haben auch die Klinik Villa Rosa gekauft, inklusive all ihrer Verträge mit dem Gesundheitsamt: Die Erben konnten es gar nicht abwarten, sie loszuwerden, und sind offenbar fürstlich dafür bezahlt worden. Centazzo gehört auch die Buchhandlung Sangiorgi, die Autorenbuchhandlung. Bestimmt schließen sie bald, mit Handys kann man mehr verdienen als mit Büchern.»

Der Commissario hörte ihr zu und fühlte sich immer ohnmächtiger. Mit der Buchhandlung Sangiorgi hatte Centazzo sich einen Teil seines Lebens gekauft.

«Wie oft warst du in der Buchhandlung Sangiorgi verabredet?», fragte Soneri sie.

Angela lächelte traurig und machte eine Handbewegung, die zeigen sollte, dass es unzählige Male gewesen waren.

«Städte sind wie Liebende, man behält von ihnen die schönsten Momente aus der Zeit in Erinnerung, als sie einem vertraut waren», murmelte der Commissario, während er eine dumpfe Empörung in sich aufsteigen fühlte.

«Wir können nichts dagegen tun. Auch wenn jemand

anderes sie gekauft hätte, hätte es das gleiche Ende genommen: Handys oder Büstenhalter statt Bücher. Nicht einmal die Gemeinde kann sich Verträgen zwischen Privatleuten widersetzen.»

«Es ist das Viertel mit den historischen Geschäften», warf Soneri ein.

«Das gilt nur für die Architektur und das Mobiliar. So nehmen sie einfach die Bücher aus den Nussbaumregalen und stellen stattdessen Schuhe hinein.»

Der Commissario breitete die Arme aus und ließ sie wieder fallen. Wieder blickte er zum Hof der Pilotta hinüber, wo inzwischen die Scheinwerfer der Feuerwehr leuchteten wie an einem Filmset.

«Ja», wiederholte Angela hinter seinem Rücken, «wir können nichts dagegen tun. Und nicht einmal du kannst etwas dagegen tun, dass sich Centazzo, De Angelis und ihre ganze Mafia-Bande hier ausbreiten. Wer die Kohle hat, hat immer recht. Das Geld lässt sich sofort in Vergnügen umwandeln. Unsere Väter strebten nach soliden Mauern, weil sie an die Zukunft dachten, heutzutage leben alle nur noch für die Gegenwart.»

Soneri blieb am Fenster stehen, ohne Angela anzusehen. Ihre Stimme drang zu ihm herüber wie aus weiter Ferne, der Bericht eines Erzählers, der Orte und Personen beleuchtete, während vor seinen Augen ein Film ablief, den er nie so klar gesehen hatte wie jetzt. In der Ferne hörte man die Glocken der Kirche San Giovanni, doch der Wind verzerrte die Schläge. Er blickte auf die Uhr und sah, dass es schon fast elf war. Seine Unruhe ließ ihn schaudern und trieb ihn vom Fenster weg. Er musste gehen, seinen quälenden Albträumen entkommen. Er küsste Angela, die ihn schweigend beobachtete, und bevor er ging, füllte sie die

Gläser noch einmal mit den letzten Tropfen des Gutturnio und forderte ihn auf, mit ihr anzustoßen.

«Auf uns, trotz allem», flüsterte sie komplizenhaft.

Der Commissario trank aus und ging hinaus in den Wind, der ihm den Straßenstaub ins Gesicht wehte. Wieder überquerte er den Fluss und betrachtete den Schaden an den in Brand gesteckten Müllcontainern. Nun hatte der Rauch auch die schlichten Backsteine der Pilotta geschwärzt, denen die Zeit wieder ihre ursprüngliche Lehmfarbe zurückgegeben hatte. Die letzte Mannschaft der Feuerwehr plauderte mit einigen Stadtpolizisten. Soneri ging geradeaus, an dem Denkmal für die Partisanen vorbei auf das Teatro Regio zu. Er war neugierig und hatte einen Verdacht.

Gondo saß auf der Treppe und döste mit gesenktem Kopf. Das neue Akkordeon lehnte in einiger Entfernung seitlich neben ihm, als würde er mit dem Instrument schmollen. Als der Musikant Soneri kommen hörte, stand er auf und begrüßte ihn mit dem traurigen Lächeln eines alten Mannes. Es war das erste Mal, dass er sich so benahm, so entwaffnend in seiner zahnlosen Unschuld.

«Versuchst du gar nicht mehr zu spielen?», fragte ihn der Commissario.

«Es ist sinnlos, ich lasse es. Meine Finger tasten wie Blinde nach den Noten. Wenn ich dieses Akkordeon im Arm halte, fühlt es sich so distanziert an wie eine Frau, die sich verweigert. Es ist nicht so viel Unterschied zwischen einem Akkordeon und einer Frau, es setzt Einverständnis voraus», schloss er.

Soneri sah, wie er wieder den Kopf senkte.

«Wirst du gar nicht mehr spielen?»

Der Alte setzte an, ratlos die Arme auszubreiten, eine

schüchterne Bewegung. «In meinem Alter verliert man leicht das Gedächtnis, aber vielleicht ist das besser so. Dann weint man der Vergangenheit weniger nach. Und außerdem gab es immer weniger Zuhörer, meine Musik ist am Ende.» Er drehte sich zu dem Akkordeon hin: «Ich möchte es dieser Anwältin zurückgeben ... Ich habe vergessen, wie sie heißt. Vielleicht kann sie es jemand anderem schenken. Wir beide», schloss er und zeigte auf das Instrument, «haben uns nicht gut verstanden.»

«Und was hast du jetzt vor?»

«Ich werde hier betteln, solange meine Gesundheit es mir erlaubt.»

Soneri spürte eine plötzliche Taubheit, als würde er den Kopf unter Wasser halten. Jetzt hatte die Stadt ihre Musik tatsächlich verloren. Blieb nur noch der Lärm im unablässigen Gewimmel zwischen den Straßen und Häusern, diese Kakophonie von Tönen ohne jede Anmut.

«Vielleicht finden wir ja dein altes Akkordeon», sagte er zu Gondo. Aber seine Worte wollten eher trösten als überzeugen, und der alte Mann spürte das.

«Sie haben es längst zerstört, mit all seiner Musik», flüsterte er.

Wieder fühlte der Commissario Wut und Ohnmacht. Nie zuvor hatte er so sehr gespürt, wie sehr die Welt verrohte. Aber wie sollte er allein dagegen ankämpfen? Als er aufsah, fiel sein Blick durch die Via Dante auf die Via Cavour und die Hausnummer 15. Seine Augen trafen die von Gondo: Sie hatten das Gleiche beobachtet. Einen Augenblick lang erschien auf ihren Gesichtern ein stummes Einverständnis. Da holte Soneri aus seiner Tasche das Foto von Mustafaj und zeigte es dem Alten, der es ein wenig zum Licht der Lampen des Teatro Regio hindrehte und nickte.

«An jenem Abend kam er hier vorbei, und ich sah, wie er zur Via Cavour ging», bestätigte er grollend, und der Commissario begriff, dass der Alte ohne sein Akkordeon nichts mehr zu verlieren hatte. «Es war noch ein anderer bei ihm», fügte er hinzu.

«Erinnerst du dich an die Uhrzeit?»

«Es hatte bereits Mitternacht geschlagen, aber das war noch keine halbe Stunde her», erklärte Gondo.

Die Uhrzeiten stimmten mit dem vom Gerichtsmediziner ermittelten Todeszeitpunkt Galluzzos überein. Soneri überlegte. Mehr als über die Aussage empfand er Befriedigung darüber, dass er hinter das Geheimnis des Alten gekommen war. Der sinnlose Diebstahl war ihm immer verdächtig vorgekommen.

«Sie sahen dich also …», folgerte Soneri.

«Ich sah sie, und vielleicht sahen sie mich auch …», erwiderte Gondo. Ich sitze nicht immer hier. Aber es waren Ausländer, das hörte man.»

Der Commissario wiederholte für sich das Wort Ausländer, sah wieder das harte Gesicht von Mustafaj vor sich und dachte, dass es nicht zu ihm passte, ein Akkordeon zu stehlen. Das waren Leute, die Pistolen oder Messer benutzen oder zuschlugen, wie im Fall Galluzzos. Sicherlich hatten sie ein Motiv, den Alten einzuschüchtern, doch irgendetwas sagte Soneri, dass es hier noch um etwas anderes gehen könnte.

«Du hast mir gesagt, dass du die Gesichter der Diebe nicht gesehen hast», sagte er, «wie kannst du da sicher sein, dass es die gleichen waren, die an jenem Abend bei Galluzzo waren?»

Gondo blickte dem Commissario direkt in die Augen: «Es waren die gleichen, ganz sicher. Sie sprachen mit diesem ausländischen Akzent, und wer soll es denn sonst gewesen sein? Welche Feinde könnte ich schon haben? Ich besitze nichts und spiel doch nur!»

«Das ist richtig», stimmte der Commissario zu, und im Moment blies ihm ein Windstoß Staubkörner ins Gesicht. Dann donnerte es bedrohlich ganz in der Nähe. Der Knall übertönte Gondos Stimme und machte seine Worte unverständlich.

«Mich haben die anderen gesehen», wiederholte er, nachdem der Lärm abgeklungen war.

«Welche anderen?», fragte der Commissario und ahnte, dass er gleich etwas Wichtiges erfahren würde.

Wieder blickte Gondo Soneri an, bevor er antwortete. Als wolle er sich versichern, dass er auch gut zuhörte. «Der Schwager und dieser andere, der Große», enthüllte er. «Ich weiß nicht, wie er heißt.»

Im Kopf des Commissario tauchte der Name De Angelis auf. «Woher weißt du, dass es der Schwager war?»

«Ich habe ihn öfter gesehen, wie er in das Kleidergeschäft ging oder herauskam. Und außerdem lebe ich hier, und die alten Händler in der Straße, die, die noch übrig sind, sind meine Freunde.»

«Wann haben sie dich gesehen?»

«An diesem Abend. Wenn es so heiß ist, bleibe ich manchmal die ganze Nacht hier. Manchmal schlafe ich unter den Arkaden des Theaters ein, oder ich gehe ein bisschen auf dem Gehsteig spazieren. Ich bin mir nicht einmal sicher, ob sie gemerkt haben, dass ich da war, aber wenn sie mir anschließend das Akkordeon stehlen lassen … Es muss genau in dem Moment gewesen sein, als ich auf die Kirche zuging …», erzählte der Alte mit versonnener Stimme.

«Was haben sie gemacht?», wollte Soneri wissen.

«Sie hatten einen großen Rollkoffer. Sie sind ein Stück durch die Via Dante gegangen, wo sie ihr Auto geparkt hatten, und weggefahren. Ich hatte den Eindruck, dass sie in Eile waren. Oder aufgewühlt waren. Wer weiß …», überlegte Gondo.

Zwischen den beiden entstand eine Pause, die jedoch nicht lange dauerte, weil es blitzte, worauf ein heftiger Donnerschlag ertönte, der sie zu Salzsäulen erstarren ließ.

«Jetzt geht's aber wirklich los», verkündete der Alte in zweideutigem Tonfall, sodass nicht klar war, ob er sich auf das Wetter oder die Ermittlung bezog. Aber da es zu beidem gut passte, machte es auch keinen großen Unterschied.

«Bring dich lieber irgendwo in Sicherheit», ermahnte ihn Soneri fürsorglich. «Heute Nacht wird es zur Sache gehen.»

Gondo lachte: «Da habe ich Schlimmeres erlebt, oben in den Bergen, wenn ich mit meinem Vater Holz machte, oder die Faschisten nur noch einen Steinwurf entfernt waren. Ich habe keine Angst vor einem Gewitter in der Stadt. Und außerdem», fügte er hinzu, «habe ich nichts mehr zu verlieren.»

Der Commissario blickte ihn an, und er spürte, wie sich in seiner Brust ein Klumpen bildete. Zum ersten Mal nach vielen Wochen spürte er einen kalten Schauer über seinen Rücken laufen, aber er war nicht erleichtert. Auch nicht, als der Wind das Pfeifen eines Zuges vom Bahnhof am Ende der Via Garibaldi herübertrug und kurz darauf den süßlichen Geruch nasser Erde und der ersten Tropfen, die im Norden, in der Gegend von San Leonardo fielen. Vom Turm des Palazzo del Governatore ertönte ein einzelner Glockenschlag, der einzige Laut, den die Stadt von sich gab, während es am Himmel dröhnend die Wolken zerriss.

«Ich möchte, dass du etwas spielst, wenn ich weggehe», bat ihn Soneri.

Gondo zuckte kurz zusammen, als unterdrücke er ein Lachen. Er betrachtete das neue Akkordeon, hob es auf und stellte es auf seine Oberschenkel.

«Die einzige Melodie, an die ich mich erinnere», sagte er, «ist *Bella Ciao*, aber das ist altmodisch, niemand will es mehr hören.»

«Ich mag es sehr gern», betonte der Commissario.

«Also, dann spiele ich es für dich und für den da», sagte Gondo und deutete auf den Partisan aus Bronze auf der linken Seite des Teatro Regio.

Im Weggehen hörte Soneri die ersten Klänge. Auch der Himmel machte eine Pause und schien dem Alten zuzuhören, wie er das alte Widerstandslied spielte. Der Commissario blieb stehen. Die Töne zogen durch die Luft wie ein Parfüm. Er versuchte, sich Parma vor vielen Jahren vorzustellen, als die Stadt noch so lebendig und warm war wie eine Mazurka. Verträumt schloss er die Augen, bis er einen Fluch hörte, der die letzten Akkorde Gondos jäh unterbrach. Aus einem Fenster brüllte jemand in einer fremden, mit Italienisch durchsetzten Sprache. Es war vorbei. Vom Himmel regnete es große Tropfen auf den Asphalt.

14

Der Regen durchnässte die dampfenden Straßen und verwandelte die Stadt in ein türkisches Bad. Soneri wartete unter den Arkaden des Rathauses darauf, dass es zu regnen aufhörte. Er nahm sein Handy und rief Juvara an: «Bist du noch im Büro?»

«Es dauert noch ein paar Stunden, vielleicht auch weniger. Draghi und seine Leute streichen um die Pelzfabrik herum und postieren sich entlang der Strecke, um herauszufinden, ob es ein Empfangskomitee gibt», teilte der Inspektor ihm mit.

«Ist alles ruhig?»

«Nichts Verdächtiges.»

Auch der Himmel hatte sich nach seinem Ausbruch wieder beruhigt. Der Wind hatte sich gelegt, die Luft war wieder schwül geworden, und die Leute fingen in ihren Betten, in denen sie sich schlaflos wälzten, wieder an zu schwitzen.

Auf dem Weg ins Präsidium fehlten auf den leeren Straßen selbst die üblichen Betrunkenen, und dem Commissario kamen plötzlich Zweifel. Und wenn sie nichts finden würden? Wenn sie eine ganze Nacht damit vergeudet hätten, ihre Posten zu beziehen, um dann zwischen nach Gerberei stinkenden Pelzen herumzuwühlen? Capuozzo würde Gift und Galle spucken: Er saß schon zu lange auf dem Trockenen, während die Journalisten jeden Morgen den geheimnisvollen Mord an Galluzzo ausschlachteten. Soneri nahm die Straße des Zweiundzwanzigsten Juli und bog in den Borgo della Posta ein. Der Pförtner döste in seinem Häuschen, und es sah aus, als würde sein Kopf gleich abfallen. Der Commissario ging nach oben in sein Büro, wo Juvara vor dem Computer saß und auf die Tastatur einhämmerte.

«Wir haben da etwas Interessantes entdeckt», verkündete er.

«Über den Drogentransportweg?»

«Über ihre Begleiter.»

«Du meinst den LKW-Fahrer?»

«Der Fahrer wird behaupten, nichts von dem unter den Pelzen versteckten Kokain gewusst zu haben. Nein, ich denke an denjenigen, der mit Moisius Männern verhandelt», erklärte der Inspektor.

«Es käme mir eigenartig vor, wenn sie den Schatz unbewacht lassen würden. Aber ich dachte, sie hätten Leute vor Ort.»

«Die Organisation ist sehr zentral aufgebaut, keine Statthalter, nur direkte Vertreter.»

«Leute, die von unten geschickt werden?», fragte der Commissario in Anspielung auf Kalabrien.

«Diesmal haben uns die Vettern von der Armee einen Gefallen getan. Die Carabinieri haben die Brüder Mario und Cosimo Ciriello überwacht, die einem Clan angehören, der mit den Galluzzos verbunden ist. Dabei haben sie herausgefunden, dass die beiden, unter falschem Namen, oft von Lamezia aus das Flugzeug genommen haben. Manchmal den Direktflug nach Parma, dann wieder den nach Bologna. Die Sache kam ihnen verdächtig vor, und da es mit ihrer Ermittlung nichts zu tun hatte, haben sie die Antimafiabehörde ihres Bezirks informiert, die die Informationen an die Polizeipräsidien von Parma und Bologna weitergeleitet hat.»

Soneri nickte dem Inspektor zufrieden zu und stand auf. «Du hast dir einen Kaffee verdient.»

«Commissario», hielt ihn Juvara zurück, «das ist nicht alles. Ich habe mir von beiden Flughäfen die Passagierlisten schicken lassen und entdeckt, dass die Brüder Ciriello fast jede Woche geflogen sind.»

«In dieser Stadt ist die Nachfrage groß», meinte Soneri sarkastisch. «Ein so reicher Markt, dass man ihn mit den Albanern teilen kann, wenn man Streit vermeidet. Moisiu hätte seinen Handel sicher nicht aufgegeben, genauso wenig wie die Kalabrier: Also war es besser, sich zu einigen, solange genug für alle da ist.»

«Commissario», fuhr Juvara fort, «das ist schon richtig, aber vor einer Stunde hat Capuozzo wieder angerufen. Er wollte wissen, ob es Neuigkeiten im Mordfall Galluzzo gibt.»

Soneri stöhnte und machte ein gequältes Gesicht. «Und was hast du ihm gesagt?»

«Dass es noch nichts gibt und wir daran arbeiten … Was hätte ich ihm sonst sagen sollen?»

«Heute Abend hat Gondo geredet: Er hat doch was gesehen», erklärte der Commissario. «Er hat die beiden Albaner vor Mitternacht in der Via Cavour gesehen. Ich habe ihm ein Foto von Mustafaj gezeigt, und er ist sich sicher, dass er einer der beiden war. Doch in der Wohnung des Opfers waren ein paar Stunden später auch Centazzo und De Angelis. Vielleicht waren sie über die Strafaktion informiert worden. Auf jeden Fall war die Inszenierung des

Diebstahls und die falsche Fährte mit den im Auto vergessenen Tütchen ihr Werk: Gondo hat sie mit einem großen Koffer herauskommen sehen, er musste aus der Wohnung Galluzzos stammen.»

«Und sie haben sich gehütet, ihn bei den gestohlenen Sachen anzugeben», ergänzte Juvara, und der Commissario nickte. «Was mir seltsam erscheint, ist, warum die Galluzzos das den Albanern bislang einfach so durchgehen lassen», fügte der Inspektor hinzu.

«Francesco war inzwischen ein Außenseiter in seiner Familie und obendrein bei seinen Brüdern schlecht angesehen. Vielleicht wollten auch sie ihm eine Lektion erteilen, jedenfalls dürfte es nicht die Mühe wert gewesen sein, einen Krieg zu entfesseln, der das Geschäft ruiniert hätte», vermutete Soneri.

«Das Geld steht eben über allem», räsonierte Juvara.

«Möglicherweise behielt Galluzzo auch Geld für sich, das wäre ja nicht das erste Mal.»

«Ich glaube, genau so war es», meinte der Inspektor, «doch welche Beweise haben wir gegen die Albaner und das Duo Centazzo und De Angelis? Ich fürchte, es reicht nicht aus, den Akkordeonspieler als Zeugen ins Feld zu schicken. Die Anwälte der Verteidigung würden ihn auseinandernehmen und als einen verrückten Spinner hinstellen. Im Grunde ist er ja auch nur ein alter Penner.»

Juvaras harte Formulierung verletzte Soneri, und er setzte zu einer scharfen Erwiderung an. Doch als er den Inspektor ansah, wurde ihm klar, dass er es nicht böse gemeint hatte. Und letztendlich hatte er ja recht: Für die Neureichen in der Stadt war Gondo, in seinen Lumpen und mit seinen alten Liedern, nur ein armer Teufel, dem man keinen Glauben schenken würde. «Wir werden sehen», murmelte er gedankenverloren und zündete sich eine Zigarre an.

Sie schwiegen, bis sich der Himmel wieder bemerkbar machte und ein verhaltenes, tiefes Grollen vernehmen ließ. Juvara blickte rechtzeitig auf, um hinter den Scheiben ein kurzes Leuchten wahrzunehmen, während Soneri auf die Uhr an der Wand des Büros sah. Es war Viertel vor zwei: Zeit aufzubrechen.

«Sag Draghi Bescheid, dass ich zu Fuß in die Via Bixio komme. Um zehn vor drei werde ich am Zaun vor der Pelzfabrik sein», sagte der Commissario.

Dann ging er, ohne noch etwas hinzuzufügen, hinaus, während ein stummer Blitz den Hof in ein unheimliches Licht tauchte. Er ging durch die Via Mazzini hinauf bis zum Ponte di Mezzo, und während es am Himmel blitzte, blickte Soneri hinunter zum Flussbett am Fuße der trockenen Pfeiler, die darauf warteten, wieder von Wasser umspült zu werden. Die Häuser von Oltretorrente blickten in unregelmäßiger Reihe zu ihm herüber, wie eine gedrängte, schweigende Menge bei einem Unfall. Er folgte dem buckligen Verlauf der Via Bixio bis zur Piazzale Barbieri, die in der Mitte von der alten Zollbarriere durchschnitten wurde. Hier war die Pelzfabrik, am Rande der Altstadt, am äußersten Zipfel des Viertels, in dem früher die einfachen Leuten wohnten.

Es war genau drei Uhr, als er Draghis Nummer wählte. «Kommen unsere Freunde?»

«Es kann nicht mehr lange dauern. Vielleicht noch eine Viertelstunde. Halten Sie sich jetzt im Hintergrund, die dürfen keinerlei verdächtige Bewegung bemerken», riet ihm der Inspektor zum Schluss.

«Draghi, glaubst du, ich schlafe im Stehen?»

«Entschuldigen Sie, Commissario, aber die Situation ist äußerst heikel ... Ich sage das zu allen.»

«Ich finde mich auf den Straßen besser zurecht als eine streunende Katze. Wo bist du?»

«Wir haben Stellung in der Via dei Mille bezogen. Hier müssen sie zwangsläufig vorbeikommen. Ich habe zwei Streifen in die Via della Salute geschickt und zwei andere zur Rotunde an der Ponte Italia, falls sie versuchen sollten, in die Gegenrichtung zu flüchten. Auf jeden Fall überwachen wir auch die Via Spezia, die Via Villetta und die Via Volturno. Und wo sind Sie?»

«In der Via Pintor, in der Nähe der Melloni-Schule. Von hier aus habe ich alles im Blick. Sag mir Bescheid, wenn der LKW kommt.»

Es blitzte jetzt häufiger, und jeder Blitz beleuchtete für ein paar Sekunden die reglose Stadt, die zu schlafen versuchte. Es war die Zeit, zu der sich auch die Nachtschwärmer schlafen legten, wenn die kurzen Sommernächte ihren Höhepunkt erreichten. Auch Soneri taumelte, und um die Müdigkeit zu vertreiben, die sich wie ein Spinnennetz über sein Gesicht legte, zündete er sich eine Toscano an. Die Stille, die seit einigen Minuten herrschte, hatte die Erschöpfung zurückgebracht, die das Gewitter vertrieben hatte. Aber mitten in dieser Stille blitzte es grell, und ein heftiger Donner erschütterte die Stadt. Es war, als bebten die Dächer der Häuser wie Topfdeckel, als bögen die Pflanzen sich dem Pflaster entgegen, um sich vor dem bedrohlichen Sturm zu schützen. Ganz plötzlich hatte sich heftiger Wind erhoben, gleichzeitig blitzte und donnerte es, wie von einer geheimnisvollen Regie gesteuert. Ein rasender Tanz hatte begonnen, das Wasser würde sich sintflutartig über die Stadt ergießen, wie der Geruch, den der Wind herübertrug, ankündigte. Und in diesen blendenden Lichtblitzen sah Soneri, dass sich vor dem Tor der Pelzfabrik etwas tat. Dort stand ein weißer Lieferwagen und wartete. Er nahm sein Handy und wählte Draghis Nummer.

«Die sind schon da, und ihr habt es nicht gemerkt», knurrte er.

«Wie? Hier ist der Wagen, den sie uns beschrieben hatten, nicht vorbeigekommen», erwiderte der Inspektor entschuldigend.

«Die sind nicht bescheuert, Draghi! Sie haben das Auto irgendwo gewechselt, kurz nachdem sie die Autobahn verlassen hatten.»

«Was machen wir?», stammelte der andere, völlig durcheinander.

«Wir warten, bis sie reinfahren, dann schlagen wir zu. Ich gebe euch Bescheid.»

Der Lieferwagen blieb ein paar Minuten stehen, dann wurden die Scheinwerfer eingeschaltet und gingen in dem Moment wieder aus, in dem sich das Tor langsam öffnete, angekündigt von einem gelben Blinklicht.

«Er fährt rein», informierte der Commissario Draghi.

«Ich melde mich, wenn wir losfahren», antwortete der Inspektor bedrückt.

«Das ist nicht nötig, ich sehe euch schon», entgegnete Soneri verärgert. «Aber achtet darauf, keinerlei Aufsehen zu erregen. Oder besser, ich sage euch Bescheid, wenn die anderen kommen.»

«Welche anderen, Commissario?»

«Die Kalabrier. Es ist schließlich ein Geschäft zwischen ihnen und Moisius Männern, oder nicht?»

«Sicher, rufen Sie uns an. Wir sind in ein paar Sekunden da.»

Soneri ging auf den Zaun zu und versteckte sich in der Nähe. Er fühlte sich wie eine streunende Katze, egal ob in der Stadt oder auf seinen Bergen. Ganz plötzlich wurden die Häuser von einer Böe kalter Luft gepeitscht, die zwischen dem Eisengitter der alten Zollschranke hindurchpfiff. Und als wieder ein Blitz den Platz erhellte, stand ein Kleinwagen vor dem Zaun. Wieder das Signal mit den Scheinwerfern, wieder ging das gelbe Blinklicht an. Als das Auto hineingefahren war, trat Soneri aus seinem Versteck und ging zum Tor, dessen Flügel noch offen standen. Er zog ein Taschentuch hervor und legte es auf die Fotozelle, die das Tor steuerte, sodass es in dieser Position blieb. Dann rief er Draghi an: «Fahrt mit ausgeschalteten Scheinwerfern hinein und blockiert die Ausgänge. Achtung, diese Leute benutzen ihre Waffen!»

Ein paar Sekunden später fuhren drei Zivilstreifenwagen in den Hof der Pelzfabrik und stellten sich neben die Grundstücksmauer, genau in dem Moment, als es aus einem plötzlich still gewordenen Himmel heftig zu regnen begann. Dann ging alles ganz schnell. Soneri sah das Licht aus ein paar Türen, die schlagartig aufgingen, und die herrischen Befehle der Beamten drangen gedämpft durch das Rauschen des Regens zu ihm herüber. Er rannte durch den Hof und betrat die Pelzfabrik, gerade noch rechtzeitig, um das Hämmern des Hagels zu hören, der auf das Blechdach trommelte und sich anhörte wie ein Satz Billardkugeln.

In dem Raum befanden sich sechs Personen, wie in einem Krippenspiel. Der Commissario schaute sie einen nach dem anderen an und versuchte im Geiste, den Gesichtern Namen zuzuordnen. Sicher identifizieren konnte er Moisiu, den «Schmuggler», mit seiner untersetzten Figur und seinem vulgären Aussehen, das durch seine Designerkleidung und den für Zuhälter typischen Hang zum Luxus erst recht betont wurde. Er war am leichtesten zuzuordnen. Der blonde, pockennarbige Typ neben ihm musste einer von seinen Männern sein, während auf der anderen Seite des Tisches die Brüder Ciriello standen, mit ihren unverwechselbaren Arbeitergesichtern. Die Augen des Commissario wanderten zu Cavatorta, dessen weiße, zerzauste Haare aussahen, als käme er direkt aus dem Sturm, der draußen tobte. Schließlich betrachtete Soneri einen Mann um die fünfzig, mit einem harten Gesicht, faltig wie eine Walnussschale: der Fahrer des Lieferwagens.

Erst jetzt bemerkte er, dass mindestens fünf Beamte ihre Waffen auf das Sextett gerichtet hatten, er verabscheute solche Szenen und kam sich vor wie in einem schlechten Film. Einer der Polizisten durchsuchte die Männer, um sicherzustellen, dass sie nicht bewaffnet waren. Nur Moisiu hatte einen Revolver, eine kleine Automatik, nicht die Waffe eines Killers. Sein Mann dagegen besaß ein Messer, während die beiden Ciriellos und die anderen unbewaffnet waren. Das zeigte, dass die Kalabrier nichts befürchtet hatten und die Fäden in der Hand zu halten glaubten.

«Commissario, was machen wir?», fragte Draghi.

«Sperrt sie ein, wir werden später mit ihnen plaudern.»

Der Beamte, der sie durchsucht hatte, holte die Handschellen hervor, nur Cavatorta und der Fahrer blieben davon verschont. Ein Blick von Draghi zu seinen Leuten hatte klargemacht, dass sie nicht gefährlich waren.

«Ihr habt absolut keine Beweise», protestierte einer der Ciriellos, während sie ihn wegbrachten und dabei den Ausgang zu dem bereits unter Wasser stehenden Hof weit öffneten.

«In zehn Minuten werden wir sie finden», erwiderte

Soneri und atmete die frische Luft ein, die in den Raum strömte.

Kurz darauf kamen die Leute von der Drogenfahndung mit den Hunden. Die Pelze wurden aus dem Lieferwagen geladen, und unter der Ladepritsche kamen vier Beutel mit Drogen zum Vorschein. Weitere fanden sich in dem Hohlraum des Ersatzreifens, und die Hunde schnüffelten in der Fahrerkabine herum, bis unter dem Beifahrersitz weitere Tüten entdeckt wurden. Sie hatten sich nicht einmal sonderlich bemüht, sie gut zu verstecken, nachdem der Kurier mit dem von der Straßenpolizei überwachten LKW vermutlich in irgendeinem Versteck außerhalb der Stadt angehalten hatte und die Ware hastig umgeladen worden war.

Soneri überließ den Rest den Beamten von der Drogenfahndung und verließ zufrieden die Pelzfabrik. Draußen fiel der Regen nach Wolkenbrüchen und Hagel jetzt ganz gleichmäßig. Aufgrund des düsteren Himmels und des im August späteren Morgengrauens war es immer noch stockdunkel. Soneri war durchnässt und allein, und zum ersten Mal nach drei Monaten des Schwitzens war ihm wieder kalt.

Kaum war er wach, erinnerte er sich an diese ersten Schauder und merkte sofort den jähen Wetterwechsel. Unter den aschfarbenen Wolken und in dem düsteren Licht wirkte der Vormittag wie ein Tagesanbruch. Dabei war es bereits elf, und er fühlte sich immer noch benommen vom Schlaf.

Als er das Handy einschaltete, zeigte ihm ein ganzer Schwall von Nachrichten, dass man vergeblich versucht hatte, ihn anzurufen. Die Nummern waren die aus dem

Büro, und er stellte sich Juvaras Enttäuschung vor, weil er nicht zu erreichen war. Er beschloss, sich gleich zu melden.

«Percudani hat das Verhör für zwei Uhr angesetzt und möchte, dass Sie dabei sind», rief der Inspektor.

«Ich werde da sein», entgegnete Soneri wortkarg.

«Er war sehr entgegenkommend», fügte Juvara hinzu und ließ den Satz in der Schwebe.

«Das ist er immer», bestätigte der Commissario.

«Er hat auf Ihrer Anwesenheit bestanden, obwohl er am liebsten bereits am Morgen, nur im Beisein des Chefs der Drogenfahndung, mit dem Verhör begonnen hätte.»

«Aber wir haben doch die ganze Aktion durchgezogen!»

«Meinen Sie, das wüsste ich nicht? Aber der Polizeipräsident sagt, dass es sich um eine Drogensache handelt, die nicht in die Zuständigkeit der Mordkommission fällt. Trotzdem hat Percudani alles verschoben, damit Sie dabei sein können.»

«Dann wird die weitere Untersuchung der Drogenfahndung übertragen?», fragte der Commissario, als versuche er, sich damit abzufinden.

«Ich fürchte, ja. Capuozzo drängelt, dass Sie sich um den Mord an Galluzzo kümmern sollen, ohne durch irgendetwas anderes abgelenkt zu sein, und Percudani hat schließlich zugestimmt, damit er ihm nicht weiter auf die Nerven geht.»

Juvara hörte einen unterdrückten Fluch, dann entstand ein verlegenes Schweigen. Der Inspektor wartete eine Weile, bevor er vorsichtig wieder zu sprechen begann, als wolle er sondieren, was der Commissario vorhatte: «Wir haben den Mann identifiziert, der Moisiu begleitet hat.»

Soneri schwieg weiterhin, und der andere fuhr fort: «Er heißt Mohammed Sinani und war mit Mustafaj zusammen, als Tudor niedergeschlagen wurde.»

Dem Commissario entfuhr ein unterdrückter Ausruf, dann knurrte er trocken: «Passt bloß auf, dass sie sich nicht begegnen, und haltet ihn auch von Moisiu fern», riet er. «Wie auch immer, das geht uns nichts mehr an», sagte er schließlich verbittert.

«Aber Percudani ermöglicht uns weiterhin Zugang zu der Bande, wenn wir es für nötig halten, sie zu verhören», versuchte ihn Juvara zu besänftigen. «Sehen wir uns um zwei?», fragte er dann.

«Ich werde den Untersuchungsrichter anrufen und ihm sagen, dass ich Draghi zu ihm schicken werde, um diese Zeit wird er ausgeschlafen haben», antwortete der Commissario.

«Das wird dem Dottore nicht gefallen, er hat das Verhör eigens für Sie verschoben.»

«Ich werde ihm alles erklären. Und außerdem wird bei dem Verhör sowieso nichts herauskommen: Keiner wird reden», sagte der Commissario kurz angebunden.

«Auch Gerlanda hat sich entschlossen, keine Fragen zu beantworten», informierte ihn Juvara.

«In dieser Stadt redet niemand, wenn es nicht um seine eigenen Interessen geht», schloss der Commissario.

Bei Percudani bedurfte es keiner langen Erklärungen. Der Richter verstand Soneris Enttäuschung und stimmte mit ihm überein, dass bei dem Verhör nicht viel Neues herauskommen würde. Die Fakten waren klar und reichten aus, um Anklage wegen krimineller Vereinigung zum Zwecke des Rauschgifthandels zu erheben. Dem war nichts hinzuzufügen.

«Ich mache mir Sorgen um Tudor», gestand ihm der Commissario.

«Er ist im Krankenhaus und wird bewacht», erwiderte der Richter.

«Es muss einen Grund geben, warum sie versucht haben, ihn umzubringen. Und sie könnten es wieder versuchen.»

«Woran denken Sie?»

«Ich denke, dass der Moldawier viele Dinge weiß und dies den anderen sehr wohl bewusst ist. Vielleicht hat Galluzzo ihm Einzelheiten über den Kokainhandel erzählt.»

Percudani brummte. Soneris Befürchtungen nahm er nie auf die leichte Schulter, weil sie fast immer begründet waren.

«Ich müsste ihn verhören, ohne dass es jemand erfährt», ergänzte der Commissario.

«Sie sind ein alter Fuchs in diesem Beruf … Ich brauche Ihnen also nicht zu erklären, dass sie ihn nur als Zeugen befragen können. Als Beschuldigten, mit einem Anwalt an der Seite, wäre das viel komplizierter», meinte Percudani.

«Mir reicht eine Vernehmung als Zeuge», erklärte Soneri.

«Was mich angeht, gibt es da keine Probleme», erwiderte der Richter. «Das Übrige, Vorsichtsmaßnahmen eingeschlossen, ist Teil Ihrer Arbeit, nicht meiner.»

Ein paar Minuten später wählte der Commissario die Nummer des Polizisten im Maggiore-Krankenhaus.

«Commissario, Tudor ist verschwunden», teilte ihm der Beamte aufgeregt mit.

«Wie verschwunden, wann?»

«Vor einer halben Stunde wurde er in die Radiologie im Erdgeschoss gebracht, und während der Kollege, der bei ihm war, sich mit den Pflegern unterhalten hat, ist er rausgerannt und in den Gassen verschwunden. Sie suchen nach ihm, doch bis jetzt gibt es keine Spur.»

Außer sich vor Wut legte der Commissario auf, ohne sich zu verabschieden. Eine Viertelstunde später stand er im Krankenhaus dem Beamten gegenüber, der Tudor hatte entwischen lassen.

«Er war doch mehr tot als lebendig, er hatte noch die Fäden drin, ich dachte nicht …»

Es war ein junger Mann, und wieder verspürte der Commissario Wut, diesmal auf diejenigen, die Grünschnäbel an die vorderste Front schickten. Er ging gar nicht auf die Entschuldigungen ein, sondern stellte eine präzise Frage: «Hat jemand versucht, zu Tudor zu kommen, solange du ihn bewacht hast?»

Der Beamte dachte eine Weile angestrengt nach: «Ja, einer war da, ein gutgekleideter Mann, süditalienischer Akzent.»

«Und ist er reingegangen? Hat Tudor ihn gesehen?»

«Nein, er ist nicht reingegangen. Der Befehl lautete, niemanden zu ihm zu lassen, aber der Mann stand an der Türschwelle und schaute ins Zimmer. Wenn Tudor in dem Moment wach war, hat er ihn mit Sicherheit gesehen.»

«Ist schon in Ordnung», sagte Soneri und betrat das Zimmer, in dem der Moldawier untergebracht gewesen war. Er ging zum Bett und zu dem kleinen Schrank und stellte sich den Jungen vor, wie er sich in die Straßen einer Stadt flüchtete, die er nicht gut kannte, mit der noch offenen Wunde von der Messerstecherei im Bauch. Jetzt ähnelte er einem Hasen bei der Treibjagd, auf dessen Spur eine Meute von Hunden gehetzt wurde. Die Angst hielt ihn am Leben und gab ihm die Kraft zu rennen.

Im Nachtkästchen waren nur zwei Flaschen Mineralwasser, im Schrank dagegen hatte Tudor eine Baumwolljacke hängen lassen. Es fehlte die Brieftasche mit den Papieren. In der Brusttasche fand er allerdings eine Visitenkarte: GOLDSCHMIEDE ZENDER, VIA FARINI 9. Er erinnerte sich an das Geschäft, weil es ein paar Jahre zuvor im Verdacht gestanden hatte, mit gestohlener Ware zu handeln, und der Inhaber wegen Hehlerei festgenommen worden war. Eine Ermittlung, bei der nichts herausgekommen war, wie bei so vielen anderen. Soneri drehte die Karte um und entdeckte eine andere Adresse, diesmal mit Bleistift notiert: BORGO ANTINI 16.

Er ging zurück zu dem Wachposten. «In einer halben Stunde kommst du bei mir in der Einsatzzentrale vorbei», befahl er ihm und ging auf die Tür zu, durch die Tudor entkommen war. Während er die Via D'Azeglio bis zum Fluss hinaufging und dann durch die Via Mazzini auf das Polizeipräsidium zu, ähnelte sein Gang möglicherweise dem des Moldawiers, der in der mit einem Mal herbstlichen Stadt auf der Flucht war. Fransen grauer Wolken senkten sich vom Himmel wie Haarbüschel, und heftiger Wind kündigte das Ende des Augusts an.

«Hast du schon die Fahndungsfotos der Brüder Ciriello?», fragte er Juvara, ohne ihn zu begrüßen.

«Sie wurden vor kurzem gebracht», erwiderte der Inspektor und brachte ihm eine Akte mit dem Dossier über die beiden Brüder. «Heute Nachmittag bekommen wir endlich die Abschriften der abgehörten Telefongespräche», ergänzte er.

Der Commissario zeigte sein Interesse nur, indem er aufschaute und Juvara direkt in die Augen blickte.

«Erwarten Sie bloß nichts Großes», warnte ihn der Inspektor, «es bestätigt lediglich, was wir bereits über die

Geschäfte Centazzos im Auftrag der Galluzzos und De Angelis' wissen. Grundstücke wie das der Forneria, Bauverträge, Immobilienkäufe ... Commissario, die sind schlau: Sie sprechen nur über Geschäfte, gegen die wir nichts unternehmen können, auch wenn wir nur zu gut wissen, woher das Geld kommt.»

«Investitionsgeschäfte», fasste Soneri zusammen. «Die Drecksarbeit überlassen sie den Albanern.»

«Einen der Anrufer konnten wir nicht identifizieren ...», fuhr Juvara fort. «Dem Akzent nach zu schließen, ein Ausländer. Er rief nach Galluzzos Tod dreimal bei Centazzo zu Hause an, immer von einem öffentlichen Anschluss aus, einer Kabine oder einem Callcenter.»

«Aus welchem Grund?»

«Eine Erpressung oder Verhandlung, das lässt sich nicht genau sagen. Er sprach von einem Teil, der ihm zusteht, sagte aber nie, worum es sich dabei handelt.»

«Und mit wem hat er gesprochen?»

«Mit Filomena Galluzzo. Die erkennt man sofort wegen der vielen kalabrischen Flüche.»

«Und was hat sie gesagt?»

«Beim ersten Mal hörte sie ihm zu und stritt ab, ihm irgendetwas zu schulden. Sie schien überrascht. Beim zweiten Mal hat sie den Anrufer davor gewarnt, sein Anliegen weiter zu verfolgen, ihre Worte waren voller Anspielungen und verschlüsselter Drohungen.»

«Und beim dritten Mal?»

«Hat sie wörtlich gesagt: ‹Entweder du verschwindest oder du gehst ein großes Risiko ein.› Dann hat sie aufgelegt.»

«Wir müssen herausfinden, wer dieser Ausländer ist», nahm sich Soneri in dem Moment vor, in dem der Posten aus dem Krankenhaus erschien. Der Beamte wirkte niedergeschlagen, wie jemand, der eine Bestrafung erwartet.

«Nur keine Angst», beruhigte ihn der Commissario, «ich bin doch nicht der Polizeipräsident. Und außerdem», sagte er weiter, «ist es vielleicht besser, dass der Moldawier geflüchtet ist. Im Krankenhaus riskierte er eher, ins Gras zu beißen, als gesund zu werden.»

Der Polizist blickte Juvara überrascht an, doch auch der Inspektor hatte das nicht verstanden. Er zuckte mit den Schultern und gab dem Beamten damit zu verstehen, dass er so tun solle, als sei nichts gewesen.

Soneri bemerkte nichts davon, weil er damit beschäftigt war, in einer Akte zu blättern. «Erkennst du einen von den beiden?», fragte er dann den Beamten und zeigte ihm die Fotos der Ciriellos.

Der Posten schaute die Schnappschüsse an und deutete auf Cosimo. «Der war es, der zu dem Moldawier wollte!», rief er.

«Bist du sicher?»

Der Polizist nahm das Foto in die Hand und betrachtete es aufmerksam. «Ja, genau der war es», bekräftigte er.

«Gut», sagte Soneri, «dann sollten wir beten, dass es diesem Jungen gelingt, sich schnell in Sicherheit zu bringen oder unseren Streifen in die Hände zu laufen. Das hat ihm schon einmal Glück gebracht. Die Verhaftung der Ciriellos hat ihm ein paar Tage Vorsprung verschafft. Hoffentlich weiß er sie zu nutzen.»

«Der sitzt schon längst in einem Zug oder einem Flugzeug», vermutete Juvara. «Er hat sicher jemanden gefunden, der ihm Geld leiht.»

«Vielleicht, aber das ist nicht gesagt», murmelte der Commissario skeptisch. «Wenn es so wäre, würde der einzige potenzielle Zeuge verschwinden, auf den wir zählen können.»

«Der hätte nie geredet», entgegnete der Inspektor skeptisch. «Die haben doch alle einen Vorteil davon, wenn sie schweigen, die einen mehr, die anderen weniger. Nehmen Sie Gerlanda: Er wird ein paar Scherereien kriegen, aber insgesamt wird er glimpflich davonkommen, und dann kann er das Vermögen, das er angehäuft hat, genießen.»

«Das stimmt schon», sagte der Commissario so leise, dass man ihn kaum hörte, «wenn die Welt noch ein bisschen anständiger wäre und es in dieser Stadt noch ein paar mutige Leute gäbe …» Dann stand er enttäuscht auf, gab dem Beamten, der stocksteif in der Mitte des Raumes stand, einen Klaps auf die Schulter und ging hinaus.

15

Am Nachmittag, als Soneri in der Goldschmiede Zender erschien, hatte der Himmel die gleiche Farbe wie der Asphalt. Es war ein kleiner Raum mit doppelter Tür, an der man klingeln musste, um eingelassen zu werden. Als der alte Besitzer ihn sah, erstarrte er und blieb wie angewurzelt hinter dem Ladentisch stehen. Ein paar Sekunden lang beschnupperten sie sich aus der Entfernung und erkannten sich wieder, dann machte Soneri ein paar Schritte auf den Goldschmied zu und blieb vor ihm stehen.

«Ist et... etwas ...», stotterte Zender ängstlich, und brachte nichts weiter heraus.

Der Commissario zog ein Foto von Tudor hervor und zeigte es ihm: «Ist der vor kurzem hier gewesen?»

Der Goldschmied schien sich hinter dem Ladentisch auf die Füße zu treten, sein Körper schwankte, unschlüssig, wo er sich abstützen sollte.

«Haben Sie keine Angst», beruhigte ihn Soneri, «Sie werden keinen Ärger bekommen.»

Zender blickte ihn aufmerksam an, als wolle er sichergehen, dass er ihn nicht auf den Arm nahm. Dann antwortete er: «Ja, vor ein paar Tagen.»

«Und aus welchem Grund ist er zu Ihnen gekommen?»

«Er wollte mir eine Uhr verkaufen.»

«Eine Rolex?»

«Genau. Eine Daytona. Woher wissen Sie das?»

Soneri ignorierte die Frage. «Was haben Sie ihm gesagt?»

«Ich fragte ihn, woher er die Uhr hatte, und er zeigte mir die Verpackung und den Garantieschein. Es war keine gestohlene Ware», verteidigte sich der Goldschmied.

«Ich weiß», sagte der Commissario beschwichtigend, «doch ich möchte wissen, wie ihr verblieben seid.»

«Ich hatte den Eindruck, dass er es sehr eilig hatte, den Handel abzuschließen, daher habe ich ihm ein niedriges Angebot gemacht, und er meinte, er würde darüber nachdenken und wiederkommen. Doch er hat sich nicht mehr blicken lassen», erklärte Zender.

«An welchem Tag war das?»

«Vorgestern.»

Die Zeiten stimmten überein. Wenn alles so gelaufen war, wie der Commissario annahm, hatte Tudor zunächst versucht, der Schwester seines Liebhabers Geld abzuknöpfen, dann hatte er sich an den Goldschmied gewandt, um die Uhr zu Geld zu machen, aber schließlich waren die beiden Albaner mit ihrem Messerstich schneller gewesen. Es war reiner Zufall gewesen, dass sie ihn nicht umgebracht hatten. Die Aufmerksamkeit eines Streifenbeamten hatte ihn gerettet. Doch das erklärte nicht, was Tudor von Filomena gefordert hatte. Vielleicht wusste er bestimmte Dinge und wollte sein eigenes Stillschweigen verkaufen, hatte aber mit der Naivität eines Kindes gehandelt. Das war es, was Filomena und den anderen Angst machte. Tudor verkörperte Sorglosigkeit und war damit unberechenbar. Er war kein Berufsverbrecher und beherrschte den Codex der Unterwelt nicht. Deshalb wollten sie ihn ausschalten.

Er merkte, dass er nachdenklich geschwiegen hatte und Zender ihn neugierig und ängstlich beobachtete.

«Wenn er noch einmal auftaucht», bat ihn Soneri, «rufen Sie mich sofort an.» Und während er das sagte, legte er dem Goldschmied eine der Visitenkarten hin, die das Polizeipräsidium ihm lieferte, aus schäbigem Karton. Der andere schob sie mit den Fingern über den Tresen, bis sie in die Schublade fiel wie ein Geldschein.

Der Commissario nickte ihm zum Abschied zu und ging dann durch die Via Farini. Unter den kurzen Arkaden erinnerte er sich an die Adresse auf der Rückseite der Visitenkarte der Goldschmiede Zender: Borgo Antini 16. Also änderte er seinen Kurs, und statt zur Piazza Garibaldi zu gehen, schlug er die Gegenrichtung ein, bis er auf die Gasse stieß. Kurz darauf stand er vor der Nummer 16, einem frischrenovierten Gebäude mit einem Dutzend Wohnungen. Er studierte die Klingelschilder, doch es gab nur wenige Namen. Auf dem größten Teil der Schilder standen nur Zahlen. Angesichts dieses neuen Geheimcodes überkam ihn ein Anflug von Frustration.

Er rief Juvara an: «Gibt es etwas Neues?» Der Inspektor fing an aufzuzählen, doch der Commissario unterbrach ihn: «Ich meine von dem Moldawier.»

«Nein, von dem Moldawier gibt es gar keine Neuigkeiten», sagte Juvara und deutete damit an, dass es dafür etliche andere gab. Doch Soneri interessierte das Übrige nicht. Er fühlte sich plötzlich wie im Urlaub, frei, seinem Instinkt als Ermittler zu folgen, ohne Capuozzos Fesseln. Er hatte einen Weg entdeckt und wollte ihm folgen. Weil er voraussah, dass er einen arbeitsreichen Nachmittag vor sich hatte, betrat er das *Milord*. Die Küche von Alceste war für ihn so unverzichtbar wie der Anlauf vor dem Sprung.

Wie die Beschleunigung eines Flugzeugs auf der Piste vor dem Abheben. Und tatsächlich schwebte Soneri schon bald zwischen den Duftwolken von Gnocchi al Gorgonzola und einem Rinderfilet à la Robespierre. Zum Schluss prostete er sich selbst mit einem Glas Bonarda zu, blickte auf die Uhr, die zwanzig vor drei zeigte, und seine Gedanken gingen zu dem gerade stattfindenden Verhör der beiden Ciriellos, der zwei Albaner, von Cavatorta und dem Fahrer. Vergeudete Zeit, sagte er sich, während sein Handy klingelte und er den Anruf entgegennahm.

«Also hat Capuozzo tatsächlich recht: Du bist ein Faulpelz», rief Angela.

«Das stimmt, endlich hast du meinen wahren Charakter erkannt», erwiderte er nachdenklich.

«Wie kommt es, dass du nicht bei dem Verhör bist?», fragte sie, da sie am Stimmengewirr im Restaurant erriet, wo er war.

«Und wie kommt es, dass du von dem Verhör weißt?»

«Vergiss nicht, dass ich Anwältin bin. Du solltest nicht nur Fragen stellen, sondern auch mal antworten», entgegnete Angela.

«Erstens ist es nicht mehr mein Fall, sondern der der Drogenfahndung. Zweitens wird nichts dabei herauskommen. Sie werden alle erklären, dass sie die Aussage verweigern, und es wird sein wie eine hübsche Szene aus einem Stummfilm. Drittens sind die Fakten, die dem Sextett zur Last gelegt werden, ziemlich klar: Wir haben sie auf frischer Tat ertappt.»

«Und worauf lauerst du noch?»

«Du weißt doch, dass ich herausfinden soll, wer Galluzzo umgebracht hat, oder?»

«Und du visierst gerade die Beute an», vermutete sie.

«Ich wittere sie, aber ich sehe sie noch nicht. Wenn es mir gelingt, sie zu erwischen, könnte das diese Stadt ganz schön erschüttern», erklärte ihr der Commissario.

«Womöglich wacht sie sogar auf ...»

«Das bezweifle ich. Alles liegt unter einer dicken Schicht aus teilnahmsloser Gleichgültigkeit begraben. Du weißt, dass vor der großen Katastrophe alle so tun, als sei nichts, da wird getanzt und gesungen, auch wenn die Bomben fallen», stellte Soneri bitter fest.

«Du hast also einen großen Fisch an der Angel», stellte Angela fest. «Sei vorsichtig», mahnte sie. «Du weißt, dass du im Präsidium nicht sehr viele Freunde hast ...»

«Das weiß ich», stimmte der Commissario zu. «Bis jetzt ist es nichts weiter als Intuition, und heute Nachmittag will ich herausfinden, ob ich mich geirrt habe oder nicht. Ich habe den Eindruck, bis jetzt den umgekehrten Weg genommen zu haben, als hätte ich mich einem Eisberg unter Wasser genähert und die verborgene Masse eher gesehen als die Spitze.»

«Es ist ein gutes Zeichen, wenn das Mittagessen deine Phantasie wieder beflügelt», meinte Angela ironisch, «aber denk daran, dass für Capuozzo und den Rest der Stadt der Mord an Galluzzo nichts weiter ist als das Ende eines Streites zwischen kleinen Dealern und dass du riskierst, das Bild einer Gemeinschaft zu beflecken, die sich hartnäckig für gesund und glücklich halten will.»

«Ich weiß. Der Kranke möchte nichts von seiner Krankheit wissen, doch früher oder später muss er sie zur Kenntnis nehmen», erwiderte Soneri bitter.

«Auf welche Beute zielst du denn nun?»

«Erinnerst du dich an den Liebhaber von Galluzzo, den Moldawier?»

«Natürlich.»

«Er ist das schwache Glied in der Kette. Galluzzo hatte seinetwegen den Kopf verloren und ihm sicher viel über die Familie und die Geschäfte in Parma erzählt. Bei dem Versuch, sich sein Schweigen bezahlen zu lassen, geht er große Risiken ein. Ich glaube, er will eine Abfindung kassieren, um nach Hause zurückzukehren oder sich irgendwo anders in Europa niederzulassen. Aus den Abhörprotokollen geht hervor, dass ein Fremder dreimal bei Filomena Galluzzo angerufen hat: Ich bin mir fast sicher, dass er es war.»

«Und deshalb haben sie versucht, ihn umzubringen?», fragte Angela.

«Genau. Und es ist purer Zufall, dass es ihnen nicht gelungen ist. Wenn sie den Moldawier aus dem Weg geräumt hätten, hätten sie die einzige undichte Stelle in einem perfekten Mechanismus geschlossen. Und ich glaube, dass der Tod von Francesco Galluzzo seinen Brüdern und ihrer ehrenwerten Gesellschaft, für die er ein Risiko und eine Schande darstellte, nicht allzu sehr missfallen hat. Wenn sie zugelassen haben, dass jemand ihn auf diese Weise erschlägt, ohne sich zu rächen …», schloss der Commissario.

Angela murmelte zustimmend. «Und nun musst du den Moldawier finden …»

«Wer ihn als Erster in die Hände bekommt, gewinnt das Spiel», sinnierte der Commissario.

«Ich hoffe, du hast ein gutes Blatt in der Hand», meinte Angela. «Aber denk daran, dass deine Feinde noch so manches Ass im Ärmel haben: Centazzo und De Angelis sind ein Herz und eine Seele mit den Politikern, sie kontrollieren einen beträchtlichen Anteil der Stimmen. Vor allem die Kalabrier.»

«Das ist ein anderes Symptom der Krankheit …», stellte Soneri fest, bevor er das Gespräch beendete.

Kaum hatte er sich auch von Alceste verabschiedet, meldete sich Draghi: «Commissario, es ist so, wie Sie dachten: Großes Schweigen, sie haben sich hinter ihrem Recht verschanzt, die Aussage zu verweigern.»

«Das war klar», entgegnete Soneri. «Und wie waren sie? Ich meine ihre Haltung.»

«Die zwei Ciriellos rotzfrech. Die Albaner hart und kalt wie ein Stein. Der Fahrer war wie eine Sphinx, Cavatorta dagegen wirkte als Einziger eingeschüchtert.»

«Schlussfolgerung?»

«Ich glaube, sie wollen verhandeln», meinte Draghi. «Das ist der bequemste Weg. Dottore Percudani ging sehr verärgert.»

«Es ist nicht angenehm für einen Richter wie ihn, sich von vier Verbrechern verarschen zu lassen», stellte Soneri fest.

«Ich hatte den Eindruck, dass er sie am liebsten geohrfeigt hätte.»

Der Commissario wollte gerade auflegen, als Draghi ihm sagte, dass Juvara noch mit ihm sprechen wollte.

«Wir sind bei der Identifizierung der Personen, die von Centazzo und De Angelis angerufen wurden, weitergekommen», rief der Inspektor, wie so oft verheißungsvoll.

«Ja, und?», fragte der Commissario etwas ungeduldig.

«Es hat sich herausgestellt, dass wichtige Leute darunter sind …»

«Das heißt?»

«Zwei Stadträte und ein Abgeordneter.»

Soneri schwieg einen Moment und dachte an Angelas Warnung. Er hatte es tatsächlich mit explosivem Material zu tun. «Wir sprechen darüber, wenn ich komme», versprach er.

Dann ging er über das Kopfsteinpflaster der Piazza Duomo, die ganz verlassen und ausgestorben wirkte. Erst jetzt erinnerte er sich, dass Mariä Himmelfahrt unmittelbar bevorstand und halb Parma im Urlaub war. Alles erschien noch bleierner als sonst, und Soneri dachte daran, dass es für Tudor in dieser Atmosphäre schwieriger wäre, zu flüchten oder unterzutauchen. Vielleicht wäre es besser, er würde sich verstecken und hoffen, dass niemand seine Höhle entdeckte.

Er dagegen versuchte, seine Spur zu wittern, zwischen dem Präsidium, der Piazza Garibaldi, Via Farini und der Via Nazario Sauro, wo Mariangela auf dem Weg nach Hause von zwei Fremden überfallen worden war. Er folgte der Fährte wie ein Spürhund und bog in den Borgo Antini ein.

Die Uhr zeigte halb fünf, und der Nachmittag wirkte in den engen Gassen noch düsterer. Immer wieder fielen ein paar Regentropfen wie im Herbst, und die jungen Leute in ihren Sommerkleidern zitterten. Lange ging er auf und ab, behielt den Eingang der Nummer 16 im Auge und sah immer wieder bekannte Gesichter. Parma war eine kleine Stadt, und im Zentrum begegneten sich früher oder später alle irgendwann, wenigstens einmal am Tag. So entdeckte Soneri ein Gesicht, das seine Aufmerksamkeit erregte: eine Frau, die ihn zerstreut angeschaut hatte und dann vor dem Eingang, den er seit einiger Zeit anstarrte, in ihrer Handtasche kramte. Als er nur noch wenige Schritte von ihr entfernt war, war er sicher, die richtige Person gefunden zu haben.

«Signora Rosselli», rief er, während sie sich misstrauisch nach ihm umdrehte.

«Ich hatte nicht erwartet, sie hier zu treffen», sagte er.

Sie blickte ihn nervös, aber resigniert an. «Ich … ich habe diese Wohnung erst seit kurzem und bin noch nicht eingezogen», stammelte sie.

«Gehört sie Ihnen?»

«Nein, ich habe sie gemietet», antwortete die Rosselli und wollte bereits hineingehen und sich verabschieden.

«Es tut mir leid, wenn ich sie störe, aber ich muss mit Ihnen die Wohnung betreten», erklärte Soneri.

«Warum?», fragte sie immer nervöser. «Wenn Sie Fragen an mich haben, kann ich ins Polizeipräsidium kommen.»

«Wir sollten jetzt besser nach oben gehen. Nicht nur in Ihrem Interesse», entschied der Commissario in einem Ton, der keinen Widerspruch duldete.

Sie schaute ihn an, und Soneri sah, wie sich in ihren Augen nach und nach eine verzweifelte Ohnmacht zeigte. Dann holte sie den Schlüssel hervor und öffnete die Eingangstür.

Im Aufzug stellte der Commissario unvermittelt fest: «Es stimmt nicht, dass Sie hier einziehen werden.»

Die Frau schüttelte mit gesenkten Augen den Kopf. «Sie wurde mir geliehen», gab sie zu. «Ich habe sie öfter genutzt.»

«Mit Gerlanda. Das ist seine Wohnung», überfiel sie Soneri.

Wieder schüttelte Mariangela den Kopf, und der Commissario bemerkte den Duft eines Shampoos. «Ich bitte Sie, ich habe schon genug Probleme», murmelte sie. «Sie wissen viel über mich, aber ich habe mit bestimmten Geschichten nichts zu tun, ich habe lediglich eingewilligt, dass die Versicherungspolice auf meinen Namen läuft.»

Der Aufzug hielt mit einem leichten Ruck im dritten Stock. Das Haus wirkte außerordentlich ruhig, vielleicht waren viele Bewohner im Urlaub. Während die Frau nach dem Schlüssel suchte, stellte der Commissario eine weitere Frage: «Die Versicherungspolice war nicht für Sie bestimmt, richtig?»

Wieder erstarrte Mariangela, als wollte sie ihm widersprechen, kam dann aber offenbar zu dem Schluss, dass das keinen Sinn mehr hatte.

«Nein. Nicht direkt», erwiderte sie ausweichend.

«Was soll das heißen?», fragte der Commissario und hielt sie mit einer Handbewegung davon ab, vor ihm in die Wohnung zu schlüpfen, nachdem sie die Tür geöffnet hatte.

Da blickte sie hoch und schaute ihn zum ersten Mal furchtlos an: «Ich bin mit Nikolai Tudor zusammen. Die Versicherung war für ihn, aber Galluzzo konnte das Ganze nicht auf einen Moldawier eintragen lassen, in den er sich verliebt hatte. Seine Familie hielt ihn ja ohnehin für entartet und hätte das nie erlaubt. Um den Schein zu wahren, habe ich die Rolle seiner Geliebten gespielt.»

«Aber Sie spielten auch die Rolle der Geliebten von Gerlanda …»

«Sie wissen doch genau, wie das läuft. Ich habe Schulden und ein Geschäft. Wissen Sie, wie das ist, wenn man den Abgrund vor Augen sieht? Man tut alles, um nicht abzustürzen.»

«Auch wegen finanzieller Interessen mit einem Mann ins Bett gehen?», fragte der Commissario erbarmungslos.

«Auf der einen Seite fand ich Gerlanda abstoßend, auf der anderen gefiel er mir. Einer, der dich betrügt, ohne dass du es merkst. Wir Frauen lassen uns doch gerne mit dem falschen Mann ein ... Für Nikolai war es genauso: Galluzzo war ihm völlig gleichgültig, aber wenn du nichts zu essen hast ...»

Verkaufst du auch deinen Arsch, beendete Soneri im Stillen den Satz. «Alles hat seinen Preis», sagte er kurz angebunden, um keine Urteile zu fällen, die ihm nicht zustanden. Ständig tauchte Capuozzos Bild vor ihm auf, und ständig rief er sich in Erinnerung, dass er nur hier war, um einen Schuldigen zu finden.

In der Wohnung hing noch die Schwüle der vergangenen Tage. Sie lotste ihn ins Wohnzimmer, ein letzter, kindischer Versuch, dem Unvermeidlichen auszuweichen. Schließlich fragte der Commissario: «Wo ist er?»

Mariangela beschränkte sich auf eine Handbewegung, die von einem gequälten Gesichtsausdruck begleitet wurde. Soneri ging durch den Flur voran, und sie folgte ihm, bis er ihr das Zeichen gab, die Tür zum Schlafzimmer zu öffnen. Da ging sie an ihm vorbei in einen Raum, der im Halbdunkel lag, mit einem zerwühlten Bett, auf dem der Moldawier zusammengekauert auf der Seite lag.

«Durch die Anstrengung sind ein paar Stiche aufgegangen», erklärte sie, während der Commissario sich hinunterbeugte, um das Gesicht des Mannes aus der Nähe zu sehen.

Dieser wirkte leidend, aber er hatte immer noch den harten und gleichgültigen Blick, den er von ihrer ersten Begegnung kannte, als man ihn wegen Mordverdachts ins Präsidium gebracht hatte. Ein Gesicht, das aussah, als könne es keinerlei Gefühle zum Ausdruck bringen. An der linken Hüfte hatte der Mann einen Verband, der bereits fleckig war von der eiternden Wunde.

«Er muss behandelt werden», stellte Soneri fest.

Tudor schaute ihn kalt an und wurde von einem Schütteln gepackt.

«Er will die Wohnung nicht verlassen», erklärte Mariangela. «Es wäre ihm lieber, wenn Sie einen Arzt kommen ließen.»

Der Moldawier war sicher ein harter Typ, der die Kontrolle nie verlor, aber in diesem Raum spürte man ihn vor Angst zittern. «Es hat keinen Sinn, lange hierzubleiben: früher oder später finden sie es heraus», meinte Soneri. «Da kann er ebenso gut sofort gehen.»

Tudor und Mariangela mussten diese Möglichkeit bereits in Betracht gezogen haben, weil sie sich einen kurzen, verstohlenen Blick zuwarfen, ohne jedoch etwas zu sagen.

«Die wissen mit Sicherheit, dass dies eine Wohnung ist, die sie schon lange benutzen», stellte Soneri fest und spielte damit auf die Treffen zwischen ihr und Gerlanda an. Vielleicht hatten sie genau in diesem Bett miteinander geschlafen. Der Commissario fühlte Traurigkeit und Abscheu bei dem Gedanken, dass dieses Liebespaar gezwungen war, sich für Geld an andere zu verkaufen. Er spürte zwischen den beiden eine echte Bindung, und zum ersten Mal in dieser Ermittlung stieß er auf aufrichtige Gefühle.

«Der Commissario hat recht», stieß Mariangela schließlich hervor.

Tudor wandte leicht den Kopf, um sie anzusehen, legte aber seine gleichmütige Maske nicht ab. Er musste sich besiegt fühlen wie ein verwundetes Tier.

«Sie haben ein gefährliches Spiel gespielt und sie erschreckt. In dieser Lage bleibt Ihnen nichts anderes übrig, als zu verschwinden», erklärte Soneri.

Der andere hob einen Moment lang den Blick, um ihn dann zu Mariangela schweifen zu lassen, als wolle er sie um Rat fragen. Es war der einzig erkennbare Ausdruck der Gedanken, die ihm durch den Kopf gehen mussten.

«Sie haben sie so sehr erschreckt», fuhr der Commissario fort, «dass sie kaum vorhaben dürften, sich mit Ihnen an einen Tisch zu setzen, um Poker zu spielen. Sie wollen sich lieber duellieren, weil sie dabei gewinnen könnten. Zumindest wenn Sie keine Verbündeten finden. Und wenn Sie genau darüber nachdenken, gibt es keinen außer mir.»

Die Argumentation musste überzeugend gewesen sein, weil Tudor wieder seine Freundin anblickte, die jedoch nicht mit der Wimper zuckte. Der Junge wirkte wie gelähmt hinter seiner Maske aus Härte und Stolz, als sei es eine Schande, diesen Vorschlag anzunehmen. Daher blickte Soneri Mariangela an, weil er ahnte, dass es an ihr sein würde, eine Antwort zu geben. Doch die Frau sagte nicht das, was er erwartete.

«Die wollen auch das Geld aus der Versicherung», erklärte sie.

«Sie werden es nicht kriegen, wenn sie mir, zusammen mit Nikolai, helfen, die Organisation zu zerschlagen», erwiderte Soneri.

«Galluzzo hat Ihnen doch sicher viel darüber erzählt, wie sie funktioniert, oder?», fuhr er an Tudor gewandt fort. «Warum hätten die Sie sonst mit dem Messer angegriffen?»

Das Schweigen der beiden schien beredt.

«Auch wenn Sie ein paar von denen erwischen, so kommen doch andere nach», begann Mariangela wieder. «Und sie werden immer eine Möglichkeit finden, sich zu rächen.»

«Das gilt in jedem Fall», meinte der Commissario und deutete auf den verletzten Tudor.

Jetzt zeichnete sich auf dem Gesicht der Frau Misstrauen ab. Doch in Soneris Augen hatten sie keine Wahl, und so blieb er hartnäckig: «Wenn wir die Bande schnappen, dann wird innerhalb der Organisation für eine Weile ein Durcheinander herrschen, ihr könnt die Versicherung kassieren, irgendwohin verschwinden und eure Spur verwischen. Ihr wärt nicht die Ersten, die so etwas machen», erklärte er und zündete sich die Toscano an, die zwischen seinen Lippen ausgegangen war. «Außerdem ist dies von jetzt an ein gefährlicher Ort.»

Wieder blickten sich die beiden an. Die Vorstellung, die Versicherung zu kassieren, schien ihnen Zuversicht zu geben, und vor waghalsigen Spielen hatten sie nicht allzu viel Angst.

«In Ordnung», entschied Mariangela und neigte den Kopf, als würde sie ein Opfer auf sich nehmen. Soneri nahm sein Handy und wählte Draghis Nummer: «Nimm einen Wagen und komm in den Borgo Antini Nummer 16», befahl er. «Halt direkt vor dem Haus, ich werde mit Mariangela Rosselli und Nikolai Tudor rauskommen.»

«Sie haben ihn gefunden?»

«Er ist in Gefahr. Wenn du kommst, versuch nicht aufzufallen: Wir stehen bereit und warten auf dich.» Dann wandte er sich an den Moldawier: «Können Sie laufen?»

Der Mann nickte und schluckte ein paarmal. Er war leichenblass, wirkte aber weiterhin ausgesprochen grimmig. Als er aufstand, verzog er schmerzhaft das Gesicht, doch nur für einen kurzen Moment. Draghi kam und holte sie ab, und sobald sie im Auto saßen, machte der Moldawier schließlich den Mund auf. «Wohin fahren wir?», fragte er.

«An einen sicheren Ort», antwortete der Commissario ausweichend. Tudor schien besorgt.

«Ich will nicht zurück ins Krankenhaus», protestierte er.

«Nur solange die Behandlung dauert, Sie müssen genäht werden», beruhigte ihn Soneri. «So halten Sie nicht mehr lange durch», ergänzte er und zeigte auf den rötlichen Fleck auf dem Verband. «Die haben Sie ganz schön verwundet. Wie sind Sie nur auf die Idee gekommen, Salvatore Centazzo und Filomena Galluzzo zu erpressen?»

Tudor verzog keine Miene und bewegte kaum die ausdruckslosen Augen. Mariangela antwortete an seiner Stelle: «Wir brauchen Geld. Wenn es geklappt hätte, hätten wir alles liegen und stehen lassen und wären weggegangen. Im Grunde wäre das auch in ihrem Sinn gewesen.»

«Vielleicht schon», räumte der Commissario ein und dachte dann, was er alles von den beiden erfahren könnte. «Aber es war noch bequemer, euch umzubringen. Ein Killer ist billiger.»

Der Moldawier wandte sich ihm zu und sah ihn an. Mit einer Hand hielt er sich den Bauch, um sich vor den Erschütterungen des Autos zu schützen. Draghi fuhr, als säße er in einem Streifenwagen.

«Fühlte sich Galluzzo in Gefahr? Hat er deshalb die Versicherung abgeschlossen?», fragte der Commissario.

«Er sackte das Geld von dem Kokain ein», erwiderte Tudor mit ausdrucksloser Stimme. «Er brauchte viel Kohle.»

«Und das gefiel den Albanern nicht ...», ergänzte Soneri.

Tudor machte eine Grimasse, die fast aussah wie ein Lächeln: «Das Kokain gehörte ihnen nicht. Es war Eigentum der Familie», sagte er. «Er sagte, dass es absurd wäre, etwas zu bezahlen, was auch ihm gehöre. Wenn er Geld brauchte, verkaufte er die Ware und bezahlte nichts dafür.»

Vielleicht machte der Schmerz den Moldawier überraschend gesprächig. Oder er war benommen, wie ein Betrunkener, nur dass das bei Tudor vom Blutverlust herrührte.

«Dann waren es also gar nicht die Albaner, die sich gerächt haben?»

«Das weiß ich nicht, Commissario», stieß er verärgert hervor. «Die waren sicher aufgebracht, aber ich glaube nicht, dass sie Galluzzo anrühren konnten, ohne vorher die Familie zu informieren. Auf alle Fälle ist Filomenas Mann durchaus der Typ, um so etwas alleine durchzuziehen: Er hat keine Skrupel und genügend Einfluss.»

«Und ihr habt es gewagt, euch mit so einem einzulassen?», fragte Soneri kopfschüttelnd.

«Es hätte auch gutgehen können», mischte sich Mariangela ein. «Wir hatten vielleicht schlechte Karten, aber wir haben es versucht.»

Auch Draghi schüttelte den Kopf, während er mit nur einer Hand zwischen den Autos hindurch Zickzack fuhr. Der Commissario konnte sich vorstellen, was er dachte: Sie hatten hier zwei Naivlinge vor sich. Doch unmittelbar darauf dachte er, dass man niemanden umbrachte, der nichts Kompromittierendes wusste. Auch die Mafia dachte ökonomisch.

«Was hat Centazzo denn so in Aufregung versetzt?», fragte Soneri deshalb.

Ein Ruck verursachte eine schmerzverzerrte Grimasse des Moldawiers, vielleicht war es auch nur der Ärger über die Frage. «Es hat keinen Sinn, dass wir weiterreden», murmelte Tudor.

Der Commissario schüttelte den Kopf: «Gerade weil Sie mir nicht antworten, bin ich überzeugt, dass Reden äußerst sinnvoll wäre.»

«Es wird Ihnen nie gelingen, Centazzo und all die anderen festzunageln, weil die hier nur Geld ausgeben. Die schmutzigen Geschäfte lassen sie andere erledigen, Ausländer wie mich. Können Sie jemanden festnehmen, nur weil er im großen Stil Geschäfte, Häuser und Grundstücke kauft? Einen, der Wohnhäuser baut? Wenn man Geld hat, investiert man, oder nicht? Um die Organisation zu vernichten, müssen sie auf den Kopf einschlagen, nicht auf den Schwanz. Und der Kopf ist nicht hier», schloss der Moldawier aufgebracht.

Soneri schwieg einen Moment lang und kam zu der Überzeugung, dass Tudor im Grunde recht hatte. Er fühlte sich machtlos wie an so vielen Stellen in dieser Ermittlung. Er war ein Commissario aus der Provinz, der gegen einen Feind kämpfte, der größer und in der Lage war, ihn auszutricksen und irrezuführen. Er spürte, dass hier eine der Grundfesten seiner Arbeit ins Wanken geriet, die wesentlichste: die Verbrecher zu bekämpfen. Mit den wahren Verbrechern würde er in Zukunft vielleicht zusammenleben müssen.

«Möglicherweise werde ich der Organisation nicht den Kopf abreißen können, aber ich kann ihr eine Hand abschneiden. Es liegt an Ihnen, mir zu sagen, wo ich zuschlagen muss. Sie kennen den schwachen Punkt. Wenn ich mir deren Reaktion anschaue, bin ich mir da ganz sicher», insistierte Soneri.

«Ja, wir kennen ihn», sagte Mariangela, «doch bevor wir darüber sprechen, müssen wir nachdenken. Wir müssen an uns denken und daran, was aus uns wird. Wenn wir das Geld von der Versicherung bekommen, können wir es vielleicht schaffen zu verschwinden. Wenn nicht, sitzen sie uns im Nacken. Hätten Sie da keine Angst?»

«Sicher», entgegnete Soneri, doch er hatte keine Zeit, weiterzusprechen, weil die Frau sofort fortfuhr: «Bei allem Respekt, Commissario, aber Sie können uns überhaupt nichts garantieren», erklärte sie. «Sie haben gar nicht die Mittel, diese Leute aufzuhalten. Womöglich treffen Sie diese Herrschaften sogar auf irgendeinem Empfang und müssen ihnen die Hand schütteln.»

«Ich gehe nie auf Empfänge», stellte der Commissario brüsk klar, «ich hasse es, im Stehen zu essen.»

«Die dagegen gehen hin und planen dort ihre Machenschaften mit den richtigen Leuten, mit denen, die zählen. Sie schließen Freundschaften, machen sich die Autoritäten gewogen und hecken Geschäfte aus. So haben sie am Ende das Sagen, ohne zur Waffe greifen zu müssen. Was können Sie dagegen schon ausrichten?»

«Und ihr? Wie wollt ihr da rauskommen? Sie suchen nach euch, und sie werden euch finden. Und dann habt ihr noch nicht mal Geld», platzte der Commissario heraus und wandte sich dann an Tudor: «Vergessen Sie nicht, dass Sie immer noch im Gefängnis schmoren würden, wenn ich Sie da nicht herausgeholt hätte. Die hatten sie schon wegen der Geschichte mit der Uhr festgenagelt.»

Die beiden sagten kein Wort, weil Soneri Tudor tatsächlich aus der Schlinge gezogen hatte, als ihn alle schon für den Täter hielten.

«Finden Sie nicht, dass Sie mir etwas schulden? Inzwischen hätte man Ihnen im Gefängnis womöglich schon ein Messer in den Hals gerammt …»

In diesem Moment hielt das Auto vor dem imposanten Krankenhausgebäude. Draghi hatte mit der üblichen Unverfrorenheit einfach seinen Ausweis gezeigt und es so geschafft, direkt vor den Eingang der Notaufnahme zu fahren. Da trafen Soneris Augen die hellen, kalten Augen des Moldawiers. «Ist gut», gab der sich geschlagen, «ich erzähle Ihnen, was ich weiß.» Dann stieg er aus und ging mühsam, gestützt von Draghi und Mariangela, auf den Eingang zu, wo ihn ein anderer Polizist erwartete.

Die Wolken hingen inzwischen nicht mehr so tief und ließen das letzte Licht des Nachmittags durchsickern.

16

Fiebrige Unruhe hatte ihn geweckt, und nun saß er im Bett und vermisste den beruhigenden Mikrokosmos seiner gewohnten nächtlichen Umgebung. Angela knipste das Licht an und beobachtete ihn mit halbgeschlossenen Augen. Er war über Nacht bei ihr geblieben in der Hoffnung, die Unruhe zu vertreiben. Er hätte diesen Beruf am liebsten an den Nagel gehängt, aber in seinem Alter, weder alt noch jung, fühlte er sich wie ein fallender Stein, der nichts weiter tun kann, als seinen Fall bis zum Boden fortzusetzen.

Den ganzen Abend über hatte er zwischen Hoffnung und Mutlosigkeit geschwankt. Er dachte daran, was ihm der Moldawier erzählen würde, und sah darin einen Grund weiterzumachen. Doch dann erinnerte er sich an seine Ohnmacht und verfiel wieder in Frustration. Dieser Gemütszustand hatte dazu geführt, dass er noch vor dem Morgengrauen erwacht war und nun zerschlagen im Bett lag und darauf wartete, dass die Dunkelheit verschwand und die Augustsonne ihm ein wenig Energie und Vertrauen zurückgeben würde. Angela lag daneben und umarmte ihn, doch sie konnte die wiederkehrenden bösen Gedanken nicht ausschalten. Wie in einem Film zogen Bilder aus der Vergangenheit an ihm vorbei und alle, die er auf seinem Weg verloren hatte: sein Vater, seine Mutter, seine

Frau und sein Sohn, der noch vor der Geburt gestorben war. Er spürte Angelas stille Anwesenheit an seiner Seite und dachte, dass er außer ihr niemanden hatte.

Vor dem Morgengrauen schlief er wieder ein, und als er erwachte, strömte durch die Rollläden helles Sonnenlicht herein und schien ihm ins Gesicht. Er hatte die Kraft aufzustehen und wieder neu zu beginnen. Und als er Angela hereinkommen sah, elegant und fertig zum Gehen, stimmte auch das ihn optimistisch.

«Schon in Uniform?», fragte Soneri und dachte, wie begehrenswert sie war.

«Ich habe heute Vormittag eine Anhörung», entgegnete sie. «Ich habe dir das Frühstück und die Zeitung auf dem Tisch gelassen. Sie berichten über die Festnahmen.» Bevor sie ging, umarmte sie ihn, ohne ihn zu küssen, wie unter Männern.

Der Commissario frühstückte und blickte nach draußen: Der durch den Regen wieder gereinigte Himmel verlieh der Stadt ein Licht wie im Hochgebirge. Doch die gute Laune, in die ihn das versetzte, schwand beim Lesen der Zeitung. Zuerst sah er die Überschrift, die der Drogenfahndung das ganze Verdienst an dem Einsatz zusprach, bei der das Kokain beschlagnahmt worden war. «Zerschlagung eines großen Drogenrings», stand da in großen Lettern, die über die ganze Seite gingen. «Der ‹Schnee› kam aus den Häfen des Südens, versteckt unter einer Pelzlieferung, die für eine ortsansässige Fabrik bestimmt war», erklärte der Untertitel. Capuozzo hatte ihm einen weiteren Schlag versetzt, indem er den Journalisten alles erzählt hatte, mit Ausnahme der Verdienste, die ihm dabei zukamen. Doch was ihn in Rage brachte, war eine kurze, zweispaltige Meldung in der Mitte der Seite: «Aus dem Krankenhaus geflüchteter Moldawier wieder aufgegriffen».

Wer hatte diese Information herausgegeben? Mit einem wütenden Faustschlag schlug er die Zeitung zu: Es war unmöglich, im Präsidium Verschwiegenheit zu bewahren. Außer den Verbrechern musste er auch noch die undichten Stellen in der Polizei bekämpfen.

Hastig zog er sich an und verließ fast im Laufschritt das Haus. Nach dem Gewitter war es frisch, doch die Erde würde schnell wieder alles verdampfen und so die stehende Luft sättigen.

«Welcher Idiot hat die Nachricht über den Moldawier herausgegeben?», knurrte er ins Handy, sobald Juvara sich meldete.

«Capuozzo, gestern Abend», erwiderte der Inspektor bestürzt. «Ich glaube, er hat es von den Streifenpolizisten erfahren. Er hatte bereits am Morgen eine Pressekonferenz abgehalten, und als die Zeitungen am Abend angerufen haben, um zu erfahren, ob es etwas Neues gibt, hat er auch diese Nachricht weitergegeben.»

«Ich hätte es schwören können», meinte Soneri. «Dem geht's nur darum, den Schein zu wahren und dem Minister zu zeigen, dass hier gearbeitet wird.»

Juvara hörte ein paar Flüche, bevor der Commissario auflegte, ohne sich zu verabschieden. Er stellte sich vor, wie sein Chef gleich mit finsterem Gesicht vor ihm stehen würde. Doch Soneri wollte nicht ins Präsidium.

Er stieg in den Alfa Romeo und raste zum Krankenhaus. Eine unheilvolle Vorahnung sagte ihm, dass er sich beeilen musste, weil die Zeit gegen ihn arbeitete. Eine Viertelstunde später kämpfte er sich durch das Durcheinander von Krankenbahren, Patienten und Angehörigen in der Aufnahme und bog in den Flur der Wachstation ein, wo er den Posten vor dem Zimmer sah.

«Was Neues?», fragte er barsch.

Der Beamte schüttelte den Kopf, und als der Commissario auf die Tür zuging, ergänzte er: «Abgesehen von der Unruhe.»

«Hatte er Schmerzen?»

Der andere breitete unsicher die Arme aus: «Er hat sich die ganze Nacht herumgewälzt.»

Als Soneri ans Bett trat, war Tudor wach. Sein Gesicht wirkte nicht so starr wie sonst. Es war, als wären seine Gesichtszüge über Nacht weicher geworden, man sah ihm die Schlaflosigkeit an. Sein gequälter Gesichtsausdruck verriet die tiefe Verwirrung eines Menschen, der Angst hat.

«Hier bin ich weniger sicher als dort, wo ich vorher war», flüsterte der Mann.

«Da hattest du aber keine Wahl: Infolge einer Messerstecherei oder einer Blutung zu sterben ... Das hätte sich nicht viel genommen», stellte der Commissario fest. Er merkte unmittelbar darauf, dass er zum Du übergegangen war. Vielleicht weil er damit rechnete, dass ihre Unterhaltung vertraulich werden würde.

Tudor sagte nichts und blickte zur Decke hoch wie zum Himmel, um dort die Kraft zum Reden zu finden. Sein Gesichtsausdruck veränderte sich nach und nach, die Verwirrung wich der Resignation. «Egal, was ich Ihnen sage, es wird zu spät sein», brummte er in entschiedenem Tonfall, und Soneri kam es vor wie eine Rede, die mit dem Ende beginnt.

Doch einen Moment lang verunsicherten ihn Tudors Worte, und er lief Gefahr, den Mut zu verlieren. Es wurde ihm bewusst, dass das, was ihn antrieb, banale Neugier war, die nichts zu tun hatte mit dem systematischen Vorgehen bei einer Ermittlung.

«Auch wenn es so wäre, wie du sagst, wäre das kein guter Grund, um zu schweigen», mahnte Soneri.

Tudor dachte kurz nach. Seine Reflexe wirkten verlangsamt, beeinträchtigt von der Blutung. «Was wollen Sie damit sagen?»

«Die Rache ist schon im Gange. Was hast du zu verlieren, wenn du etwas aufdeckst? Man muss seine Haut teuer verkaufen und jede Karte ausspielen.»

«Das stimmt, aber nur wenn ihr sie erwischt. Sonst muss ich verschwinden», bemerkte Tudor.

«Das hängt lediglich von dir ab und davon, ob du mitspielst.»

«An Ihrer Ermittlung ändert es nichts», erwiderte der Moldawier. «Am Ende wird es keinen großen Unterschied machen, ob ich rede oder schweige. Sie werden eine Schlacht gewinnen, aber nicht den Krieg.»

«Das ist immer noch besser als nichts», meinte der Commissario.

«Nicht unbedingt.»

«Mir ist es lieber.»

Tudor drehte sich zu ihm und schaute ihn mit fiebrigen Augen an. «Die Galluzzos verdienen ihr Geld mit Drogen, mit Bauaufträgen, mit Casinos, mit Wucher, sie sind mit ihren Firmen bei allen großen Geschäften dabei. Sie versuchen sogar, eine Fußballmannschaft zu kaufen. De Angelis wäscht das schmutzige Geld in der Schweiz und investiert dann mit der gewaschenen Kohle in Norditalien. Centazzo ist hier, um sich die Stadt zu kaufen. Und was können Sie dagegen tun? Sie verleiben sich ganz Parma ein, und bald werden sie sich auch den Bürgermeister kaufen. Mit der Parzellierung von Bauland und dem Bau von Wohnhäusern sacken sie Millionen ein. Centazzo investiert, und alle denken, dass er tüchtig ist und sich durchsetzen kann. Und Sie wollen ihn aufhalten? Jeder würde Ihnen sagen, dass Sie verrückt sind. Wissen Sie nicht, wie viele Leute sich gesund stoßen, indem sie mit Centazzos Firmen Geschäfte machen? Etliche Industrielle haben in ihrem Verwaltungsrat mehr als einen Handlanger des Clans sitzen, im Tausch gegen schönes, frisches Geld. Commissario, ist Ihnen klar, dass die Verbrecher heutzutage Anzug und Krawatte tragen und den Platz der rechtschaffenen Leute einnehmen? Und wo sind denn die rechtschaffenen Leute jetzt? Man kann nicht mehr unterscheiden, wer ehrlich ist und wer es nicht ist. Und bald werden die Verbrecher überall das Sagen haben, weil sie in jeden Winkel eingedrungen sind und alles gekauft haben, was zu kaufen war.»

Tudors Worte kratzten wie Glaspapier. Soneri spürte die Härte darin und merkte, dass er der Wahrheit näher kam.

«Das bedeutet also, dass wir beide unsere Haut möglichst teuer verkaufen werden. Das ist meine Stadt, und ich möchte ehrenvoll kapitulieren», erklärte er feierlich.

Tudor seufzte: «Francesco hat mir gesagt, dass ihm Parma gefalle, weil es eine Stadt wäre, wo man das Gute noch spüre, wie an Orten, an denen einmal ein Heiliger gelebt hat, von dem noch viele Jahre später erzählt wird.»

«Zu dem Guten zählt die Tatsache, dass man Tyrannen hier nie gemocht hat», meinte Soneri.

Statt zu antworten, lächelte Tudor skeptisch.

Da kam der Commissario auf das Thema zurück, das ihm am meisten am Herzen lag: «Was weißt du, was die Organisation so erschreckt hat?»

Tudor antwortete mit einem Schulterzucken.

«Sie hätten nicht ihre Zeit damit vergeudet, nach dir zu suchen, wenn du sie nicht in Alarm versetzt hättest. Und gerade weil sie in der Stadt so mächtig sind, muss es etwas Wichtiges sein.»

«Ja, es ist etwas Wichtiges», bestätigte Tudor. «Ich habe es von Francesco erfahren: Er hat es mir eines Tages erzählt, als er wütend auf seinen Schwager war. Ich hatte geschworen, es niemandem zu erzählen, und bis jetzt habe ich geschwiegen. Ich war auf sein Geld angewiesen.»

«Du könntest das von der Versicherung kassieren, wenn du deine Karten gut ausspielst.»

«Da bin ich nicht sicher», gab der Moldawier zurück. «Auf jeden Fall danke ich Ihnen dafür, dass Sie mich vor ihren Killern gerettet haben. Und auch für die Geschichte mit der Verhaftung: Ich steckte in der Scheiße, stand bereits unter Anklage.»

«Es liegt an dir, die volle Absolution zu bekommen.»

Tudor seufzte noch einmal tief und verzog das Gesicht, weil ihn die Wunde schmerzte. «Ich erzähle es Ihnen in groben Zügen, damit Sie verstehen, worum es sich handelt. Morgen erkläre ich Ihnen, was Sie tun können.»

«Warum morgen?»

«Weil ich zuerst mit Mariangela besprechen möchte, wie wir vorgehen wollen.»

«In Ordnung. Und die Vorinformation?»

Noch einmal starrte Tudor die Decke an, dann raffte er sich auf. «Hier in der Stadt werden Leute der Organisation beherbergt, die einen Tapetenwechsel brauchen. Sie werden unter falschem Namen an Orten untergebracht, wo niemand nach ihnen suchen würde.»

«Flüchtlinge?»

«Auch. Wenn jemand merkt, dass man ihn im Visier hat, verschwindet er für eine Weile in den Norden.»

«Wo bringen sie die Leute unter?»

«Das sage ich Ihnen morgen, Commissario. Man kann es sich leicht vorstellen: Denken Sie einfach daran, wie viele Häuser Centazzo besitzt und an all die Firmen, die von Strohmännern geleitet werden.»

«Gerade weil es so viele sind ...»

«Immer mit der Ruhe», unterbrach ihn Tudor entschieden. «Morgen werde ich genauer sein, doch in der Zwischenzeit sollten Sie keinen Staub aufwirbeln. Auch weil es nichts brächte. Die können sich vorstellen, was ich weiß, und ich bin mir sicher, dass es nicht leicht sein wird, sie zu erwischen. Zumindest werden sie sich eine Zeitlang ruhig verhalten.»

Der Commissario musste sich nur das Gesicht des Moldawiers ansehen, das wieder die harten Züge angenommen hatte, um zu begreifen, dass es nichts bringen würde zu insistieren. Er musste warten: Seine Ermittlungen waren ein Geduldspiel, bei dem er seine bäuerlichen Wurzeln wiederfand. Die eines Berufsstandes, bei dem man die Zeit nicht festlegen kann, sondern sich an das Wetter anpassen muss.

«Ich lasse dich noch vor heute Abend an einen Ort bringen, den niemand kennt, und komme morgen wieder. Es hängt auch von dir ab, was aus dieser Stadt wird.»

«Commissario», unterbrach ihn Tudor, «ich habe keine Heimat mehr, und, wenn ich ehrlich sein soll, ist mir diese Stadt ziemlich egal. Ich will nur überleben, am besten mit ein bisschen Geld in der Tasche.»

«Das versuche ich ja gerade zu bewerkstelligen. Vorausgesetzt, dass du mir vertraust», sagte Soneri, bevor er ging.

***

Widerstrebend lief der Commissario durch den Flur der Wachstation dem Licht der Hundstage entgegen. Er sah noch immer Tudors letzten Gesichtsausdruck vor sich, seinen dramatischen und eindringlichen Blick, der einen ganz ursprünglichen Lebenswillen ausdrückte. Er nahm sein Handy und wählte Draghis Nummer: «Es müsste ein Umzug organisiert werden.»

«Haben Sie mich mit einer Spedition verwechselt?»

«Es handelt sich um den Moldawier. Er liegt auf der Intensivstation und muss in die Salus-Klinik gebracht werden, ohne dass jemand etwas davon erfährt. Machst du das, oder soll ich mich an die Digos wenden?»

«An den Geheimdienst», entgegnete der Inspektor schlagfertig in seinem römischen Singsang.

«Ich verlasse mich auf dich», unterstrich der Commissario, «wenn alles so läuft, wie ich hoffe, können wir mit ihm den großen Coup landen.»

Draghi brummte etwas, und dem Commissario war klar, dass er keine Ahnung hatte, um welchen Coup es sich hierbei handeln sollte. Aber das war auch besser so. Es genügte, wenn er durchblickte, und niemals war er sich so sicher wie in diesem Moment, dass er die Sache zu einem Ende bringen würde. Die Vorstellung, eine derart große Eiterbeule aufstechen zu können, ließ ihn sogar die Grübelei über die Sinnlosigkeit seines Berufes vergessen, und als er im Hof des Polizeipräsidiums aus seinem Auto stieg und sich zu Fuß auf den Weg Richtung Piazza Garibaldi machte, war er so mit sich im Einklang, wie es ihm seit langer Zeit nicht mehr passiert war. Er fühlte sich verantwortlich für eine Aufgabe, die es wert war, erledigt zu werden, weit über die allgemeinen Pflichten seines Berufes hinaus. Auch Juvara wunderte sich, wie aufgekratzt er war, als er ihn anrief, um ein paar Anordnungen aus dem Büro zu klären.

«Alles ruhig?», fragte der Commissario.

«Ja», antwortete der Inspektor unschlüssig.

«Gut», rief Soneri in fast schon schrillem Tonfall aus.

«Heute Morgen haben die Anwälte der Albaner ihre Mandanten im Gefängnis besucht», sagte Juvara.

«Immer noch stumm?»

«Wir haben noch keine Mitteilung bekommen. Ich gehe aber mal davon aus.»

Eine Viertelstunde später stand Soneri vor dem Gericht und entdeckte Angela, die sich auf dem Bürgersteig mit einem Kollegen unterhielt. Sobald er sich sicher war, dass sie ihn gesehen hatte, entfernte er sich in Richtung Piazzale Boito: Er hasste es, wenn ihn die anderen Anwälte mit ihr zusammen sahen. Er hasste es auch, wenn er vor ihrem Büro auf sie wartete wie ein Teenager bei einem Rendezvous. Und er hasste Rituale: Bei den endlosen bürokratischen Abläufen im Präsidium musste er schon mehr als genug davon ertragen.

Angela hatte wenig Zeit, daher aßen sie in einer Bar, die sich mittags in ein provisorisches Restaurant verwandelte. Sie saßen auf zwei unbequemen Hockern, das Gesicht zur Wand.

«Wie kannst du nur an einem solchen Ort essen?», fragte Soneri sie und blickte sich verächtlich um.

«Wenn du keine Rituale erträgst, warum tust du dann

ausgerechnet beim Essen so, als würdest du die Messe lesen?»

«Es ist der einzige Moment, der wirklich eine Zeremonie verdient.»

«Heute solltest du nicht zelebrieren: Es wird nicht länger dauern als ein Imbiss», zog sie ihn auf.

«Das geht schon in Ordnung. Im Kopf bin ich sowieso schon beim morgigen Tag.»

«Der Moldawier?», riet sie.

Der Commissario nickte. «Wenn alles gut läuft, werde ich viel über diejenigen erfahren, die die Stadt erobern wollen. Diesmal könnten sie sich die Finger verbrennen, oder die ganze Hand verlieren.»

Angela lauschte diesen Worten mit skeptischem Blick, was Soneri etwas beunruhigte. «Vergiss nie, dass du allein bist und dass Percudani und Capuozzo von dir lediglich erwarten, dass du ihnen Galluzzos Mörder lieferst.»

Das wusste er, doch was diese Ermittlung ihm offenbarte, lenkte ihn ständig von seinem Hauptziel ab. Aus seinem Blickwinkel war der Tod des Geschäftsmannes nur ein verräterisches Indiz.

«Das wird dabei ganz von alleine herauskommen», sagte er kurz angebunden, seiner Sache ganz sicher. «In dieser Geschichte richtet Capuozzo mehr Schaden an, als du dir vorstellen kannst», fügte er dann hinzu.

«Das heißt?»

«Er hat den Zeitungen mitgeteilt, dass wir Tudor gefunden haben. Für mich wäre es viel besser gewesen, wenn sie geglaubt hätten, er sei noch auf der Flucht.»

«Heute hat der Anwalt, der die Verteidigung der Albaner leitet, seine Kollegen ins Gericht einbestellt. Sie haben kurz mit Percudani gesprochen und sind wieder verschwunden. Ich glaube, dass sie sich getroffen haben, um irgendeine Strategie auszuhecken.»

«Sie waren auch im Gefängnis, um mit ihren Mandanten zu sprechen», sagte Soneri.

Angela wurde bei diesen Worten nachdenklich. Ihr Schweigen beunruhigte den Commissario immer mehr. Nach geraumer Zeit sagte sie: «Sei vorsichtig, ich kenne einen dieser Juristen, und er ist ein Arschloch.»

«Morgen früh geht es um alles», erwiderte Soneri, stieg von seinem Hocker herunter, ohne sich auch nur vage daran zu erinnern, was er eigentlich gegessen hatte.

Er machte sich auf den Weg zum Präsidium. Es ging bereits auf den Nachmittag zu, und die nasse Erde schwitzte und hüllte die Stadt erneut in einen Mantel aus feuchtem Dunst. Der Commissario hatte den Eindruck, alles gehe wieder seinen normalen Gang.

Die Büros der Einsatzzentrale waren im Mittagsschlaf, eingetaucht in die Hitze und die Apathie der Tage um Mariä Himmelfahrt. Über Funk kamen lustlos Meldungen der üblichen Routineeinsätze, und Soneris Euphorie verlor an Kraft und verließ ihn langsam.

Angelas Ermahnungen und ihre Aufforderung, vorsichtig zu sein, hatten in ihm den Verdacht aufkeimen lassen, dass etwas gegen ihn im Gange war. Etwas Großes, das er nicht aufhalten könnte. Schweißgebadet saß er hinter dem Schreibtisch und spürte etwas Heimtückisches um ihn herumstreifen, wie einen unsichtbaren Feind im Kopf eines Verrückten.

Und als das Telefon schrillte, kam ihm das Klingeln vor wie das Ende eines Traumes.

«Die Anwälte der Albaner haben mir mitgeteilt, dass

ihre Mandanten gehört werden möchten», teilte Percudani ihm mit, mit einer überraschenden Feierlichkeit.

Der Commissario spürte einen Schmerz entlang seiner Wirbelsäule. «Haben sie gesagt, worum es geht?», versuchte er zu verstehen.

«Nein, aber ich vermute, sie wollen aussagen. Anders kann ich mir diesen plötzlichen Gesinnungswandel nicht erklären. Bis gestern lautete der Befehl, keine Fragen zu beantworten.»

«Wo werden Sie die Anhörung durchführen?»

«Es geht am schnellsten, wenn wir heute Nachmittag zu ihnen ins Gefängnis fahren. Darüber habe ich mich mit den Verteidigern bereits geeinigt, jetzt müssen wir nur noch eine Uhrzeit festlegen. Soll ich Sie abholen, oder kommen Sie mit Ihrem eigenen Auto?»

«Ich ziehe es vor, gar nicht zu kommen», erwiderte der Commissario kühl.

Percudani schwieg ein paar Sekunden lang. «Sehen Sie, das könnte die Wende bringen …»

«Ich ziehe es vor, im Präsidium zu bleiben», gab Soneri eisig zurück.

«Wie Sie möchten», sagte der Richter knapp und mit einem Anflug von Geringschätzung, «dann rufen Sie mich an, und ich berichte Ihnen alles.»

Der Commissario legte auf und erhob sich. Er fühlte sich ermattet und zutiefst resigniert. Die Normalität, die er kurz zuvor wahrgenommen hatte, kehrte wieder zurück, wie der Schweiß, den er am ganzen Körper spürte. An der Tür seines Büros traf er Juvara, der ihm sofort ansah, wie miserabel seine Laune war. Daher grüßte er nur mit einer Handbewegung, ohne etwas zu sagen. Soneri lief schnell durch den Flur, und wenige Sekunden später durchquerte er mit energischen Schritten den Hof. Er hatte es eilig und fürchtete doch, dass diese Eile völlig überflüssig sei.

Auf der Straße wählte er Draghis Nummer: «Ist Tudor schon in der Salus-Klinik?», wollte er wissen.

«Seit zwei Stunden, Commissario.»

Schon bei der letzten Silbe des Inspektors beendete Soneri das Gespräch und ging schneller. Dann stieg er in sein Auto und fuhr, so schnell es ging, durch die halbverlassene Stadt bis zum Vorplatz der Klinik.

Der Moldawier war in einem Zimmer im obersten Stock untergebracht worden, das von außen wie der Eingang zu einem Abstellraum wirkte. Der Wachposten sprang auf, als er ihn eintreten sah, während Tudor, der im Bett saß, sich an das Betthaupt anlehnte und ins Leere starrte. Er wandte sich Soneri zu mit einem Ausdruck, der zwischen Überraschung und Verärgerung schwankte. «Sie sind viel zu früh dran», stellte er fest.

Aus dieser Reaktion schloss der Commissario, dass er Mariangela noch nicht gesehen hatte und auch nicht wusste, was passiert war. Genau deshalb musste er es versuchen. Er musste Zeit gewinnen.

«Ich weiß», gab Soneri zu, «aber ich habe es eilig, die Sache abzuschließen. Ich will den anderen nicht zu viel Zeit lassen, um sich zu organisieren.»

«Man kann nicht ungeschehen machen, was geschehen ist», erwiderte Tudor. «Ob Sie es jetzt oder morgen erfahren, wird daran nichts ändern.»

Sein Gesicht wirkte wie gepanzert, und die Hoffnung des Commissario, ihn umzustimmen, schwand.

«Ich verspreche dir, vor morgen oder bis du mir die Erlaubnis dazu gibst, nichts zu unternehmen», versicherte er.

Tudor schüttelte den Kopf: «Mariangela wägt viele Dinge ab, was unsere Zukunft angeht, und heute Abend werden wir eine Entscheidung treffen. Einschließlich der Möglichkeit, meinen Ruf endgültig zu verlieren.»

Soneri sah keinen Ausweg und fand keine Argumente mehr. Tudor würde nicht reden, bevor er nicht seine Freundin gesehen hatte, und er fürchtete, dass Mariangela ihn davon abbringen würde, es zu tun.

«Versucht sie herauszufinden, ob es möglich ist, kurzfristig Geld von der Versicherung zu erhalten?», fragte er nur.

«Auch», entgegnete der Mann und gab damit zu verstehen, dass es da noch etwas anderes gab. «Sie wissen, wie dringend wir Geld brauchen», fuhr er dann fort. «Und nicht nur wir. Alle, Sie auch.»

Der Commissario zuckte lediglich mit den Schultern. Er wollte nicht über sich sprechen.

«Ich kann Ihnen nur raten herauszufinden, in welche Kanäle Centazzo und seine Frau das Geld aus den Wuchergeschäften mit Hilfe ihrer Leute aus der Finanzgesellschaft leiten. Mit dem gewaschenen Geld können Immobilien gekauft werden, die man aber auch erhält, indem man jemandem die Luft abschnürt. Damit erzähle ich Ihnen sicher nichts Neues, außer dass an der Spitze des Ganzen Francescos Schwester steht. Genau die, die ihm manchmal etwas Kohle gab.» Dann drehte sich Tudor um und starrte unbeweglich die gegenüberliegende Wand an.

Ebenso unbeweglich fühlte sich der Commissario, dem tausend Gedanken durch den Kopf schwirrten. Ein Husten des Wachpostens holte ihn in die Gegenwart zurück, worauf er sich umdrehte und schweigend das Zimmer verließ.

Er streifte durch die stickige Stadt, wo sich der Himmel am Nachmittag unter einer Dunstglocke verbarg, kehrte in sein Büro zurück und setzte sich hin, um zu warten. Er fürchtete, dass das Telefon klingeln würde, doch gleichzeitig wünschte er es sich auch, um sich von einem unerträglichen Druck zu befreien. Der Anruf, auf den er wartete, kam kurz nach sechs.

«Sie haben gestanden, nicht wahr?», fragte er, sobald er Percudanis Stimme hörte.

«Ja», bestätigte der Richter, «sie haben gestanden.»

Soneri erstarrte, er wusste, dass das Spiel verloren war. Die anderen hatten gewonnen: Sie waren schneller gewesen. «Sie opfern zwei Bauern, um die Partie zu gewinnen», kommentierte er, als spräche er zu sich selbst.

«Ich verstehe nicht», brummte Percudani. «Aber in dieser Geschichte gibt es einige Ungereimtheiten. Die Geständnisse, zum Beispiel.»

«Was glauben Sie denn, was sich die Organisation um Leute wie Mustafaj und Sinani schert, zwei kleine Fische, die von Moisiu, dem ‹Schmuggler›, abhängig sind. Der wiederum den Kalabriern Rechenschaft schuldet. Sie haben ihnen eine Prämie versprochen, die sie direkt an die Familien in Albanien auszahlen. Im Gegenzug bekennen sie sich schuldig und vertuschen damit alles Weitere. Sie werden nicht viele Jahre kriegen, da es sich nicht um vorsätzlichen Mord handelt.»

«Nein, da bekommen sie mehr für den Rauschgifthandel und den Angriff auf Tudor», stimmte Percudani ihm zu. «Was den Mord an Galluzzo angeht, so haben sie zugegeben, dass sie ihn zusammengeschlagen haben, weil er nicht bezahlt hat, aber nicht die Absicht, ihn zu töten. Es handelt sich um Körperverletzung mit Todesfolge, denn die Autopsie bestätigt, dass der Tod nicht direkt durch die Schläge hervorgerufen wurde.»

«Sehen Sie? Die kommen glimpflich davon. Die beiden waren schon in andere Verbrechen verwickelt, und ihr Geständnis betrifft das am wenigsten schwerwiegende. Auf diese Weise erreichen sie, dass die Ermittlung abgeschlossen wird», erklärte Soneri.

Er dachte laut nach, bis ihn der Richter unterbrach: «Aber genau das wollten wir doch, oder nicht? Oder glauben Sie nicht, dass die beiden die Schuldigen sind? Gibt es vielleicht noch etwas anderes, das man eingehender untersuchen sollte?»

«Dottore Percudani», entgegnete der Commissario, «mein Beruf ist es, zu ermitteln und ausschließlich über solche Dinge zu sprechen, deren Existenz ich beweisen kann. Vor einem Richter würde ich weder Hypothesen äußern noch Vermutungen in den Raum stellen.»

«Wir kennen uns lange genug, um vertraulich miteinander reden zu können», ermunterte ihn der Richter.

«Aber wir sind auch beide alt genug, um zu wissen, dass es nicht gut ist, Schlachten zu schlagen, die von Anfang an verloren sind», erwiderte Soneri.

«Ich glaube, ich habe verstanden, worauf Sie hinauswollen. Auch ich habe gemerkt, dass es hier um sehr viel mehr geht als um eine Bande von kleinen Dealern. Darin liegt die Ironie unseres Berufes: Er bringt uns dazu, die Realität zu verstehen, aber er erlaubt uns nicht immer, sie zu verbessern.»

«Schöne Worte. Aber so ehrgeizige Ziele habe ich mir nie gesetzt, ich begnüge mich damit, die Scheiße einzudämmen. Doch seit einiger Zeit gelingt mir nicht einmal mehr das.»

«Jammern Sie nicht, Soneri. Mit wenig Munition in einer Armee von Drückebergern weiterzukämpfen, wäre der reine Wahnsinn. Auch für mich ist es nicht leicht, glauben Sie mir. Außerdem habe ich nicht den Mumm, mich zu opfern, ich bin kein Held.»

«Ich auch nicht», schloss der Commissario finster.

17

Nach der Unterhaltung mit Percudani erhob sich Soneri von seinem Schreibtischstuhl und ging wortlos an Juvara vorbei, der ihm besorgt nachblickte. Er schlug den gewohnten Weg ein. Der Himmel hatte sich schnell verdunkelt, und die ungewöhnlich stille Stadt wirkte im Lichtstreifen des Sonnenuntergangs wie ausgeblichen. Der Commissario ging schnell und trat dabei auf seinen langen Schatten auf dem Bürgersteig der Via Repubblica. Er kam am Teatro Regio vorbei, wo Gondo den Teller für die Spenden hatte stehenlassen: Ohne ihn erschien ihm die Treppe des Theaters unvollständig. Er fühlte sich seltsam leicht, wie ein Luftballon, der ohne Ziel durch die warme Luft schwebt. Der Wind trieb ihn unter den Arkaden des Palazzo della Pilotta und auf die grünen Umrisse des Parco Ducale zu. Als er vor den Platanen stand, schlug er, einem Reflex der Gewohnheit folgend, den Weg zu Angelas Wohnung ein. Durch die Via delle Fonderie flüchtete er sich zu ihr.

Als Angela ihn sah, war ihr alles klar, doch sie tat so, als sei nichts geschehen. Sie wusste, dass man ihn erst einmal in Ruhe lassen musste, bevor man ihm Fragen stellen durfte, darauf warten musste, dass er als Erster redete.

«Der Fall Galluzzo ist abgeschlossen», verkündete er tatsächlich kurz darauf. «Die beiden Albaner haben gestanden, aber sie werden mit einer glimpflichen Strafe davonkommen: Körperverletzung mit Todesfolge.»

«Dann hast du ja jetzt mehr Zeit, den Rest der Geschichte aufzuklären.»

«Ich weiß nicht, ob es einen Rest geben wird.»

«Aber du hast doch den Moldawier. Diesen Trumpf musst du gut ausspielen.»

«Capuozzo hat die Zeitungen informiert, dass er wieder aufgetaucht ist, sodass alle wissen, dass er in unserer Obhut ist. Genau deswegen haben die beiden Albaner ja die Verantwortung für die Schlägerei übernommen. So erreichen sie, dass der Fall abgeschlossen wird.»

«Das liegt ja nicht an ihnen, sondern an Percudani.»

«Der hat keinerlei Lust, die Ermittlung weiterzuführen, wenn es keine neuen Erkenntnisse gibt. Außerdem hat man es offensichtlich eilig, das Ganze abzuschließen ...», erklärte Soneri.

«Spielst du auf Capuozzo an?»

«Auf wen denn sonst? Er möchte den Fall beenden und die Akte schließen. Auf der anderen Seite riskieren wir bei weiteren Ermittlungen sehr wahrscheinlich einen Reinfall, und der Richter hat keine Lust, sich dabei womöglich lächerlich zu machen.»

«Wenn der Moldawier singt, wird er seine Meinung ändern müssen», gab Angela zurück.

«Wenn der Moldawier singt ...», wiederholte der Commissario versonnen. Und während er es aussprach, spürte er Mutlosigkeit in sich aufsteigen, gemildert nur von Angelas Umarmung.

«Es gibt nichts Schlimmeres, als sich machtlos zu fühlen. Du weißt, wie gerne ich die Dinge ändern würde», knurrte er.

Angela hatte immer noch die Arme um ihn geschlungen, ohne zu wissen, was sie antworten sollte. Sie konnte ihm nur ihr Verständnis zeigen und ihre Vertrautheit in einer Umarmung zum Ausdruck bringen.

Eine Weile wartete der Commissario, dass sie etwas sagte, dann fand er sich mit ihrem Schweigen ab und schmiegte sich eng an sie. Es gab keine Antworten, und es war idiotisch von ihm, so zu tun, als gebe es welche.

Schließlich machte er sich von ihr los. «Ich habe keinen Hunger», sagte er.

Angela ließ ihn gehen, weil sie wusste, dass es sinnlos wäre, ihn zurückzuhalten. Sie musste nur warten, bis sich der Knoten aus Wut und Anspannung löste, der bei ihm jedes andere Gefühl blockierte.

Soneri streifte lange durch die Stadt und versuchte sich zu beruhigen. Es war eine helle Nacht, und der Himmel schien ungewöhnlich nahe, nur wenig höher als der Turm des Doms. Nach Mitternacht loderten wieder kurze, wütende Feuer auf, und die Stille wurde vom Hin und Her der Sirenen zerrissen. So gesellte sich die Unruhe der Stadt zu seiner eigenen.

Gegen eins erschienen die ersten Ausgaben der Tageszeitungen. «Krimi in der Via Cavour gelöst: Galluzzo von zwei Albanern erschlagen», titelte eine. Und eine andere schrieb: «Mörder des Geschäftsmannes von der Rauschgiftfahndung verhaftet.»

Als er die Schlagzeilen für sich noch einmal wiederholte, war es ihm, als höre er Capuozzos Stimme. Der Horizont des Polizeipräsidenten sah keine langen Stellungskriege vor, die Fälle mussten beendet, die Vorgänge zum Abschluss gebracht werden. Ohne die Mächtigen dabei allzu sehr zu stören. Ohne großes Aufsehen. Ein schlauer Mann, der diese Stadt gut verstanden hatte, eine Stadt, die sich ganz der Feier des eigenen Mythos hingab und nicht wahrhaben wollte, was sie langsam zerfraß. Während er an all das dachte, sah er Parma an sich vorbeiziehen, die Denkmäler, den veronesischen Marmor, den Sandstein, das Nebeneinander von Gotik und Romanik und das stolze Profil von Oltretorrente. Er hatte das Gefühl, einen Apfel vor sich zu haben, der von innen vor sich hin faulte, ohne dass es irgendjemand aufhalten konnte. Soneri maß mit langsamen Schritten seine Ohnmacht, als er durch die Straßen streifte, wie ein General, der seine Truppe vor einer aussichtslosen Schlacht inspizierte. Er blieb auf den Brücken stehen, wo im Flussbett Chöre von Fröschen aus unsichtbaren Pfützen die wenigen Passanten grüßten. Er lief durch die Gassen, die modrigen Mauern entlang, die seit Jahrhunderten im feuchten Schatten verborgen waren, betrachtete die stattlichen Fassaden der Herrenhäuser, die in den Kirchen des Zentrums erstarrte Zeit, die Spuren, die vergangene Epochen in der Architektur hinterlassen hatten, und fragte sich, was das Erbe derjenigen sein würde, die heute zwischen diesen Zeugen der Vergangenheit lebten. Die Antwort stand direkt vor ihm, in Form eines nichtssagenden Würfels aus verspiegeltem Glas, als sein Streifzug ihn am Verdi-Denkmal auf der Piazzale della Pace vorbeiführte. Es war das vor kurzem entstandene Machwerk eines berühmten Architekten, das ein barmherziger Gärtner zum Glück hinter einer Wand aus Zwergpappeln versteckt hatte. Ein Würfel. Der simple Entwurf eines Geistes, der die Schönheit und jegliche Suche nach einer Form völlig aus seinem Horizont gestrichen hatte. Ein Rückschritt zum Primitiven, das Denken ausschließlich auf den Nutzen gerichtet, ohne den leisesten Hauch von Geist. Man hatte die Stadt nicht nur ihrer Musik beraubt, als Gondo bestohlen wurde. Ihr war auch der Sinn für das Schöne abhandengekommen. Was konnte einem wie Centazzo das Schöne schon groß bedeuten? Er hatte keinen Finger gerührt, um seinen Schwager zu retten, der Geld für schöne Dinge ausgab und in seinen Augen ein nutzloser Mensch sein musste. Aber war das der Verlust der Schönheit?

Er strich lange Zeit umher, in finsterer Betrübnis, die sich am Slargo del Lungoparma allmählich aufhellte. Die Morgendämmerung zog ohne Zuschauer herauf. Gerade der schönste Moment des Tages erregte am wenigsten Aufsehen. Die Straßen waren menschenleer, als er sich auf den Weg zu seiner Verabredung mit Tudor machte. Die letzten Liebhaber der Nacht hatten sich, verschreckt vom Licht, zurückgezogen, und die anderen klammerten sich noch ein wenig an die Dunkelheit und den Schlaf. Der Commissario dagegen war nicht müde. Seine Kräfte begannen langsam wieder zu sprudeln wie eine Tablette im Wasser.

Er traf vor der Klinik ein, als die Sonne bereits über die Dächer spitzte. Er trat ein und ging nach oben zum Zimmer des Moldawiers. Dieser stand in der Mitte des Zimmers, angezogen, in der Hand eine kleine Tasche, in die er all seine Sachen gepackt hatte. Soneri blickte ihn an, und ihm wurde klar, dass das Spiel definitiv zu Ende war.

«Wo wirst du hingehen?», fragte er ihn.

«Zurück nach Hause. Wenigstens eine Zeitlang. Dort fühle ich mich in Sicherheit.» Und ein paar Sekunden später sagte er, wobei er auf die Zeitung mit der Meldung zeigte, dass der Fall Galluzzo abgeschlossen sei: «Ich hatte Ihnen gesagt, dass es Zeitverschwendung wäre.»

Der Wachposten mischte sich ein: «Ich habe versucht, ihn zurückzuhalten, aber er hat die Entlassung unterschrieben, und ich konnte nichts dagegen machen.»

Der Commissario nickte: Das Gesetz war auf Tudors Seite, und niemand konnte ihm verbieten zu gehen.

Er hätte ihm gerne gesagt, dass er auch in Sicherheit sei, wenn er bleiben würde, aber er schaffte es nicht zu lügen. Um ein Zeugenschutzprogramm zu bekommen, hätte es Monate voller Bürokratie und Papierkram gebraucht.

«Fährst du allein?»

«Vorerst. Mariangela hat ja ihr Geschäft. Außerdem wird sie versuchen, die Versicherungssumme zu bekommen.»

Wieder war er kalt und hart, wie er ihn kennengelernt hatte. Dem Commissario wurde klar, dass nicht einmal seine Freundin ein ausreichendes Motiv war, um ihn von seinem Vorhaben abzubringen. Er spürte bei ihm den starken Instinkt, jeweils das zu tun, was ihm für den Moment am sinnvollsten schien, und sich dabei über alle Gefühle hinwegzusetzen.

«Wenn du mir geholfen hättest, hättest du hier vielleicht eine ruhige Zukunft mit ihr gehabt», brummte der Commissario mit einem Anflug von Enttäuschung in der Stimme.

Tudor drehte sich um und zeigte ihm sein schneidendes Gesicht. «Ich wäre ein zu großes Risiko eingegangen. Solange die Ermittlung lief, konnten Sie die Organisation noch überwachen, aber jetzt ist alles geklärt, oder?»

«Ich kann die Ermittlung weiterlaufen lassen, wenn ich dem Richter Indizien bringe.»

«Dafür bräuchten Sie Zeit, und inzwischen könnten die mich ohne Probleme umbringen», entgegnete Tudor.

«So hilfst du ihnen. Du hast doch gesagt, dass sie sich

die Stadt Stück für Stück einverleiben», sagte der Commissario eindringlich.

«Für mich gibt es keinen Unterschied zwischen denen und euch. Was bietet ihr mir im Gegenzug für eine Zusammenarbeit an? Ein besseres Leben? Wie ich Ihnen bereits gesagt habe, liegt mir nichts an dieser Stadt. Was hat sie mir schon gegeben? Welchen Vorteil, außer dass ich in ihr lebte? Commissario, ich habe nichts zu verlieren.»

«Mariangela», unterbrach ihn Soneri.

Der Moldawier dachte kurz nach. «Wir können immer noch woanders neu anfangen. In Deutschland vielleicht. Diese Stadt hat auch sie betrogen.»

«Sie würde nie nachkommen, mach dir nichts vor.»

Tudor zuckte mit den Schultern und sagte nichts. Die Geste genügte.

«Glauben Sie nur nicht, dass ich lockerlasse», sagte der Commissario dann. «Ich werde die Leute in der Stadt im Auge behalten.»

«Tun Sie das. In der Zwischenzeit haue ich ab. Sie werden auf jeden Fall eine ganze Armee und jede Menge Zeit brauchen», erwiderte Tudor sarkastisch.

Mit einem Schlag spürte Soneri, wie die Müdigkeit all der schlaflosen Nächte, die hinter ihm lagen, über ihn hereinbrach. Die Sonne, die hinter den Häusern aufgetaucht war, fiel durch das Fenster ins Zimmer, spiegelte sich im Metall des Fensterladens und blendete ihn so sehr, dass er gezwungen war, ein Stück zurückzutreten. Tudor nahm seine Tasche und ging auf die Tür zu. Soneri wankte. Es dauerte nur einen Moment, bis er sich wieder fasste, aber da hatte der Moldawier bereits die Türklinke in der Hand. Er fühlte, dass er weder die physische noch psychische Energie hatte, um ihn zurückzuhalten. Der andere blieb noch einmal stehen. «Glauben Sie nicht, dass alles meine Schuld ist», murmelte er. «Im Grunde habe ich mich genauso verhalten wie viele andere in dieser Stadt auch. Sie wissen alles, sie sehen alles, aber sie schweigen. Einige, weil sie einen Vorteil davon haben, andere aus Angst. Den meisten aber ist es ganz einfach egal. Nicht einmal ihr, die ihr hier lebt, kümmert euch um eure Welt. Ihr wollt nur von ihr profitieren, aber ihr tut nichts für sie. Und das ist das Schlimmste.»

Soneri schwieg, die Worte hatten ihn getroffen wie ein Faustschlag. Benommen sah er zu, wie Tudor langsam die Tür öffnete und sich auf der Schwelle noch einmal umdrehte, um ihn ein letztes Mal anzusehen, bevor er verschwand und sein Geheimnis mit sich nahm. Der Wachposten holte Soneri aus seiner Erstarrung.

«Wenn Sie einverstanden sind, gehe ich jetzt», sagte er schüchtern. «Ich glaube, Sie brauchen mich nicht mehr, und heute ist doch der fünfzehnte …»

Er hatte vergessen, dass Mariä Himmelfahrt war, dass außer Tudor auch sonst alle weg waren.

«Geh nur», entließ Soneri den Beamten und stellte sich vor, dass in der Stadt nur die alten Leute zurückgeblieben waren und in der Hitze der Hundstage schmorten. Er wartete, bis der Kollege weg war, dann ging auch er. Er hatte genug von allem. Am liebsten hätte er diesen Beruf, der ihm so sinnlos erschien, aufgegeben. Er fühlte sich verspottet und verhöhnt, allein mit seinen hehren Idealen. Er hätte fluchen oder um sich schlagen wollen. Vielleicht war es ein Zeichen von Rechtschaffenheit, dass er sich in seinem Alter noch so empören konnte, aber er hätte gerne darauf verzichtet. Zu viele Jahre hatte er seine Wut mit sich herumgetragen, zu viele Jahre hatte sich nichts geändert.

Er betrat seine Wohnung, bevor ihn die Hitze auf der Straße überraschen konnte. Er kam an dem Spiegel im Flur vorbei und las in seinem Gesicht die Mutlosigkeit, die er in sich trug. In keinem anderen Moment seines Lebens hatte er sich so hilflos gefühlt wie in diesem. Und so schaltete er sein Handy aus und beschloss, dass die einzige Flucht aus der Unerträglichkeit der Welt der Schlaf sei.

Die Handlung dieses Romans ist frei erfunden.
Alle Ähnlichkeiten mit tatsächlichen
Begebenheiten sind rein zufällig.